谜托邦

MYSTOPIA

华文推理新大陆

推理迷的乌托邦

雪祭

孙沁文 著

北京联合出版公司
Beijing United Publishing Co.,Ltd.

目　录

凶 棺

一、年轻讲师

报告厅的大门被轻轻推开，一名装扮艳丽的年轻女子迈进厅内，顺着宽敞的台阶缓缓走下。她的双目始终直视着讲台的方向。

深黄色讲台的后面，一位戴着眼镜的年轻讲师正指着黑板，嘴里滔滔不绝。黑板上密密麻麻的物理公式诠释着这个世界的定律。讲台底下坐着一排排姿态各异的大学生：有的塞着耳机，沉浸在音符跳动的世界里；有的低下头，徘徊于梦乡；当然也有一本正经地注视着讲师或卖力记笔记的。

报告厅没有想象中那么安静，因此女子的突然闯入并没有引起太多人的注意。为了尽量避免打扰到他人，她在最后一排随便挑了个空位坐下。

“电磁学的基本方程为麦克斯韦方程组，此方程组在经典力学的相对运动转换下会改变形式……”一堆让女子完全听不明白的词语从讲师口中如连珠炮似的吐出。她定下心来打量起那位讲师，脸上不由得挂起微笑。

披在身上的黑色风衣为这位讲师塑造了几分绅士形象，架在鼻梁上的细框眼镜搭配一头整洁的短发，更使他显得斯文儒雅。

清脆的下课铃声宣告讲师演说的舞台已经落幕，学生们如同影院散场后的观众，纷纷拥出报告厅的大门。几分钟后，空旷的报告厅内只剩下两个人。

“赫子飞！”女子等学生全部离去后，从位子上站起来，快步走向讲台。

正在整理资料的讲师被这冷不丁的呼唤惊了一下，猛地抬起头。在这短短的几秒钟里，他脑中的齿轮飞速旋转着，不断搜寻与这女声相关的记忆。那轻柔甜美的声音确实似曾相识。当目光捕捉到目标物时，他要的答案也瞬间从记忆库中蹦出。

“啊！你是……”赫子飞露出恍然大悟的神情，“你是王渊卿吧！你怎么过来了？”王渊卿和赫子飞是大学时代的同学，但两人在大学期间几乎没什么接触，可能整个大学四年连话都没讲过几句。没什么特别关系的女同学今天却突然造访，让赫子飞有些纳闷，或许也带些微微的窃喜。不管怎样，他很想马上知道这位老同学的来意。

“来看看你呀，不行吗？”王渊卿咧嘴一笑，露出亮白的牙齿，“上次见面是在两年前的同学聚会上吧，很高兴你没有忘记我。你在大学期间那么风光，我们可都是你的粉丝哦。”

被美女这么一说，赫子飞似乎有些害羞，不知道该接什么话好：“哪里，别这么说……”

“别谦虚啦！几年前我们学校发生的那起保安杀死女教师的案子，我还记忆犹新呢！你的英勇表现经常成为我们女生寝室茶余饭后的聊天话题哎。”王渊卿睁大双眼，直直地望着眼前的赫子飞，言语之中透露出一丝崇拜。

赫子飞勉强地一笑，随即把话锋一转，问道：“你现在在哪里工作？”

“我啊？”王渊卿眨了眨眼睛，犹豫了几秒后回答，“我在酒吧做女招待。”

“哦，是吗？”赫子飞不知道该如何评价这份所谓“酒吧女招待”的职业，他怕一言不当会让对方不高兴，索性就没有多说。这时，他才打量起老同学的着装：低胸内衣，短裙，黑色丝袜。这些关键词或许无法将眼前这位女子的妖娆妩媚彻底表现出来，但此刻，诚然已完全看不到老同学往昔的清纯与腼腆。

“你比我有前途多啦，毕业之后直接留校当物理讲师，多好啊。”王渊卿轻轻甩了甩直长的黑发，俏皮地说。

“我还不算正式的讲师呢，大学讲师必须是硕士以上学历并取得教师资格证书，我现在只是实习阶段，参加部分选修课课程的讲授而已。”赫子飞把整理完的资料放进自己的黑色挎包，“我自己也还在不断学习，到目前为止，我学到的东西只是冰山一角。物理学真是一门神奇的学科，我实在没有办法抵御它的魅力。但是对物理学了解越多，相对未知的东西也就越多。这就像爱因斯坦说的那样，用一个大圆圈代表所学到的知识，圆圈外部则是无穷无尽的未知世界。如果这个圆不断扩大，看上去知识面的确是越来越广了，可圆的周长也在同时增大，边缘触及到未知世界的部分也就更多。”

见赫子飞津津有味地谈论着，王渊卿忍不住捂嘴笑道：“你还是老样子。”

似乎察觉到自己有些失态，赫子飞停止了原本的话题，略带歉意地说：“不好意思，一说到喜欢的事情就停不下来。”

王渊卿轻快地一笑：“没关系，这才像你嘛。”

“话说回来，你这次来，恐怕不止是看看我这么简单吧？”赫子飞将挎包背上，同时直愣愣地望着讲台下的王渊卿。

“哈，果然是赫子飞。其实这次来，是有事要请教你，想请你再度运用你的才能，帮我分析分析我下面说的这件事，这可是我听说过的最不可思议的事。”王渊卿微微一笑，终于说明了此次的真实来意。

“啊？什么不可思议的事情？”赫子飞脸上的表情充分证明他的好奇心被点燃了。

王渊卿的神情突然间现出一丝淡淡的恐惧，说：“赫子飞，你听说过人一下子从棺材里消失的事吗？”

“消失？一下子？”

“嗯嗯，就是在众人眼皮底下一下子消失不见了。”

二、棺材旅店

原本校门口的奶茶铺如今已被一间装饰典雅的咖啡厅取代，赫子飞和王渊卿找了一张靠窗的桌子相对而坐，两人各点了一杯饮料。

“哎，我呀，说得好听点是女招待，其实就是陪男人喝酒。”王渊卿将一口红茶送入嘴里，摇了摇头，“钱，我有，男人给的。但觉得孤独的时候，还是只有一个人，没有什么依靠，没有什么寄托。”

“嗯……每个人都有自己的生活方式。不管怎么样，要在这个社会上生存并不是一件容易的事，并不像小时候父母喜笑颜开说的那样：‘现在好好读书，将来考上大学，以后就有出息啦。’长大了才渐渐明白，这个世界跟原来想象的根本不同。”赫子飞感慨了一番人生世事后，咽了咽口水，接着说，“还是说说那件事吧。你刚刚说什么人从棺材里消失？能详细讲一下吗？”

“好吧，我们进入正题。”王渊卿收起苦闷的表情，用细嫩的手背轻轻抹了抹嘴角，“你也知道，我们这行每天都得接待大量的客人，时常要忍受那些色眯眯的目光……啊呀，这个就不说了。那是前天晚上，酒吧来了一个客人，长得虎背熊腰的，戴副小眼镜，但是着装十分得体，看上去有一种大老板的气质。我就和一个姐妹上去接待了他。我们一边喝酒一边聊天，后来知道这人叫张秀达，他说自己曾是辽宁省鞍山市一家旅馆的老板，现在在上海定居，做些小生意。

“聊着聊着，他借着酒劲，就给我们讲了他在鞍山开旅馆时碰到的一件怪事。那是几年前，因为旅馆的生意不是很景气，所以他打算想个主意来提高营业额。有一天，他无意间在网上看到一条‘韩国流行睡棺材体验死亡’的新闻，说的是韩国有个男的创办了一所‘棺材学院’，任何人只要花二十五美元，就能到他的棺材学院中体验一回死亡的恐怖感觉。这些体验死亡的人会在棺材学院中写下自己的遗嘱和墓志铭，然后参加自己的‘葬礼’，最后穿上寿衣，被装进一只木棺材中静躺十分钟。当他们再次从棺材中爬出来时，意味着他们‘获得了新生’。后来，我自己也怀着好奇心去网上查了一下，这种模拟葬礼服务在韩国居然还是一种时尚哎，据说通过这种体验‘死亡’的方式能让人更珍惜人生，并以更积极的态度面对工作，还能降低自杀率呢。说得像真的一样，搞得我也想去试一下了呢。”

赫子飞听到这里，苦笑了一下说：“体验睡棺材……这倒挺有趣的。那个老板看到这则新闻后，该不会借鉴到自己旅馆的生意上了吧？”

“答对了！”王渊卿边用手指着赫子飞，边频频点头，“你猜得没错，那个张老板呀，当时灵机一动，决定模仿韩国的棺材学院，在自己旅馆也搞一个类似活动。”

“具体是怎么样的呢？”赫子飞好奇地问。

王渊卿再次抿了口快凉掉的红茶，说：“和韩国的那个有点不一样。首先，棺材都被放置在离旅馆几里外的空地，体验者先在空地购买‘体验券’，凭着体验券，客人们可以在空地内任选一口木质棺材，然后躺进去。在此之前，体验者都穿好了寿衣，写好了遗书。之后，旅馆的工作人员会在棺材上盖上棺盖，随后将装有体验者的棺木一路抬去旅馆。旅馆里设了一个跟韩国‘棺材学院’类似的灵堂，在此为体验者举办‘葬礼’。后面的过程就和棺材学院差不多了。”

“也就是说，张老板的创新之处在于，在棺材学院原有的基础上增加了一个步骤——把装有活人的棺材一路抬去灵堂，是吧？”赫子飞推了推鼻梁上的眼镜，说。

“是的，想想看，自己躺在棺材里被人一路抬着，这是一种怎样的心境啊？从空地到旅馆所需的步行时间是八分钟。这短短的八分钟里，躺在棺材里的人能对之前的人生做出多少忏悔呢？”王渊卿若有所思地说道。

“的确是个新鲜刺激的想法，这样一次要多少钱？”

“一次人民币一百二十元。”

“还真不便宜。”赫子飞点了下头，又问道，“那你说的人一下子消失是怎么回事？”

王渊卿突然间神色一变，说：“就在旅馆举办这次活动的第一天，一名体验者在躺进棺材被人抬去旅馆的途中，瞬间从棺材里消失了，之后在距旅馆几里外的山崖边，发现了这位体验者的尸体。”

三、瞬间消失

看着空地上一口口造型华丽的木质棺材，张秀达的脸上露出笑意。他眯起眼睛，对边上的旅馆员工说：“体验券卖出去多少张了？”

“目前二十张全部卖出去了。”满脸胡楂的员工笑嘻嘻地回答。

“那差不多就开始吧。”张秀达皱了皱鼻子，像是用肥硕的面颊向上挤了挤眼镜，愉快地说。

这里是辽宁省鞍山市的一处郊县，位于鞍山东部，靠近玉佛山风景区。现在是春夏交替的季节，这里的大陆性气候正适合全国各地的旅客前来观光游玩，因此每年的这个时候都是旅游的旺季。张秀达的旅馆就开在此地。为了提高营业额，张老板搞了个“体验睡棺材”的旅游活动。今天是活动正式开始的第一天，之前在网上做过宣传，因此许多游客是慕名而来。

张秀达眼前这片布满硬石块的空地正是这场特别活动的启程点。在阳光的照耀下散发出金光的二十只木质棺材整齐地摆在空地上,安静地等待着自己的“主人”。空地后方是一片茂密的凤尾松林。在今天之前,生机勃勃的绿林与空地光秃秃的景致形成鲜明的反差。而此时，在棺材的映衬下，一株株扇形的凤尾松却如同林立在空地后方的孤寂墓碑。

此刻,许多体验者已经迫不及待地躺进了金灿灿的棺材中,似乎很期待自己的“第二次人生”。棺材的底部垫着软绵绵的蓝色垫子，头的位置还有个类似枕头的凸出物，因此躺在里面绝对不会感到不舒服，相反还会有一种温暖的归属感。

一位已经换上寿衣、体态瘦弱的年轻男子将手中的体验券交给一旁的工作人员，随即兴致勃勃地跨进眼前的棺材，嘴里小声嘀咕着:“从今天起，我的人生要重新开始，我要振作起来，回去后好好找个工作。”

工作人员听着男子自我鼓舞的话,微笑着搬起地上的棺盖盖上,随后在棺材的一侧贴上封条。所谓封条，一共有两张：一张上面写着棺材里“死者”的姓名;另一张则工整地写着“死亡日期”，也就是今天的日期。白色封条上的字都是用毛笔写的楷体字。封条背面抹上胶水后就被竖直贴在棺材的同一侧,封贴住盖子和棺木的接缝。从远处望去，就仿佛棺材侧面被涂上了两条竖直的白色平行线。

在头部的位置，棺木侧面有一个小的透气孔，所以就算棺盖盖上，也不必担心氧气不足的问题。看来张老板在这次活动上花了不少心思，服务周到至极。

几分钟后，旅店员工找来两捆绳子，在棺材上绕上两圈，然后将一根粗竹竿插入绳圈与棺盖间的空隙，两名员工便一前一后扛着竹竿将棺材抬起。空地上的二十口棺材开始陆陆续续出发，往旅馆的灵堂行进。

装着瘦弱男子的棺材是整列队伍的最后一名，两名健壮的旅店员工卖力地向目的地走着。“好沉啊，真看不出来他这么重。”后方的员工小声抱怨道。前面的另一名员工没有理睬他，继续朝前走着。

空地距旅馆大约八分钟的脚程，一路上都是黄土平原，没什么吸引眼球的艳丽景色，更何况，棺材中的旅客也看不到任何景色。一阵微风吹过，却丝毫无法吹散阳光带来的炙热，几位扛着棺材的旅店员工背上都渗出不少汗水。

终于抵达旅馆。这是一幢三层楼的建筑，外墙被刷成简约的淡黄色。住宿的客房都在二楼和三楼，一楼是餐厅。从旅馆大门进去是一间大厅，原本大厅边上的餐厅现在被布置成宽敞的“灵堂”。牌位、红烛、墙上的相框、两边的白色花圈，都一应俱全，逼真的场景仿佛真的是在举办一场集体葬礼。工作人员将棺材一只只抬进像模像样的“灵堂”。接下来应该就是举行假葬礼的步骤了。

正在这时，那两位抬着装有瘦弱男子棺材的员工脸上同时露出了疑惑不解的神情。

“怎么……突然之间变轻了？”刚才走在前面的那个员工说。

“你也发觉了？真的是……棺材一下子变轻了。”另一人附和道。两个人同时直勾勾地注视着刚抬进大厅的棺材。

张秀达注意到这边的异样，表情严肃地走过来，吼道：“你们在干什么？还不快把棺材抬到灵堂去？”

“可是，老板……”员工不知道该说什么好，突然间灵机一动，低下头从一侧的透气孔窥探棺材的内部。

“啊……”刹那间，惊恐的表情涌上那位员工的面部。

“怎么啦？一惊一乍的！”张秀达板起脸质问道。

“不……不见了，棺材里的人不见了！”员工说话时下颌微微发颤，脸部紧绷。

“什么？！”张秀达瞪大了双眼。

侧面的封条依旧完好无损地守护着密闭的棺材，没有什么动过手脚的痕迹。

“我明明看着他进去的呀，他进去后我才封的封条。”员工一脸无辜。

“快打开！”张老板也非常诧异，“打开看看。”

两名员工立即手忙脚乱地解开绳圈、撕开封条，拉起棺盖一侧的把手将盖子打开。然而，棺木里只有那张蓝色的垫子静静地躺着，除此之外空无一物。

四、血案

“后来有几名游客在附近的山崖边发现了那个男人的尸体。”王渊卿大口喝了口红茶继续说，“死掉的男人是一个大学毕业生，上海人，在网上看到这个活动后特意去鞍山旅游的。他当时穿着寿衣，胸口插着一把短刀。没想到，假葬礼居然变成了真命案，真是可悲。”

“对了，”赫子飞突然抬起头，“你这次来找我，要我解开这个谜题，不单只是因为好奇心吧？”

王渊卿抿了抿嘴，羞怯地说：“果然瞒不过你……我就实话跟你说吧，这个姓张的客人说，他喜欢聪明的女孩，要是谁能解开这个谜，就给谁一万元的奖励，并且以后每次来店里都指名这个解开谜底的姑娘。对不起……”

所谓的“酒吧”，其实就是一家夜店。而王渊卿的职业，实际上就是所谓的“女公关”。赫子飞确信了这一点，他点点头，感叹道：“出手真阔绰啊。”

“对不起，我没想过要利用你……”王渊卿不敢正视赫子飞的脸。

“继续吧。”赫子飞伸出手掌示意王渊卿继续说下去，“我确实对这件事很感兴趣，请你继续说下去，别的事我不管那么多。”

王渊卿愣了几秒，随即点头道：“哦……好，那我继续说。”

警察仔细检查了那具引起事端的棺材，拉开蓝色垫子后，他们发现棺材底下居然藏着八块伪钞印版。

警方立刻联想到几天前在一家工厂附近抓到的“伪钞大亨”徐天磊。徐天磊是辽宁省公安厅正在通缉的伪造货币犯，他多年来一直靠贩卖各币种的伪钞印版获得巨额“收益”，其制造伪钞印版的技术称得上“鬼斧神工”。这次警方好不容易收到线报，得知徐天磊在鞍山市的暂住地地址，便迅速出击，将其抓获。但警方抓获徐天磊后，一直找不到作为证据的伪钞印版。现在才知道，原来徐天磊在情急之下，将八块伪钞印版藏在了当时张秀达定制的棺材里。那家接受张秀达委托制造木质棺材的工厂就在徐天磊的暂住地旁。

现在一切都对上了，辽宁省的伪钞案可以正式告破。但是，这件案子又和大学生的被杀有何关系呢？难道藏着伪钞印版的棺材会杀死躺进其内的体验者？还有，大学生又是怎么从密闭的棺材里出来的呢？到目前为止，这一切都是谜。

除了发现藏有伪钞印版外，棺材内部没有任何机关。

“我们真的感觉棺材一下子变轻了，就好像人突然之间从棺材里蒸发了似的，你说邪乎不邪乎？”面对警察的盘问，那名扛棺材的旅店员工一脸无奈地说。

“是把棺材抬到旅店时，突然感觉变轻的？”警员一边问一边记录。

两名员工不约而同地点点头。他们也很清楚，如果警方不相信他们的证词，他们就是目前最大的嫌疑犯，毕竟最后和被害者有过接触的就是他们，而且当时他俩走在整列队伍的最后，要做什么手脚也不容易被发现。

“关于突然感到变轻的说法，”警员挠了挠头，若有所思地说，“会不会你们当时抬的时候，其中一个人没用力，当抬到旅馆的时候，这个人突然使劲抬了，所以另一个人感到一下子变轻松了呢？”

“不可能，我们是同时感到棺材变轻的，而且我们一路上都抬得很辛苦，如果其中一个人偷懒，肯定会被另一人发觉的。更何况，这种变轻的感觉很明显，不是一点点力道可以控制的。”两人轻易推翻了警员的说法，看来基本力学无法解释这次的谜团。

“啊，会不会人一开始就不在里面，棺材里被放了干冰之类的东西，等干冰挥发后你们就感到变轻了？”看来这位警员是一位推理小说迷，他不断提出有趣的观点。

“这位警官，我想你是无法体会到这种感觉的。我说过，棺材是一下子变轻的，如果是干冰，也是慢慢挥发的啊，怎么可能一下子消失？”员工特意强调了“一下子”这三个字。

另一名员工急忙补充：“还有，我是看着他进去后才把封条贴好的，之后封条一直没被撕开过，他又是怎么出去的呢？”

警员露出凝重的表情，一旁的另一位同僚给他使了个眼色，似乎在说“你跟他们说这么多干吗”。

死者是一名刚毕业的上海大学生，名叫周奇佳，24岁，待业中。他这次是独自来鞍山旅游的，目前已通知他的家属。经法医验尸证实，死因是心脏遭利器穿透，心脏瓣膜严重受创，当场毙命。死亡时间大致就在发现其失踪前后。在凶器的刀柄上还发现了不属于死者的指纹，警方正在进一步调查。

另外，在死者的手机中发现一条上海某私企发来的面试通知短信，短信发来的时间就在死者死亡前后。除此之外，手机中没有当天的通讯记录。

案件发生的第二天，当地报刊就对此案大肆报导：《会杀人的棺材？！是诅咒还是阴谋？》《人间蒸发！大活人瞬间从密闭棺材中消失！》《伪钞案牵扯出的另一桩怪案！》……各种吸引眼球的标题出现在报纸最醒目的位置，让这件匪夷所思的案件更加令人生畏。

五、雷神

“那个张秀达怎么会这么清楚警方调查的结果？”赫子飞疑惑地问。

“他跟我们说，当时调查组里有个警察是他以前的老同学，有些信息是这位老同学透露给他的。当时，张老板就希望这个案件不要影响自己旅店的生意，但那个‘体验睡棺材’的活动还是被迫终止了，毕竟第一天就出了事。”王渊卿回答。

“到这里就完了？”

“别急，后面又发生了一件怪诞的事情。”王渊卿继续兴致盎然地说着。

夜晚，大雨。

某个男人撑着雨伞疾走在湿软的泥地上。这片空地白天还摆满了象征死亡的棺材，现在却什么也看不见，令人仿佛置身于另一个世界。

雨幕遮挡住男子的大部分视线，雨滴的碰撞声仿佛亡者的呢喃，弥漫在周围的空气中。可这些依旧不能阻止男子匆匆的步伐。

夜空中不时传来雷鸣声，好似死神的怒吼。

翌日，天已放晴，阳光划破阴暗的天空，可地面还没有彻底被晒干。前一天放置棺材的那片空地上，赫然多出一具焦黑的男尸。

尸体仰躺在被雨水浸湿的空地中央，身后只有一排男子自己的足迹。死因是遭到雷击，导致中枢神经坏死，引发呼吸骤停。

两天内发生两起命案，这在当地引起不小的骚动。更何况，两桩案件从表面看都是如此诡异，先是大学生从一口密闭的棺材中蒸发并陈尸于附近的山崖，再是一名不明身份的男子在之前放置过棺材的空地中央被雷劈死，而泥地上只有男子自己的脚印。

警方展开调查，不久便查明被雷击男子的身份，原来他是伪钞案主犯徐天磊的一名手下，叫林发。林发之前一直和徐天磊一起躲藏在鞍山市。

经法医检验，林发的死暂时没有可疑。但林发和之前的大学生被杀案是否有联系，警方还在调查中。

“以上就是张秀达告诉我的全部内容了，后面就要靠我们自己了。”王渊卿睁大双眼盯着赫子飞。

“再问个问题，”赫子飞呷了口咖啡，“大学生叫什么名字来着？还有他死的那天是几号？”

“这个，我想想。”王渊卿看着天花板，“好像叫周……周奇佳，那天是五月份吧，具体几号张老板没有告诉我。”

“周奇佳，是‘奇怪’的‘奇’吗？”

“是啊。”王渊卿一时不解赫子飞为什么这么刨根问底，“难道你认识他？”

“不是，就随便问一下。我觉得张秀达特地将死者的名字告诉你，可能是什么有价值的线索。”赫子飞微笑着说。

“怎么样，有头绪吗？人一下子消失，历史上有这样的事情吗？”王渊卿将脸凑近赫子飞，饶有兴趣地问道。

“有，”赫子飞肯定地回答，“这类离奇消失的事件也称‘神隐’，字面解释就是‘神让你消失’。1956 年，在美国俄克拉荷马州一个叫欧达斯的小镇，一名八岁的男孩在从篱笆跳到地面的中途突然间消失不见，之后一直找不到这名男孩。另外，还有片叫百慕大三角洲的海域，经常发生离奇的船只、飞机消失事件。当时还有目击者称，飞机仿佛是被白云吞噬进去的。这些事件都是世界上的未解之谜。也有科学家称，地球和某个神秘世界之间存在着一种令人捉摸不透的通道。通道的两边是两个不同层次的世界，科学家把通道另一侧的神秘世界称作‘四度空间’。那些突然间消失的人或物或许就是被拽进四度空间了。”

“好深奥，理解不了。”王渊卿噘起嘴，摇了摇头，“那这次的事情，也是神隐？不过，后来尸体又出现了呀。难道是周奇佳先被某人拉进四度空间，那人杀死他后再把他的尸体从四度空间扔出来，所以尸体最后就掉在了山崖边？”

“不，”赫子飞直视着他的同学，“这次的事件完全有合理的解释，并没有你想象中那么玄乎。”

六、封条问题

“啊？”王渊卿的表情立刻从困惑转变为惊讶，“你推理出真相了？”

“也不能说是严格的逻辑推理，”赫子飞再次拨弄了下眼镜，“毕竟线索有限，我只能从你刚才说的那些话中找出最符合逻辑的解释，那可能未必是真相，但从目前的状况看，一定是最合理的。”

“好，那么人是怎么从棺材里出来的？”王渊卿迫不及待地问。

“我们一点点来。”赫子飞说，“首先，我认为杀死周奇佳的凶手是那个伪钞大亨的手下，也就是林发。”

“是他？”

“是的，我想徐天磊在被抓前一定留下了某些信息，让林发知道八块伪钞印版藏在棺材里的事。举办体验活动的当天，那口藏匿印版的棺材被放置在空地上。我想，徐天磊可能在棺材的某处做上了只有林发才看得懂的记号。那天，林发来到空地，找到了那口棺材，便想找机会偷出棺材里的印版。谁料，周奇佳抢先一步躺进了那口棺材。但是这时候，周奇佳的手机接到了一条面试短信，正在找工作的周奇佳便兴奋地跑出棺材，欲打电话给那家面试企业咨询具体情况。躲在一旁的林发看到周奇佳匆忙从棺材里跑出并拿着手机想要打电话的一幕，误以为周奇佳发现了棺材里的伪钞印版，想要报警。于是，林发冲了过去，用随身携带的用来防身的短刀插入周奇佳的心脏将其杀死。之后，他为了毁尸灭迹，就一路拖着尸体准备把它丢下山崖，但拖到山崖边的时候，可能周围突然有游客出现，他便放下尸体，赶紧从现场逃离。"

"不对不对！"王渊卿打断赫子飞的话，"虽然听上去很合理，但你不要忘了，周奇佳躺进棺材后，棺材马上就被贴上了封条，就算他接到面试短信想要从棺材里出来，可这时封条已经封上了呀，他要怎么在不破坏封条的情况下从棺材里出来呢？"

赫子飞不屑地一笑，说："一条直线不能决定一个平面。"

"什么？"王渊卿听得云里雾里的。

"这根本就是个伪密室。"赫子飞斩钉截铁地说，"我们就拿鞋盒来打个比方吧。你如果用两条胶带贴住鞋盒和盖子的一侧，鞋盒就打不开了吗？"

"可以从另一侧打……"王渊卿露出恍然大悟的表情，"不会吧，原来这么简单啊。"

"是的，棺材也可以从另一侧打开。"赫子飞继续说，"两张封条都是贴在棺材的同一侧啊。棺材的棺盖并不像家里的门，只能从一边打开，而是两边都能掀开。因为棺盖的把手在贴有封条的那一侧，所以人们打开棺盖的时候会习惯性地从这一侧拉开。这样的思维定式使人们忽略了‘棺盖也可能从没贴封条的那一侧拉开’的事实。所以，周奇佳完全可以在不破坏封条的情况下从另一侧掀开棺盖，走出棺材。这时，已经贴上的封条会跟着棺盖打开的角度向外翻折，但不会被撕开。从物理学的角度，也可以把棺盖看作是一根以封条为支点，向上旋转的杠杆。

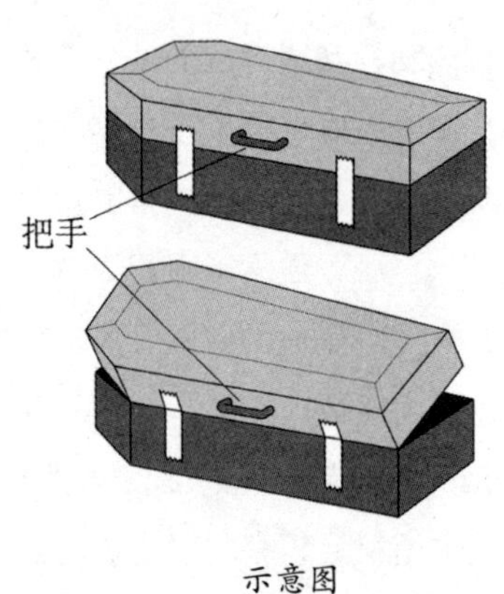

示意图

“而周奇佳选择从另一边推开棺盖，还有走出棺材后顺手将棺盖原封不动地盖上，这些全都是偶然。没有这些偶然，也不会引发后面那些不可思议的事情。”

“原来是这样啊……”王渊卿惊叹道，“这么说，周奇佳一开始就不在棺材里咯？但是……他跑出棺材的时候，还有林发杀人的时候，就没一个人看见吗？”

“嗯。”赫子飞补充说，“在工作人员给棺材贴上封条后，一直到正式启程，这中间有几分钟的空当，工作人员要做一些准备绳圈之类的杂事，不可能时刻监视着棺材，周奇佳走出棺材而没被注意到也不是不可能。或许，周佳奇因为空地人多嘈杂，想找个安静的地方打电话，就自然而然地走进了后方的凤尾松林。而林发当时应该就潜伏在凤尾松林中，周奇佳被杀害的过程或许就因为那些凤尾松的遮挡而没有目击者。还有一点，当时检查封条的时候，两张封条上应该都会有折痕，可能写有日期的封条上的折痕被‘五月’的‘五’字下面一横挡住了，而写有名字的那张上的折痕则被‘奇’字的中间一横掩盖了。当然，这只是我的推测，我想这种小把戏根本难不倒警方。”

“那现在事情基本上清楚了。”王渊卿总结道，“周奇佳在启程前就自己走出了棺材，之后被一旁潜伏着的林发杀掉并抛尸山崖。可那两个员工抬棺材的时候难道感觉不到这是口空棺材吗？还有，他们后来突然感到棺材变轻又是怎么回事？”

“这才是问题的关键。”赫子飞耸耸肩道，“我已经说过了，封条的伎俩只能算伪密室，接下来才是问题的核心部分。”

七、被偷走的质量

“快说快说。”王渊卿催促道。

“重量问题才是这次消失谜团的核心部分。”赫子飞说这句话的时候差点被嘴里的咖啡呛到，“与其把这次的谜团定义为‘棺材为何会突然变轻’，倒不如转化为‘棺材为什么一开始会凭空变重’。”

“对啊，周奇佳明明已经不在里面了，他们抬的时候为什么没发现呢？就算棺材里有八块伪钞印板，也代替不了一个人的重量啊。”王渊卿提出疑惑。

赫子飞的嘴角现出一丝弧度，说：“我问你，鞍山市最闻名的是什么？”

王渊卿没多想就回答：“鞍山啊，中国第一大钢铁工业城市啊，怎么啦？”

“第一大钢铁工业城市，也就是盛产铁矿啊。”赫子飞叹了口气继续说，“当然……其中也不乏磁铁矿。”

“啊！”王渊卿这次露出的是豁然开朗的表情。

“鞍山市的东部是铁矿最为集中的地方，而那个事发地处在玉佛山风景区附近，正好离那里的东鞍山铁矿及大狐山铁矿都比较近。如果说那一带地下蕴藏着大量的铁矿，而且是大量的磁铁矿，也不足为奇。”赫子飞解释道，“还要我继续说吗？”

王渊卿听得正入神，没有出声，只是猛地点点头，希望赫子飞继续说下去。

“磁铁矿属于等轴晶系的氧化物类矿物，集合体呈块状或粒状，颜色为黑色，有金属光泽。顾名思义，磁铁矿带有强磁性。它的分布范围很广，地下3米至100米都有，也有些甚至不用开挖，直接分布在地表。磁铁矿的地质特征是岩石硬度较大，地表显磁性，还有引雷。”赫子飞像做学术报告似的说了一通，“简而言之，含有磁铁矿的地面会带磁性。”

“如果我猜得没错，藏在棺材里的八块伪钞印版应该都是铁质的，也可能是含铁量很高的钢，或者是任何一种能被磁铁吸引的金属。铁质印版放在棺材底部，那么地面就会对棺材有一个向下的吸引力，也就是磁力。这就是那个凭空出现的重量。

“我想，从空地一直到旅店门口的这一片地面，地下应该都蕴藏着大量的磁铁矿，相当于在地表形成了一大片天然的磁铁，一直吸引着藏有印版的棺材。所以，就算周奇佳不在棺材里，抬棺材的人也会感觉到有一个向下的力‘压’着棺材。

“当两名员工将棺材抬进旅馆大厅的刹那，可能由于房屋地基的影响，旅馆的地面并不显磁性，于是那个向下的力一下子消失了，棺材立即恢复到本来的重量，抬棺材的两人便同时产生了棺材似乎是突然间变轻的错觉。其实，门外和门内的区别只是少了一个磁力。

“当他们打开棺材发现里面的人不见时，就顺理成章地把刚才棺材的变轻和人的消失联系到一起，好像棺材里的人真的是一下子蒸发了似的。然而，这只是一个错觉。”

“原来……是这么回事。”王渊卿托着腮，摆出一副沉思的样子，“那么之前就一直没人发现那里有磁铁矿吗？磁场会影响手机信号什么的吧，对旅馆客房里的电视机应该也会有影响。还有，一开始将棺材搬到空地的时候，怎么就没人觉得那口棺材很重呢？”

“这一切都只是我的猜测，并没有确凿的证据。”面对王渊卿接二连三的问题，赫子飞显得沉着如初，他将杯中的咖啡喝完，说，“如果手机和电视不直接触碰到磁体，磁场对它们的影响是比较微弱的。况且，在那种偏远的地方，就算手机信号差一点也不会太惹人怀疑。从周奇佳的手机能接收到外界短信这一点来看，磁场对手机信号的影响实际上并不大。至于电视机，旅店的客房都在二楼以上，本身就和地面有一定的落差。而且，我刚才也说过，旅店的地面是不带磁性的，所以磁场对电视的影响应该也是微乎其微的。最后，我想棺材或许是直接从工厂搬运到空地的，可能有卡车什么的来运送，就算之后由人力摆好位置，也只是一小会儿工夫，没有察觉出异样也说得通。”

“哦……”王渊卿轻轻颔首，“我想，这件案子发生后最大的收获可能就是找到了一片隐藏的磁铁矿吧。”

“嗯，但也可能当初张秀达在开挖旅馆地基的时候就已经发现了磁铁矿的奥秘，他没有上报，而是谋划着想要私自开采。当然，这些只是我的臆测。”

“这样啊……对了，那林发的死又有什么蹊跷呢？”

“他的死可能只是意外吧。”赫子飞将背靠在椅子上，“林发是被雷劈死的，这正好可以作为我之前的推测的依据。我刚才也说过，含有磁铁矿的地质特点里有一条，就是容易引雷。那天晚上，林发可能还不知道警方已经找到了棺材里的印版，他想趁着夜色，悄悄潜进旅店将印版偷出来，在经过空地的时候不幸遭遇雷击。下雨天，平地上的高突物本来就容易引雷，再加上那里又是含有磁铁矿的地质，更增加了发生意外的概率。

“另外，还有个小小的依据显示那里有铁矿。你还记得空地后方有一片凤尾松林吗？张老板有说过那片凤尾松林长得很茂盛吧？其实，凤尾松还有个名字，叫苏铁，也就是常说的铁树，是一种裸子植物。苏铁的生长需要铁元素。据说，即使是衰败垂死的苏铁，只要用铁钉钉入其主干内，就可以使其起死回生，重复生机。而含有铁矿的泥土无疑成了这些苏铁最佳的天然肥料。”

“这也被你发现啦，你太厉害了！”王渊卿发自内心地夸赞道，她拨弄了一下头发，又感慨地说，“我还是觉得周奇佳最可怜，好不容易收到了面试通知，人生才刚刚开始呢，却莫名其妙被杀了。他特意跑去体验睡棺材、办假葬礼，也是想获得新生吧。”

“说到底，那些体验者睡的不是棺材，是寂寞。这样的体验只是一种形式主义，一种精神上的自我安慰而已。真正想要获得新生，还必须切切实实地磨练和提高自己。”赫子飞又叹了口气，“这一切都是神的玩笑，阴差阳错的结果。幸好，神最后也亲手制裁了凶手。”

尾　声

课间休息，赫子飞接到王渊卿的来电，电话那头的声音丝毫没有因为电磁波的影响而变得不好听。

“谢谢你赫子飞，张老板夸我想象力丰富呢。凶器上的指纹确实是林发的，你前面的推论和警察的调查结果一模一样。只是……”电话那头踌躇了一下，“只是张老板说，那里并没有什么磁铁矿哎，警察对那两个抬棺材的员工的口供好像也没当回事，最后就这样结案了。”

“哦，是吗？”赫子飞掩盖不了略感失望的语气，“可能张老板想瞒着你什么吧，也可能那两个员工本身就在说谎，还有可能……真的有什么不可思议的力量也说不定。”

“唉，不去想它了，更可能整个故事根本就是那个张老板的胡编乱造。总之，我的目的达到了，钱到手了，张老板还说以后来店里会一直指名我。这次真的谢谢你了。”

“这没什么。”赫子飞深吸了一口气，决定还是说出下面的话，“王渊卿，我不太了解你的情况，可能也没什么权力和资格跟你说这些。但我始终觉得，你应该找份更好的工作。你是个从大学毕业、受过高等教育的人。当然，你有你的想法，我无权干涉，但是我真的不希望看到……”赫子飞停住了话头，不知道接下来应该说什么。

电话那头一直没有出声，似乎在等待这边继续说。

“不希望看到你沉醉在灯红酒绿中，最终迷失了自我。”赫子飞憋出最后一句。

“以后有什么难题，还可以来找你吗？”对面的声音过了许久才传来这么一句话。赫子飞听得出，那声音有些微微的哽咽。

“好的。”一声简短的回答，却仿佛包容了所有的意愿。

赫子飞挂上电话，面无表情地走进教室。此时，身上的黑色风衣和它的主人一点也不搭。

孤 坟

一

夜雨，昏暗的房间，老人独自坐在床角。呆滞的目光始终盯着一个方向，从她的眼神中能够感受到惊恐和不安。手脚被宽大的胶带紧紧缠绕，身体不停地颤抖。房间的角落似乎栖息着一个看不见的恶魔，正向老人步步逼近。

老人疯狂地用牙齿咬开手上的胶带，由于力道过大，一颗门牙从她的口中崩落，掉在床上。双手脱离束缚后，她又像着了魔似的扯开绑在腿上的胶带，全身一重获自由，老人就猛然从床上跃下，赤脚跑出了房间。她的心中只有一个信念——逃离这里。

这幢建筑物的最高点，老人的身体暴露在夜空下，雨点无情地击打在她身上。老人走向人间的边缘。再向前迈一步，她的身体就会瞬间抵达地面。老人几乎没有犹豫，她做出了自己的选择。

一具干瘦的躯体顺着雨幕垂直落下，生命之火就此燃尽。

二

王晴是一名刚从护理专业毕业的大学应届生。这个时候，她的父母最为她操心的两件事就是能否顺利找到工作、能否找到个好人家嫁出去。而对王晴自己而言，找工作是第一位的。以她的观念，只有先找到份稳定的工作，才有精力去谈恋爱。好强的她可不想一毕业就找男人结婚，被男人养着。也正因此，王晴拒绝了好几次父母给她安排的相亲，一心把精力放在招聘网站和招聘会上。

功夫不负有心人。没多久，王晴就接到了面试通知的电话。那是S市内一家私立养老院，王晴应聘的是护理员职位。这份工作不仅与王晴本身的专业对口，照顾老人家也是她非常热衷的事。在王晴还很小的时候，爷爷奶奶和外公外婆就相继病逝，她一直希望能有个像亲人般的老人，平时可以谈谈心、聊聊天。她喜欢老人的那种慈祥和安宁。

这一天，王晴把原本散开来的长发绑成一条马尾辫，穿上一件端庄的白衬衫，底下搭配西裤和黑色高跟鞋，将自己装扮成成熟的职业女性模样。王晴对着镜子看了好半天，现在的她与先前青春少女的形象简直判若两人。她满意地点点头，走出家门。

慈音养老院位于S市的西南角，离王晴家并不远，只需乘坐几站地铁就可到达。养老院的门面并不大，内部的规模却不小。王晴走进护理员办公室，给她面试的是这里的护理长，一位三十来岁的女人。护理长身着一套淡粉色工作服，头发盘在脑后，脸上的妆有点浓，身上散发出一股妩媚气息。看了王晴的简历后，护理长只简单问了几个问题，就通知她下周直接过来上班，试用期两个月。这比王晴先前预想的要顺利得多。

面试结束后，时间还早，王晴决定先参观一下这座养老院。她马上就要在这里工作了，心里难免有些兴奋。院内的设施一应俱全，有宿舍、老年活动室、放映厅、食堂、操场、健身房、医疗区等，整体环境十分舒适安逸，确实是一个适合养老的好地方。

王晴漫步到一幢宿舍楼底下，一位坐在轮椅上的老人进入了她的视线，轮椅后方还站着一位戴眼镜的男青年。王晴走近他们，发现老人面前的地上放着一束黄色的鲜花。

“老伯伯，你好。”王晴用亲切的口吻向白发苍苍的老人打招呼。老人望了一眼王晴，目光中没有神采，只是稍稍点了点头以作回应。

“你好。”老人身后的男青年用疑惑的目光打量着王晴，“请问你是……”

王晴这才想起还没有自我介绍：“哦，你好，我是下周要来这里上班的护理员，我姓王。”

“原来如此，我是慈善机构的工作人员，我叫冯阳。这位是季老伯，他是位孤老，我经常过来照料他。”男青年推了推鼻梁上的眼镜，说道。

“是这样啊，那真是辛苦你了。”王晴向冯阳回以微笑。随后，她看了一眼地上的黄花，不解地问：“这是……在祭奠谁吗？”

冯阳迟疑了几秒钟，轻轻颔首，说：“是的，前几天，一位叫张秀娣的老婆婆从这幢楼的楼顶摔了下来，过世了。”似乎意识到自己的言语过于直白，冯阳把王晴拉向一边，继续说，“季老伯和那位老婆婆是很好的朋友，所以他很伤心，我就帮他买了束鲜花，带他到老婆婆摔下来的地方祭奠她。”

没想到第一天来这边就听到这样的新闻，王晴很受打击，之前面试通过的好心情顿时烟消云散。“为什么啊？老婆婆为什么会摔下楼？是意外吗？”她追问道。

冯阳摇了摇头：“这我也不清楚，警方还在调查。不过，老婆婆也是位无儿无女的孤老，精神方面一直有问题，多半是自杀的。”

“怎么会……”王晴有些无法接受。她再次望向放着鲜花的地面，血迹还没有完全清理干净，它就像一片无法消散的乌云，将这家养老院笼罩在阴霾中。

三

虽然心情不佳，但第二周王晴还是如期来到慈音养老院上班。她决定慢慢调整好心态，做好自己的本职工作，给老人们多一点关爱，争取不再让类似的悲剧发生。护理员的工作对王晴来说并没有什么太大的挑战，都是些简单的护理工作和杂务，比如每天定时给老人们量血压、测心率、填写健康表，以及定时给生病的老人吃药，照顾他们的一日三餐和日常起居，有时会陪老人下棋、打麻将，进行一些娱乐活动等。

王晴的搭档是个比她大一岁的姑娘，名叫叶嘉，毕业于一所护理学院，在这边工作已经一年了。与王晴的性格相比，叶嘉显得更加活泼外向，两条清秀的辫子荡漾在她的耳后，配上小巧的身材，让她看上去更像还没毕业的女大学生。

“怎么样，这几天还习惯吗？”闲暇之余，叶嘉和王晴聊起天来。女生之间的友情能够建立得非常迅速。虽然王晴才上班没几天，但她跟叶嘉的关系已经非常熟络。

“挺好的，老人家都很可爱，B 栋的严老伯还夸我象棋下得好呢，哈哈。”王晴笑着，自豪地说。

“啊呀呀，这么快就跟那些老孩子们建立起感情啦。”

“是啊是啊，他们是像孩子一样，成天跟他们待在一起，感觉心灵上好放松。”

“哟，你还心灵上，怎么说话文绉绉的？”叶嘉调皮地拍了下王晴的肩。

“去你的。”王晴微笑着用手肘还击了一下。

这时，护理长推开门走进办公室，看见王晴和叶嘉两人正有说有笑，脸上立即摆出严肃的表情：“别闲聊了，还有很多活儿等着你们干。”

“是，秦姐……”叶嘉像被老师批评的小学生般低下头。

“小叶，你去食品公司订购五箱八宝粥，下周重阳节要搞活动。”护理长给叶嘉下完指示，又把脸转向王晴，“王晴，你去买点水果和补品，等会儿拿到我这里来。”

“好的，秦姐。”王晴点点头，接过护理长手里的钞票。

护理长秦雅凡是王晴和叶嘉的直属上司，两人的工作都是由她来安排的。护理长离开后，叶嘉朝王晴吐了吐舌头，随后两人都忙起各自的事。

王晴先去了附近一家大型超市，挑了几盒补品，接着在养老院门口的水果摊买了一袋香蕉和几个橙子。她拎着满满的东西回到养老院，经过大门口，看见护理长和一个男人并排走进工作楼。那男人看上去四十来岁，身材有些发福，他正搂着护理长的肩，不规矩的手还时不时地抚弄一下她的黑色长发。两人并没有看见王晴。

午饭时间，王晴把上午所见告诉了叶嘉，叶嘉立即咽下嘴里的米饭，说：“哦，那男的是我们院长啊，他跟秦姐有一腿。”

“啊？不会吧……他们年纪差好多哎。”王晴感到诧异。

“现在流行这样的啊，而且院长还是个有老婆的人哦。不过，他老婆看上去好老。男人嘛，改不了偷腥的本性。”

“你怎么什么都知道？”

“我天生有八卦细胞呀，哈哈哈。你小心，不要让我发现你的小秘密哟。”

“一边儿去。”王晴做了个甩手的动作，她突然意识到叶嘉这种八卦体质的可怕。

“对了，今天有个老婆婆病逝了。”叶嘉转换了话题。

“有时候想想，老人们也挺可怜的，特别是那些孤老，在生命的最后一刻都没有亲人陪伴在他们身边。”

“确实，那个老婆婆也是无亲无故的，不过有个社区职员对她特别好，每隔几天就来看望她一次，还给她买很多生活用品和吃的。老婆婆也把他当亲生儿子一样，生前还立了遗嘱，死后把自己的房产全部留给那个职员。”

“这也算是老婆婆的一种回报吧。”

“嗯，这就是缘分啊。欸，你说，要是我也跟哪个孤老建立起这种感情，我会不会也能拿到……哎哟！”叶嘉的话还没说完，就被王晴敲了一记额头。

“说什么呢你！怎么能动这种歪脑筋呢？要用一颗真挚的心为老人服务！”王晴一本正经地斥责道。

“好啦好啦，”叶嘉一边揉着额头一边说，“我开玩笑的啦！真是……打这么用力！”

“活该！”王晴噘了噘嘴，“对了，我等会儿要去看季老伯，一起吗？”

“等会儿食品公司要送五箱八宝粥过来，你先帮我一起搬到地下一楼的储藏室吧。”

“遵命！”

四

吃完午饭，王晴、叶嘉与另外三位男护理员每人搬着一箱罐装八宝粥，从工作楼拐角处的楼梯走到地下室。因为没有阳光，地下室有些潮湿。照明全靠天花板上的白色日光灯，但这里的走廊仍旧显得十分昏暗。地下室有几间不同大小的储藏室，平时主要用来堆放一些杂物，没什么人会来。穿过走廊，来到尽头的一间小储藏室，王晴看到破旧的木门已经向外打开，院长正站在门口。他有这儿的钥匙。

“宋院长。”叶嘉首先向他打招呼。而王晴因为上午看到的那一幕让她有些尴尬，所以只是点头示意了一下。

“欸，辛苦你们了。”院长接过叶嘉手里的箱子，走进储藏室，吃力地弯下腰，将它放入房间的角落。

王晴跟在院长身后进入屋子。这是一间八平米左右的房间，墙壁已经斑驳得不成样子，一个简易的金属柜子靠墙站立，里面堆放了一些药品和杂物，天花板上的管状日光灯将房间照得惨白。进门右手边是一张塑料书桌，桌上摆着一台过时的电脑，旁边还有一盏小型台灯，用 USB 线连接在电脑主机上。王晴把手中的箱子堆在第一个箱子上面，转身正准备离开，这时院长叫住了她。

“你是新来的王晴吧？”

“啊？哦，嗯，是的……”王晴被这突如其来的一问吓了一跳。她回过身，院长油光光的额头正面对着自己。

“嗯，加油，用心做，这里很多老人都很喜欢你的。”院长笑眯眯地说，他脸上的横肉都挤在了一块儿。

“谢谢您的鼓励，我会的。”被最高领导表扬，王晴有些受宠若惊。这时，她才注意到院长的着装，黑色西装西裤配上一双锃亮的皮鞋。她感觉这完全不符合养老院院长的形象，反而更像是某大型企业的董事。

宋院长像是长辈对待晚辈般轻拍了一下王晴的肩膀，王晴下意识地躲闪了一下。她总觉得被陌生男人碰到身体会很奇怪。院长似乎并没察觉到王晴对自己的排斥，他关上储藏室的门，嘴里嘀咕道：“这门真难看，改天找人重新漆一下。”随后，他就和王晴他们一起离开了地下室。

刚一上楼，叶嘉就被秦雅凡叫去忙别的事情，王晴只得一个人去季老伯那儿。穿过宽敞的室外操场，王晴来到一片草坪，季老伯正坐在那里的长椅上晒太阳。

“季伯伯。”王晴走过去，坐在了季老伯边上，“这几天身体怎么样啊？”

“是你啊，小阿妹。”季老伯微笑了一下，他的精神比前两天好了许多，但看得出来，他仍旧没有从阴霾中完全缓过神来，“身体还行，就是腰有点痛，弯不下来。”

“会不会是风湿啊？我带您去检查一下吧。”王晴看了看季老伯的腰，说。

“没事的，都这把年纪了，熬得住。只是你张婆婆的死……我一想到心里就憋屈得慌，唉……”

王晴拍了拍季老伯的手，安慰道：“节哀顺变，季伯伯。在天堂的张婆婆也不希望看到你整天愁眉苦脸的。”

“你不明白，小阿妹……”老人像是有什么难言之隐，“我跟你说件事，你先别说出去。”

“什么事？您说，我不会乱讲的。”

“秀娣在去世前曾跟我说过，她说护理长经常虐待她。”

听到这句话，王晴整个人都愕然了：“啊！您是说……秦护理长虐待张婆婆？”

“是的。”季老伯坚定地点点头。

王晴不敢相信自己的耳朵：“怎么会……那张婆婆有没有告诉你护理长是怎么虐待她的？”

“这个她没说。”

“你为什么不把这事说出来呢？”

“我也想说啊……”老人皱起眉头，脸上的皱纹更深了，“但是秀娣有一点轻微的老年痴呆，神智不是很清醒，就算她亲口说了护理长虐待她，也没什么人会信的。我上次把这事告诉了小冯，就是上次你见过的那位慈善机构的职工，他也不相信。他说，秦护理长人这么好，不会做这种事的，还说秀娣有时候不太配合吃药，护理长确实会采取一些强制措施让她把药吃下去，这也是为她好，可能秀娣把这个当成了虐待。”

“冯先生说得也不是没道理。”王晴的内心也不希望虐待行为真的存在。

“可是……”季老伯的面容又变得憔悴起来，“我从秀娣的表情中看出她十分害怕，所以事情不像看上去那么简单。”

“除了张婆婆之外，还有别的人投诉说被虐待吗？”

“那我就不清楚了。”

“您是怀疑……张婆婆因为受不了护理长的虐待，才跳楼自杀的？”

“我是有点怀疑啊，但我也不知道该怎么办。”老人惆怅地摇摇头。

“这事有必要调查一下。您先把这事交给我，现在您不必想那么多，要注意身体。”王晴将老人从椅子上扶起，“我先送您回宿舍吧。”

王晴现在脑子很乱。她万万没有想到，在这样一家表面祥和的养老院内会有虐待老人的行径发生。她想要弄清真相。虽然刚才答应季老伯把这事交给自己，但现在王晴的心中和季老伯一样迷茫，她不知道该如何弄清事实。

回到季老伯的宿舍，王晴看见桌上放了一些水果和补品，正是自己上午买来的。

“原来这些是给您的啊。”王晴指着桌上的东西说。

“哦，那个是小冯买给我的，这孩子对我可真好，知道我喜欢吃水果。”季老伯的回答却出乎王晴的意料。

和季老伯告别后，王晴回到护理员办公室，静静地坐在位子上，陷入了沉思。她觉得，这里越来越古怪了。

五

翌日，王晴工作时情绪有些低落，和叶嘉也不怎么闲聊了。她总是想着该如何面对这里，面对这份工作。这一天下班，叶嘉察觉到王晴的异样，便提议两人一起去海底捞涮一顿，放松下心情。王晴很爱吃火锅，便没有推辞，她觉得先放开了吃一顿也好。

就在去海底捞的途中，两人经过一家沿街的咖啡馆，眼尖的王晴忽然从透明玻璃中瞥见了冯阳的身影。他正坐在靠窗的位置上喝饮料，而他对面坐着两个男人，其中一个就是慈音养老院的宋院长。

"你看，"王晴拉了拉叶嘉的衣服，"这不是那个慈善机构的职员吗？他跟院长在这里干吗？"

"咦，院长的弟弟也在哎。"叶嘉指着另外一个男人说。

"院长的弟弟？"王晴望了眼坐在院长边上的男人，那男的高高瘦瘦，梳了个大背头，一脸精明相，完全看不出和院长是兄弟关系。

"嗯，他叫宋逸，是个社区干部，经常会给养老院引荐一些慈善机构的人，或者拉一些文艺团体到院里来表演，算是养老院的兼职外联吧。院长也会把养老院的财务交给他打理。"

"原来如此……他们在这里干什么呢？"王晴只见那个宋逸一边做着夸张的手势，一边对着冯阳高谈阔论着什么。

"可能在聊一些慈善事宜吧。"

"看他们的样子……更像是在谈生意。"

"好了啦，别管那么多了，我都饿死了……快走吧。"叶嘉不耐烦地拖着王晴离开咖啡馆。

到了火锅店，两人点了两盘肉。望着锅内滚滚的热汤，叶嘉不停地咽着口水，而王晴却突然之间没了食欲，她盯着手里的筷子，一言不发。

“嘿！你怎么啦？”叶嘉在王晴面前挥了挥手，“你今天不对头啊，碰到什么不开心的事了？被男朋友甩了？来跟姐姐说说。”

“不是啦……”王晴放下手里的筷子，一脸严肃，“我觉得这家养老院有问题。”她坦诚地道出内心的想法。

“有什么问题啊？”

“第一，那个张秀娣婆婆在自杀前曾跟季老伯说过，秦姐经常虐待她。”

“那可能是个误会吧……虽然秦姐看上去很可怕，但也不至于做出这种事啊。”

“我今天问了几个老人，他们都说养老院对他们很好。”

“那不就结了。”叶嘉表现得十分不屑，她心急地将一块刚烫熟的羊肉送入嘴里。

“但是，”王晴继续说，“当我问另外几个有点轻微精神疾病的老人相同的问题时，他们就沉默了，尤其当我提到秦姐的时候，他们的眼中都有一丝畏惧。”

“可能他们只是觉得秦姐有点凶吧。”

“我怀疑秦姐是故意虐待那些精神有问题的老人的，她知道他们不会反抗，说的话也没人会信，所以才无所顾忌。”王晴说出自己的看法。

“我觉得是你想太多了……”叶嘉驳斥道。

“还有第二点，”王晴伸出两根手指，“这家养老院里的老人大多数都是孤老，根据我今天的调查，似乎每位孤老都有一位对口的‘慈善机构工作人员’，而且，这些孤老都视他们为亲生儿女。”

“那又怎么样？”

“首先，这些所谓的慈善机构的工作人员身份有待核实；其次，你昨天跟我说过，有个病逝的老婆婆把她的遗产全部给了之前一直照料她的那位‘社区工作人员’，是吗？”

“是啊。”叶嘉点点头。

“那么我问你，这样的事情，在这家养老院是不是经常发生？”

“被你这么一说，好像真是哎……我虽然到这里上班才一年，不过就去年一年，在这边去世的孤老就有三四个把遗产给了生前一直照料自己的工作人员，这些人不是慈善机构的就是什么社区福利所的。”叶嘉也感到有些奇怪，她终于不再夹肉，手托腮思索起来。

“果然有问题。”王晴深吸一口气，“很多孤老都拥有自己的一套或多套房产，这些房产变现就是一笔巨额遗产。如果老人生前没有立下遗嘱，那么这笔遗产最终就会归国家所有。我怀疑，院长和他弟弟就是看准了这一点，于是一个里应一个外合，偷偷安排一些所谓的慈善人员去接近那些孤老，博取他们的信任，无微不至地照顾他们。孤老们本身就没什么亲人，内心都比较脆弱，碰到个对自己好一点的年轻晚辈，时间长了之后，自然而然就会把他们当作亲生子女看待。

“等到时机成熟，那些‘年轻晚辈’们就会露出狐狸尾巴，编造出各种借口来表示自己缺钱，让老人心动，诱骗他们立下遗嘱把财产留给自己。事成之后，那些所谓的‘慈善人员’应该会把得到的财产分一部分给养老院。说穿了，他们就是以孤老的遗产为目标的业务员。而这家慈音养老院，就是个以养老院做掩饰，实际上暗中骗取孤老遗产的骗子机构。”王晴说到这里，情绪明显有些激动，她拿起一杯水一饮而尽。

“你别吓我，王晴……你来这边才几天啊？说得好像知道所有黑幕似的……你有证据吗？”听完了王晴的推论，叶嘉也惊呆了。

“还没有……都是假设。”王晴失望地摇摇头，“不过也不是没有根据。刚才你也看到了，冯阳和院长他们不知道在计议些什么。还有，我昨天买的那些水果和补品，季老伯却说是冯阳买给他的，这很明显是养老院把那些东西给了冯阳，让他假装是自己买的送给季老伯，以博取季老伯的好感。我怀疑秦姐也知道内情。”

“啊呀，大小姐，你这是阴谋论啊！你根本没有实质证据，就别乱说了。”叶嘉完全嗤之以鼻。

“我一定要找到证据。如果真是这样，那就太过分了！”王晴说着，把一堆羊肉塞入自己嘴里，完全没有顾及自己的形象。

六

这真是一家既存在虐待行为又充满欺诈犯罪的养老院吗？回到家之后，这个问题始终徘徊在王晴脑中。她躺在床上，闭着眼睛，却怎么也无法入睡。

第二天，装修公司派人对养老院进行修缮，包括粉刷墙壁、修剪草坪、更换灯具，还有一些修修补补的工作等。据说，做这些是为了应付下周重阳节区里领导的来访。嘈杂的装修声让原本就烦躁的王晴更加无心工作，她几乎一整天都待在老年活动室内，与几位老伯伯下象棋。

这天夜里是王晴值班，她吃完晚饭就回到了护理员办公室。这时，一位油漆工正在粉刷房门，他看到王晴走进来，提醒道：“小心点，这油漆要一小时才会干。”

“好的，辛苦了。”王晴礼貌地点点头，小心翼翼地走到自己的位子上。除了她之外，办公室内还有另外三名值班的男女护理员。

晚上 7 点半到 9 点有观影活动，大多数老人都在放映厅看电影，只有一些身体不适的老人在宿舍区休息。另外，季老伯因为对电影没兴趣，也一个人留在了宿舍。王晴本想去陪他聊聊天，但季老伯表示想早点休息，于是王晴也就没有去打扰。

护理长秦雅凡走进办公室，嘴里正啃着一个包子。王晴看了看手表，7 点 45 分，她问道：“秦姐，这么晚还不走？”现在面对秦雅凡的时候，王晴心里总有些疙瘩，想象中的秦雅凡虐待老人时的可怕样子时常浮现在王晴的脑海。

“哦，我等他们弄好再走，等会儿还要把地下储藏室的门漆一漆。”秦雅凡从抽屉里拿出储藏室的钥匙，“我去帮他们开门。对了，你有纸巾吗？给我一张。”

“有的。”王晴从口袋里取出一包未拆封的纸巾，递给秦雅凡。

“嗯，谢谢。”秦雅凡接过纸巾包，拆开折叠式塑料包装，取出两张纸巾抹了抹刚吃过肉包子的嘴。

“哦，不用还我了，您拿去用吧，我这儿还有。”

“那谢谢了，你继续忙，我先下去了。”秦雅凡把纸巾塞进裤子口袋，走出了办公室。

“好，您慢走。”王晴低头继续工作，她要将今天的健康表全部输入电脑。

不一会儿，之前那名油漆工在门口探出脑袋，问道：“下面储藏室的门开了吗？”

“哦，护理长刚下去开门。”王晴回答。

“好，那我现在就过去。”油漆工拎着满满一桶木漆转身离开。

半小时之后，王晴忙完了手头的工作，觉得有点疲倦，于是跑到外面的走廊，在自动售货机里买了一罐咖啡。此时，她正好看见院长的弟弟宋逸走了进来。宋逸穿着厚厚的外套，走起路来像一只乱窜的小鹿。他也看见了王晴，便随口打了声招呼：“在值班啊？”

“嗯，是的。”王晴没有跟他多搭腔。她察觉宋逸讲话带有严重的鼻音，还不停地吸着鼻子，判断他得了重感冒。王晴不想靠近他，除了怕感冒传染给自己，主要还是觉得此人非常讨厌。

宋逸也很识趣地没有接话，径直走向走廊深处。王晴猜测他可能又要去找院长商量什么大计了。

接下来没什么事，王晴决定去宿舍探望下季老伯，看他睡没睡，顺便也散个步。王晴拿了个手电筒，穿过黑漆漆的草坪来到季老伯所在的宿舍楼。季老伯房间的灯暗着，王晴将手电放在门玻璃上往内照了照，却惊讶地发现季老伯不在自己床上。王晴有些担心：这么晚了，季老伯一个人会去哪里？她走出宿舍楼，在附近寻找。五分钟后，王晴在C栋楼的底下发现了季老伯。他正一个人坐在地上，面前放着一束小黄花，嘴里自言自语地嘀咕着什么。

王晴的推测没有错，季老伯果然在这里——张秀娣曾经跳下来的地方。季老伯的内心始终忘不了这场悲剧，他无法接受最亲的人就这样不明不白地逝去的残酷事实。王晴赶忙上前将季老伯扶起，并拍掉季老伯裤子上的灰，问："季伯伯，您……您不是说睡觉了吗？怎么跑到这里来了？"

季老伯用手背抹了抹湿润的眼眶："我……我睡不着啊，每天晚上我都睡不着，我都想着秀娣。咱们这一把年纪，也谈不上什么爱情不爱情了，能有一个天天说说话、谈谈心的老伴，就已经很知足了。我和秀娣都无儿无女，两个人相依为命，没想到秀娣她就这么……"他实在抑制不住自己的情绪，泪水夺眶而出。尽管再多的眼泪和思念也无法唤回天堂的张秀娣老婆婆，但老人还是想为她彻彻底底地哭一场。"今天……是她生日，我就是想来看看她……"老人最后补充了一句。

王晴不知道该如何安慰伤心欲绝的季老伯，也许张婆婆的死已经成了他心中无法磨灭的伤痛。她将老人扶到宿舍，陪了他一会儿，看着老人入眠后才离去。

王晴回到值班室，心情很沉重。她一直在想，等自己老了之后，会是怎样的场景，是儿孙满堂还是孤苦伶仃？她不知道，她只希望到那个时候，身边有她在乎的人和在乎她的人。

七

晚上 10 点，一阵高跟鞋的脚步声接近值班室。难道秦雅凡还没走？王晴疑惑地望向房门。然而门口出现的却是一个陌生女人。这是一个中年女子，身着一件与这个季节不是很搭的漆皮大衣，左手拎着一只奶黄色皮包，一头夸张的卷发，长脸、宽鼻，脸上虽然涂了浓妆，但依旧无法遮盖面容被岁月侵袭的痕迹，眼角淡淡的鱼尾纹还依稀可见，下身的黑丝和黑色高跟鞋在她身上也完全发挥不出原有的女性魅力。

“请问您找谁？”王晴站起身问道。

女人打量了一圈值班室，随即反问王晴：“院长办公室在哪里？”

“在二楼，您是？”

“哦，我是院长的太太，找院长有点事。”女人自报家门，语气中似乎透着些许怒气。

“哦哦，您好，院长这个点儿一般会在办公室，您直接上楼找他吧。”王晴向她说明。原来这位就是院长夫人，王晴想起叶嘉曾形容她“看上去好老”，现在看来的确如此。

女人转身离开值班室，做作的高跟鞋声也渐渐远去。

这一晚可真够混乱的。王晴觉得值夜班的时间过得好慢，她倦意又起，忍不住哈欠连连。虽然已经喝过两罐咖啡，她仍旧觉得无精打采。就这样混混沌沌地过了一夜，清晨的阳光终于从窗户照射进来，告知王晴可以下班了。

离开养老院的时候，王晴还在门口遇见了冯阳，他手中拎着一袋水果，说是听说季老伯昨晚情绪不太稳定，所以大清早就过来看看他。王晴很清楚冯阳心里在打什么鬼主意，便没有和他多说话。回到家，王晴立刻扑倒在软绵绵的床上，她现在什么都不想思考，只想彻彻底底睡上一觉。

之后的两天是周末，王晴却没有闲着。她利用休息时间到养老院探望了几次季老伯。季老伯看上去还是有些憔悴，总是心不在焉的样子。王晴也不知如何才能让他振作起来，只得陪他谈心聊天，尽量分散他的注意力。虽然来慈音养老院上班才一周，但在这一周里，王晴感觉自己经历了好多，也窥见了许多人性的丑陋和脆弱。在找到养老院是欺诈机构的证据之前，她不会善罢甘休。

周一是个晴朗的好天，王晴如常上班。刚一进养老院，她就看见前些天来过的那些装修工又在忙碌了，便好奇地问叶嘉是怎么回事。叶嘉告诉她，前几天新安装的电灯瓦数太高，导致地下室的电路短路，在王晴值班那晚就跳闸停电了，所以现在要返工，把所有灯都换掉。

“原来那晚停电了呀，我怎么不知道？几点停的？”王晴努力回想当天的经过。

“好像是 8 点 40 左右吧。你当然不知道了，只有地下室的电路跳闸了，那里的电路设施比较老旧，其他的电路都正常。但现在不仅要把地下室走廊的灯都换掉，其他楼层的灯因为有安全隐患，也要全部更换。这下可麻烦喽！”叶嘉有点幸灾乐祸地解释道。

“哦，这样啊……”王晴发现，养老院任何鸡毛蒜皮的小事叶嘉都知道，“欸，今天秦姐没来？”王晴环顾了一下办公室，没有发现秦雅凡的身影。

“哦，院长刚才过来说秦姐有事要请几天假，叫我们自己安排工作。”

“难怪你今天心情这么好呀。”王晴坏笑着对叶嘉说。

“你难道不是吗？”叶嘉也跟着坏笑道。随即，两人都扑哧笑出了声。没有领导的办公室简直就是游乐室。

然而，好心情并没有持续太久。重阳节前一天的晚上，王晴正躺在被窝里看书，床头的手机突然跳出一条彩信提示。王晴拿起手机，打开彩信，发现彩信内容是一段三十秒左右的视频。王晴疑虑重重地按下播放键，视频的内容令王晴瞠目结舌。

视频里，秦雅凡正用胶带捆起一位老太太的手脚，捆完之后，秦雅凡指着老太太，嘴里不停地吐出污言秽语，而老太太始终缩在床角，完全不敢反抗，看她的样子一定非常恐惧。

这是一段护理长秦雅凡虐待老人的视频，而那位被虐待的老人无疑就是张秀娣。

八

王晴查看了一下发件人，那是一个陌生号码，她立马回拨过去，电话那头却显示这是一个空号。到底是谁拍了这段视频？传给王晴看的目的又是什么？这些都还是未知数。然而，最触目惊心的是视频本身。老实说，在看到这段视频之前，王晴对秦雅凡虐待老人一事还有些半信半疑，但现在她不得不接受板上钉钉的事实。

现在该怎么办？报警？王晴的思绪很混乱。犹豫半晌后，她还是决定先找秦雅凡谈一谈，问一问她为何会做出如此暴行。王晴深吸一口气，拨通了秦雅凡的手机号，可是对方却已关机。看来只能第二天亲自找她本人谈了。王晴思前想后，决定暂时不把视频的事告诉任何人，等找过秦雅凡之后再作定夺。

这天晚上，王晴在床上辗转反侧，怎么也睡不着。没想到才工作一个多星期，身边就发生了那么多事。这样看来，秦雅凡确实虐待过张秀娣，而张秀娣的跳楼自杀应该也是由此引发的。除了张秀娣之外，在养老院内或许还有其他受虐待的老人。王晴一想到这一点就忧心忡忡。

第二天，王晴一大清早就来到慈音养老院。因为这天是重阳节，养老院会有活动，所以一天都会比较繁忙。王晴走进护理员办公室，秦雅凡还没有来。说起来，秦雅凡已经请假第三天了，始终没有出现过。究竟因为什么事要一连请三天假呢？王晴有些不解。按理说，今天一早秦雅凡就应该过来，还有很多工作等着她安排呢。

半小时后，叶嘉和其他护理员也来了。他们首先要去地下储藏室把那几箱八宝粥拿出来。叶嘉拿着从院长那儿借来的钥匙，跟王晴与两位男护理员走下通往地下室的楼梯。地下室天花板上的电灯果然都换过了，但走廊依旧显得有些昏暗。来到储藏室门口，王晴发现木门被重新漆过，红色油漆让门板显得更有光泽。叶嘉将钥匙插进门上的锁孔，将锁打开，然后她拉动门把，门却打不开，仿佛有一股力道从里侧拽着这扇门。

“怎么回事？门拉不开。”叶嘉向众人投去求助的目光。

“我来。”一位健壮的男护理员上前握住门把，使劲朝自己这边拉，门却依然纹丝不动。男护理员又加了几分力，反复拉动把手。在他粗暴的动作下，伴随一声刺耳的撕裂声，门终于被拉开。顿时，一股恶臭扑鼻而来。而且，房间里的日光灯也亮着。

“啊！”叶嘉看到屋内的景象，忍不住叫出了声。王晴也捂住口鼻，脸上露出无法忍受的表情。

储藏室内，一具已经开始腐败的女尸占据了大部分面积。尸体弓着身子侧卧在地上，双手和双脚被深色胶带紧紧捆住，嘴上也被贴了一张宽大的胶布。虽然尸体的脸部已经出现腐败绿斑，但众人仍然辨认出，那是护理长秦雅凡的尸体。她原本的长发被剪去了一大截，上身只穿了一件单薄的毛衣，整个人就像是垃圾般被随意扔在了地上。

“秦姐……怎么会这样？”叶嘉忍不住惊呼，旋即转身飞奔上楼。

另一位看到这一幕的男护理员赶紧掏出手机报了警。

王晴取出一张纸巾捂住鼻子，在门口扫了一眼现场。除了尸体之外，原本装在箱子里的罐装八宝粥如同陪葬品般散落在尸体周围，尤其是门口附近最多。王晴看了下房门，见右侧门框和门底部各贴有一整条强力胶带。怪不得刚才门拉不开，原来它被胶带从内侧贴住了。然而，房门是这间储藏室唯一的出入口，如果门被胶带封死的话，凶手又是怎样离开这里的呢？王晴完全想不通这一点。

趁着警察还没来，王晴取出手机，蹑手蹑脚地走进房间，从各个角度偷拍了几张现场照片。可屋内的味道实在太难闻了，王晴有些受不了，不一会儿就退了出来。她回瞥了一眼房内的景象，塑料书桌上的台灯罩子正对着门口，如同一只怪物的眼睛，不禁让王晴背脊一凉。

九

慈音养老院的门口停满了顶灯闪烁的警车，原本欢闹的重阳节活动不得不取消。发现尸体的王晴一行人被带到养老院内的接待室一一问话。负责这起案件的是区刑侦支队的叶易思警官，他是位看上去正义凛然的男青年。王晴后来才知道，这位叶警官竟然是叶嘉的堂哥。

王晴把发现尸体的经过如实告诉了调查人员，但她并没有把前一天晚上收到的虐待视频交给警方。死者秦雅凡的手脚被胶带紧紧捆绑，这和视频中张秀娣老人的被虐场景如出一辙。王晴认为这不是单纯的巧合。虽然王晴表面多愁善感，但遇到关键问题时总能保持冷静，判断力也异于常人。有时候，连她自己都害怕这样冷静的自己。

王晴试着按照时间链来厘清脑中的碎片。首先，发生在养老院的第一幕惨剧是张秀娣老人跳楼自杀。后来，王晴从季老伯口中听到张婆婆受虐的事，觉得张婆婆的自杀另有隐情。接着，她又怀疑养老院欺诈孤老财产有黑幕。再后来，王晴收到不明人士发来的视频，秦雅凡虐待张秀娣的真相曝光。最后，秦雅凡死在养老院的地下储藏室。

依照秦雅凡的死法，王晴推断凶手的杀人动机是对秦雅凡的虐待行为进行报复，因此故意用胶带捆住死者手脚，让她和被虐的张秀娣受到同等待遇。按照这样的思路，目前在养老院内嫌疑最大的只有一个人，那就是季老伯。这便是王晴没有把视频交给警方的原因。一旦警方把虐待事件和凶案联系起来，季老伯肯定难逃嫌疑。

季老伯因为张秀娣的死受到极大的打击，他知道张秀娣曾遭受秦雅凡的虐待，心中的悲痛便化作无限的怨念和杀意，他有足够的动机杀死秦雅凡为张秀娣复仇。王晴想到这里就试图让自己的思绪停止前进，她不愿接受季老伯是凶手的事实。但她转念一想，季老伯已经 70 岁了，以他现在的体力，能够犯下凶杀案吗？

因为叶易思和叶嘉的关系，王晴从叶嘉口中了解到一些基本的调查情况。经法医验尸，秦雅凡的死因是后脑遭多次撞击导致颅骨骨折，死亡时间已经超过五天。地下储藏室是案发第一现场，紧靠墙壁的金属柜子上检测出死者头部的皮屑和少量血迹。调查人员推断凶手是按着秦雅凡的身体使劲往柜子上撞击才导致她死亡。死者手脚上的胶带是在死者死后捆绑上去的。

经过侦讯，王晴值班那晚是秦雅凡最后在众人面前出现的时间点。按照那名为储藏室房门刷漆的油漆工的证词，20 日晚上 7 点 50 分左右，秦雅凡为他打开地下储藏室的房门之后就回去了。油漆工是当晚最后一个见到秦雅凡的人。而第二天早上，院长宋俊哲收到死者手机发来的短信，说是要请几天假，之后死者就再也没有出现。

但警方在死者身上和住处并没有找到她的手机，所以不排除是凶手冒用死者手机发送请假短信的可能性。

油漆工在8点左右完成刷漆工作后，因为要让油漆干掉，便没有把门关上就离开了。门是自动锁，只要闭上，弹簧锁舌就会插入锁孔。之后直到发现尸体的那天为止，谁也没去过储藏室。鉴定人员在死者裤子口袋里找到了房门钥匙，除此之外还有一个空的纸巾包装袋。

警方推断，秦雅凡是在20日晚间8点之后至21日这一天多的时间内被害。根据王晴的证词，20日晚上，院长的弟弟宋逸来过养老院。宋逸声称自己要整理一下一年来养老院的账务，于是一个人待在财务室查账，一个小时后就回去了。除此之外，院长的妻子樊思莹也来找过院长。樊思莹告诉警方，她早就怀疑自己的丈夫和护理长秦雅凡有不正当关系，所以当晚本是想来捉奸的。她去了院长办公室，那里却没人，她就独自等在接待室，一个半小时后院长回来，她才骂骂咧咧地跟他一起回家。而院长宋俊哲则称自己因为那几天一直跟老婆吵架，心情烦躁，于是那段时间一个人去酒馆喝闷酒了。另外，21日一早来看望季老伯的冯阳也没有逃过警方的视线，他自称跟季老伯聊了会儿天后就离开了养老院，当天没再来过。

得到上述情报后，王晴继续分析季老伯是凶手的可能性。那晚季老伯并不在宿舍里睡觉，在王晴找到季老伯之前，他的行踪一直不明。况且那天又是张秀娣的生日，季老伯的思念和悲痛更加深了一层。那晚王晴发现季老伯的时候，他的情绪也确实比较激动。即使是年迈的老人，在受到刺激的时候，也会爆发出无限的潜力，要把一个女人按在柜子上撞也并非完全不可能。

越往下想，王晴越觉得难以接受自己的推测。然而，无论谁是凶手，犯人如何从胶带贴死的房间中逃脱的问题始终困扰着王晴。难不成秦雅凡自己把手脚绑起来，然后用力往柜子上撞？法医不可能蠢到连这也辨别不出。不然的话，还能怎么解释这个不可能的犯罪现场呢？王晴脑中突然冒出一个毛骨悚然的念头。说不定犯下这一切的正是张秀娣本人，她死后化作怨灵，回到自己曾经自杀的养老院，杀死了凌虐过自己的秦雅凡，将房间封死之后，再穿墙而过，悄无声息地离开了现场。

十

王晴请了两天假，打算待在家里静静心。最近发生的事情太多，她有些应接不暇。这个时候，王晴的母亲又来给她添乱，说是要给她介绍对象。王晴果断拒绝，一是她现在真不想谈恋爱，二是养老院的事让她根本没心思去相亲，三是她觉得父母介绍的相亲对象无非就是通过周边的阿姨认识的，这些人的观念和现在的年轻人相差甚远，介绍对象时总是那么几句固定台词——男孩就是人老实、工作稳定、家庭好；女孩就是文静漂亮、本分、有涵养。说了就跟没说一样。

然而，拒绝相亲的后果可想而知：无论吃饭、看电视、闲聊，只要是待在家里，父母就不会放过机会，他们会对孩子轮番轰炸，无休止地做思想工作。王晴的父母也不例外，母亲喋喋不休，父亲时不时谈点人生大道理，简直把王晴搅得烦上加烦。最后，她终于拗不过父母，极不情愿地答应先和对方见一面。

一个阳光明媚的中午，王晴稍作梳妆打扮便出了门。她也搞不懂这次父母为何会如此固执。母亲说对方是一个大学物理讲师，人非常好，叫她不要错过这个机会。王晴对“物理讲师”这个头衔没什么概念，她心目中的白马王子是像裘德·洛那样的英式成熟美男。来到约定的见面地点——一家很普通的咖啡馆，王晴捋了捋发丝就走了进去。门口有几个顾客正在等位，看来这里生意不错。几分钟前，对方给王晴发了短信，说他已经到了。王晴环顾了一下整间咖啡厅，随即拿出手机，刚要给对方打电话，就听到几米外传来一个低沉的声音："是王小姐吗？"王晴抬起头，循声望去，只见靠窗的座位上有个男人正站在那儿向自己打招呼。

男人长相平平，一头干净的短发，鼻梁上架着一副土气的黑框眼镜，上身穿了一件深色外套，完全不像是来相亲的行头。王晴对这个男人的第一印象并不怎么样，至少就外貌而言绝对不是自己的菜。

王晴朝男人点点头，有些不自在地朝他走去："你是……"

"我是赫子飞，是丁阿姨介绍的。"还没等王晴说完话，对方就报出自己的名字，"你请坐。"他示意王晴坐在椅子上。

王晴坐下之后，翻开桌上的饮料单，点了一杯黑咖啡。这是王晴第一次相亲，她有些尴尬，不知道面对一个从未谋面的陌生男人该如何打开话匣子。那个丁阿姨，王晴也认识，是母亲的麻将搭子。据说，这个赫子飞是丁阿姨的邻居。

"对了，你怎么知道我是王小姐？"冷场了半天，还是王晴首先开口。

"哦，"对方摸了摸下巴，"因为这里已经满场了，但你刚才进来的时候并没有去服务台拿号，而是直接扫视整间咖啡厅，显然是在找人。所以我想，你应该是跟谁约好了要在这边见面，而你确定对方已经坐在这里等你了。"

"那你又怎么肯定我约的人是你呢？"

"因为你后来又拿出了手机，你戴着手表，拿出手机显然不是为了看时间，那就说明你是想打电话给谁。这里并不大，如果等你的朋友是你见过的，你不会没看到，也不会拿出手机想给对方打电话。这也就是说，在这家咖啡馆里正等着你的是一个你从没见过面的人，你认不出他的长相。所以，我基本可以断定，你就是在这个点儿跟我约好见面的王小姐。”

“原来是这样。”王晴腼腆地一笑。不可否认，物理讲师的观察力和分析力就是比普通人强。“对了，你是物理讲师？”她向对方确认道。

“只是实习的，还不算正式的讲师。”对方不好意思地说。

服务员把王晴的黑咖啡端上桌，王晴呷了一口冒着热气的咖啡，突然萌生了一个念头。她打算请教请教这位物理讲师自己心中的疑惑。

“对了，赫先生。”王晴放下咖啡杯，脸上的表情突然严肃起来，“你是学物理的，你说一个人有没有可能从房门被胶带贴死的屋子中逃出去，胶带却仍然完好无损？”

“你是说推理小说里的胶带密室？”赫子飞立即露出兴奋的神情。

“推理小说？不不，我对小说没兴趣。我说的是现实中的事件，现实中有发生过类似的事吗？”

赫子飞想了想，说：“有的，几年前在本市一家昆虫研究所内发生过一起谋杀案，案发现场的门窗都被胶带从内侧贴得死死的，凶手却消失得无影无踪。”

“那个案子后来破了吗？凶手是怎么做到的？”

“破了，不过我也不知道凶手是怎么做到的。那个时候我正忙于学业，没怎么关注这起案件。”赫子飞叹息道。

“那么，从物理学的角度，你能给出合理的解释吗？”王晴投来求助的目光。

“这要具体问题具体分析。你说的‘人从房门被胶带贴死的房间中逃脱’到底是怎么回事？”

“实话告诉你，”王晴决定把真相说出来，“前几天，我工作的养老院里发生了一起谋杀案。”

“你是说慈音养老院的护理长被害案吗？原来你是那儿的工作

人员啊。我看了这几天的新闻，对这事略有耳闻。”

“嗯，就是那个案子。”

“如果不介意的话，能不能把你所知道的整个案子的来龙去脉告诉我，越详细越好，不要漏过任何一个细节。”赫子飞提出这个要求，并从包里取出自己的记事本。

王晴没有拒绝，她再次饮了口咖啡，先在脑中回放了一遍案发前后的整个过程，随即巨细靡遗地把自己第一天去养老院面试到秦雅凡被害的经过叙述了一遍。对面的赫子飞认真地听着，时不时在记事本上做着笔记，其间偶尔打断几次追问细节。王晴同时还拿出之前用手机偷拍的现场照片，让赫子飞一一查看。谁也没有想到，第一次见面相亲的两个人，居然会以谋杀案为话题聊得如此津津有味。

十一

王晴一股脑地将自己对谋杀案的疑惑吐露给赫子飞，她也不知道自己为何会如此信赖这个才刚见面的男人，只是隐约觉得，这个男人身上似乎有一种能够解开任何谜团的气魄。

听完整个事情经过后，赫子飞闭上眼睛，沉思了几十秒钟。当他再次睁开眼睛时，目光中多了几分肯定。

王晴直视着赫子飞，期待着他的发言。赫子飞端起热巧克力抿了一口，道：“凶手为何能够离开用胶带封死的房间，我想这是个很简单的把戏。”

“怎么做到的？”王晴圆睁着双眼，目光中透出期待。

“你不觉得奇怪吗？”赫子飞开始解答，“你们把罐装八宝粥搬进储藏室的时候，箱子都没有开封，可为什么案发现场的地上会掉满了八宝粥？我想，那些八宝粥多半是凶手特意取出来的，他为什么要这么做呢？从刚才的现场照片中可以看到，门口附近的八宝粥最多，还有一罐是立在门框边上的。我刚才特地数了数掉在地上的八宝粥，发现一共有 22 罐。这种牌子的八宝粥，罐身的长度大约是 12.5 厘米，22 罐就是 275 厘米。再来算一下门框的高度和宽度，这扇门目测高度 2 米左右，宽度也差不多在 65 厘米上下，加起来是 265 厘米，这两个数值是不是有些接近呢？”

“这……这有什么关系吗？”王晴一头雾水，完全听不明白赫子飞在说什么。

“很简单，现场的房门只有门的右侧和底部贴了一层强力胶带，两根胶带的长度之和偏偏等于罐子高度的总和。”赫子飞咽了咽口水继续说，“储藏室的门是向外侧开启的，所以只要先将胶带的一半从内侧贴在门框上，用某样东西抵在胶带的背面，让胶带的另半边稍稍折向门外的方向，布置好一切后凶手走出房间，再用力关上房门，胶带密室就形成了。凶手就是把八宝粥罐子一罐罐叠起来，叠到和门框的高度一致，紧挨在门框的后面抵着胶带。在门关上的瞬间，门和罐子就会把另半边胶带牢牢夹在中间，使胶带紧贴在门上，而罐子最终也会因为门的撞击力全部倒在房间里（如图所示）。门底部的那层胶带也是相同的原理，先将胶带的一半贴在地板上，将胶带横向对折，把罐子横在地上抵着胶带，关门的瞬间，胶带的上半部分就会牢牢贴紧门的底部，而罐子也会滚离门边。”

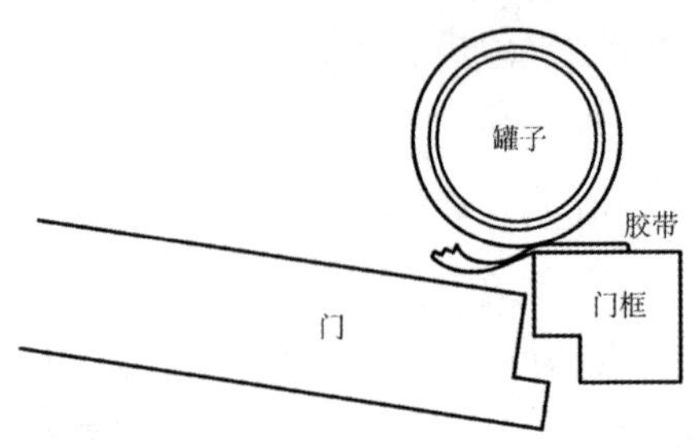

“原来是这样！”王晴露出恍然大悟的神情，“原来八宝粥罐子还有这种功能，难怪门口附近掉落的罐子最多。”她真没想到自己百思不得其解的谜团却在顷刻间就被眼前这个只看了眼现场照片的男人解开了。

可赫子飞完全没有因为解开了胶带密室之谜而沾沾自喜，相反，他的表情变得沉重起来：“这件凶杀案的关键并不在于凶手是怎么制造胶带密室的，而是凶手为什么要制造胶带密室。恰恰在这一点上，凶手暴露了自己的身份。”

十二

赫子飞将自己的记事本转了个方向，挪到王晴面前说：“这是我刚才根据你的叙述列的一张你值班当晚的简易时间表。”

19:30 ~ 21:00：老人观影活动

19:45：秦雅凡来到值班室

19:50：秦雅凡打开储藏室的门并离开养老院

20:00：油漆工完成刷漆工作，离开

20:30：宋逸进入养老院，独自在财务室工作

20:40：地下一层开始停电，三天后恢复供电

21:00：王晴发现失踪的季老伯

21:30：宋逸离开养老院

21:40：宋俊哲离开养老院在附近酒馆喝闷酒

22:00：樊思莹进入养老院，独自等在接待室

23:30：宋俊哲回到养老院，并与樊思莹一起离开

翌日 6:00：冯阳进入养老院探望季老伯

翌日 7:00：冯阳离开养老院

“从你刚才的叙述和这张时间表，可以很明显地看出凶手的身份。”赫子飞斩钉截铁地说。

“怎么可能？这怎么看得出？”连一向冷静的王晴此刻也觉得难以置信。

赫子飞继续他的推理：“回到刚才的问题——凶手为什么要把现场布置成胶带密室？还有，凶手为什么要剪去死者的头发？不光如此，死者身上只穿了一件单薄的毛衣，并没有外套，这也不合常理。从表面看，凶手做这一切是为了向死者泄愤，并弄成似乎是张秀娣怨灵复仇的灵异事件，和养老院里的虐待事件挂起钩来。但是，实际上，凶手用胶带贴住房门还有更深层次的原因。其中一个原因就是——门上的油漆。”

王晴感觉自己又陷入了云里雾里的状态。

“那晚八点，油漆工刚在储藏室房门上刷好一层油漆。如果在油漆还没干的情况下，凶案就发生了。凶手在和死者的推搡中，不小心将死者推到了门框上，死者衣服和长发上都沾到了油漆，而刚刷好漆的门框也留下一道油漆被抹去的擦痕。凶手不想让调查人员留意到这一点，所以剪掉死者的头发，并脱去死者原本穿在身上的外衣。而此时工人已将油漆桶带走，凶手无法将门再重新漆一遍。于是，他想了一个办法，在门框上贴上胶带，遮盖住有擦痕的油漆，布置成胶带密室。凶案暴露之后，如果胶带被撕下，那个时候胶带有黏性的那一面就会粘上一层油漆。有些质量不太好的油漆，即使干了，只要用胶带一粘，油漆也会因为黏性附着在胶带上。凶手就是要让人以为，门框上的油漆是被胶带的黏着力撕扯下来的，而不是一开始就抹去了一块儿。也就是说，凶手是想用胶带撕下后的痕迹来掩盖他杀人时在油漆上留下的擦痕。

“那么，凶手为什么要千方百计地掩盖那个擦痕呢？因为他不想让人知道，案发时间是油漆还未干的时候。在给值班室房门刷漆的时候，油漆工也说过，那种油漆要一个小时才会干掉。储藏室房门刷好油漆的时间是 8 点，由此便可以推断，案发时间一定在 8 点到 9 点这一个小时里面。”

“好厉害……”王晴完全没想到赫子飞能推理到这一步。

“然而，如果只是为了掩盖油漆上的痕迹，凶手只需将门的侧面贴上胶带即可，没必要连门的底部都贴一层胶带。”赫子飞不停地转着手中的圆珠笔，“之所以要在底部也贴上胶带，是为了另一个目的。”

“什么目的啊？”王晴仍旧一脸困惑。

“从另一张现场照片可以看到，塑料桌上的台灯罩子正对着门口。我想，凶手应该是在门口叠罐子的时候，拿那盏台灯来照明的。可是，储藏室明明有日光灯可以照明，凶手为什么还要打开台灯？答案很简单，因为当时地下室停电了，日光灯开不了。而那盏台灯是用 USB 线连接在电脑上充电的，即使停电，台灯内部还存有一部分电量，完全可以使用。由此可以推断出，案发当时，地下室是处于停电状态的。

“那么，凶手又为什么要用胶带贴住门的底部呢？把这个和停电的状况联系起来，原因也就不难揣测了。当时，凶手把死者叫到储藏室，而那时正好停电，凶手或者死者打开了台灯，两人继续交谈。这时，双方起了争执，凶手顿生杀意，和死者缠斗起来。死者被推到门边，在推搡的过程中，日光灯的开关被撞到好几次，之后凶手把死者按在柜子上，将她杀害。

“待凶手冷静下来，突然意识到一个问题：因为停电，他不知道日光灯的开关按键因为刚才的冲撞，是处于开启还是关闭状态。储藏室平时没什么人去，凶手并不清楚开关往哪边按下是开启。现在的电灯开关，在开启状态时，侧面都能看到一个小红点，以标识开关正处于开启状态，但一些老式的日光灯没有这样的标识。如果开关一直处于开启状态，待停电恢复后，日光灯就会亮起，光线会从门缝底下泻出。如果被正巧经过的人看到，就会觉得异样，尸体被提早发现的概率就会提高。而事实上，当时的开关确实处在开启状态，你们发现尸体的时候，房间里的灯还亮着。

“尸体越早被发现，法医推断死亡时间的范围就会越精准。凶手为了防止这一点，就用胶带把门的底部贴住，为的就是遮光。”赫子飞说完，清了清嗓子。

“可是，凶手为什么不把日光灯砸坏呢？”王晴马上提出质疑。

“我想，当时凶手手边没有合适的工具，日光灯又在天花板上，不容易够着。”赫子飞解释道，“当凶手在储藏室里找到胶带和剪刀后，就萌生了布置成胶带密室的想法：一来掩盖油漆擦痕；二来遮住光线；三来胶带这样道具可顺理成章地与张秀娣的受虐事件联系起来，成功转移警方视线。一举三得。

“我们继续。刚才也说了，无论是遮盖油漆上的痕迹也好，遮蔽光线也好，凶手就是要想方设法地隐瞒案发时间。根据先前的推理，案发时间在 8 点到 9 点间，而停电在 8 点 40 分之后。这两个时间段的交集——8 点 40 分至 9 点，凶手正是在这 20 分钟内杀死被害者的。”

十三

王晴一边听着赫子飞的推理，一边频频点头。她感觉仿佛有一股清流冲进了脑中，让思路彻底通畅。此刻，王晴的脑海里也渐渐浮现出凶手的雏形。

赫子飞喝了几口快冷掉的巧克力，继续说：“案发现场在养老院的地下储藏室，凶手认识秦雅凡，又知道老人被虐事件的内幕，这个凶手多半是和养老院相关的内部人员。

“现在来看这张时间表。根据刚才的结论，案发时间在8点40到9点之间。首先可以排除10点才来到养老院的樊思莹和第二天早上6点来看望季老伯的冯阳，也可以排除晚间7点半至9点观影的老人，剩下的老人体弱多病，应该没有杀人的能力。季老伯也是一样，他的腰不好，根本弯不下身子，无法将八宝粥一罐罐叠好，即使坐在地上，要是没有人搀扶的话，他很难站起来，也不可能一路坐着爬上通往地下室的楼梯。当然，当晚一直待在值班室的其他护理员也不可能作案。

“再来看院长宋俊哲。他那晚在见到樊思莹之前一直是单独行动，没有明确的不在场证明。正因为如此，如果他是凶手，就完全没必要做那么多掩盖案发时间的工作。因为无论案发时间在什么时候，他都没有可靠的行踪证明，根本不会有明显的嫌疑。

“案发时间曝光后，唯一拥有明显嫌疑的只有一个人。那就是院长的弟弟宋逸。他当晚8点半进入养老院，还正巧被你看到，然后9点半又离开。8点半这个时间点和案发时间8点40至9点是不是有些太过接近了呢？相当于宋逸一来到养老院，秦雅凡就被杀害了。所以，宋逸才要不顾一切地掩盖案发时间。一旦案发时间暴露，那么嫌疑最大的就是自己了。毕竟宋逸平常不怎么来养老院，在案发当晚，他相当于一个进入养老院的‘外人’，而正巧在这位外人来到的时候，养老院内发生了命案，警察不怀疑他才怪。最终，宋逸的奸计得逞，秦雅凡的尸体五天后才被发现，死亡时间只能推断到20日晚8点至21日一整天之间，这样宽泛的范围完全不会让宋逸显得可疑。

“还有一点可以作为凶手是宋逸的佐证。你还记得在秦雅凡裤子口袋里发现的纸巾包装袋吗？那包纸巾是秦雅凡来值班室的时候你给她的吧？”赫子飞用求证的目光望向王晴。

王晴颔首道：“是我给她的，怎么啦？”她有些不明所以。

“你给她的时候，纸巾还剩多少？”

“是新的，一张也没用过，后来她拿了两张擦嘴。”

“这就奇怪了，”赫子飞若有所思，“明明只用了两张，为什么警察发现的时候却空了呢？”

“是凶手拿走了？”

“如果凶手是在死者被杀后拿走她身上的纸巾的话，他没必要把空的包装袋再塞回死者的口袋，这个动作有些多余。唯一合理的解释是，纸巾在死者被杀前就已经被拿走了。并且，取出纸巾的应该是死者本人，她拿出纸巾后，并没有留意到包装袋已经空了，或者找不到扔垃圾的地方，总之把包装袋又塞回了口袋。那么问题来了，在你给死者纸巾到死者被害这短短一小时内，她为什么要用掉那么多纸巾？”赫子飞没等王晴回答就继续往下说，“比较合理的解释是，纸巾不是死者自己用的，而是给别人用的，这个人很可能就是与死者最后在一起的凶手，也就是宋逸。我记得你说过，宋逸来养老院的时候鼻音很重，可能得了重感冒。患重感冒就会产生大量鼻涕，需要大量的纸巾。我想，那些纸巾正是宋逸向秦雅凡要来擤鼻涕用的。”

听完赫子飞的推论，王晴深有同感，但令她震惊的是，赫子飞的推理过程竟如此细致，几乎一步不差地还原出事件真相。她由衷觉得眼前这个物理讲师的确不简单。“你说得很有道理，但我想不通的是，宋逸为什么要杀死秦雅凡呢？他俩好像没什么过节吧。”王晴打算打破砂锅问到底。

“关于动机，我只能猜个大概了。”赫子飞深吸一口气说，“我想，可能是秦雅凡拿养老院欺诈孤老遗产的事威胁院长，逼他和自己结婚，否则就把事情抖出去。这件事被宋逸知道后，宋逸那晚便来到养老院，想找秦雅凡谈判，毕竟欺诈的事他才是主谋。他把已经离开养老院的秦雅凡叫了回来。此时，秦雅凡恰好想检查一下储藏室的门有无漆好，便和宋逸一起来到地下储藏室，两人在那里发生了争执，宋逸把她杀害。之后，宋逸想到用胶带掩盖案发时间，但是光在门上贴胶带会很突兀，于是他把秦雅凡的手脚也绑上胶带，把焦点转移到虐待事件上去，并让人以为凶手布置密室的动机只是为了伪装成灵异事件。

“秦雅凡是一个病态的女人，她得不到想要的名分，经常把心中的不满情绪发泄到精神有问题的老人身上，最终酿成了张秀娣自杀的惨剧。而秦雅凡虐待老人一事，院长和宋逸应该都略有耳闻。宋逸便利用这一点来误导警方调查杀人动机的方向。事后，宋逸还用秦雅凡的手机给院长发了请假短信，为的是不让众人对秦雅凡的失踪起疑，拖延尸体被发现的时间。整个案发经过就是这样。”赫子飞说完之后，感到有些疲倦，他将身子靠在椅背上稍作休息，脸上原本紧绷的肌肉渐渐松弛下来。

十四

相亲回来的当天，王晴就写了一份揭发材料，将养老院欺诈孤老的黑幕和护理长秦雅凡的虐待行径一并记录到材料内。第二天，她带着这份材料和手机里的虐待视频来到警局，将这两样东西交给了公安机关。

三天后，宋逸以故意杀人罪和欺诈罪被警方批捕。据说，宋逸在处理秦雅凡的外衣时被某地的监控探头拍了下来，成了警方破案的依据。警方最终逮到了真凶。这或许就是所谓的“天网恢恢，疏而不漏”。最终，宋逸对自己的杀人和欺诈行为供认不讳。他杀害秦雅凡的动机和赫子飞推断的并无多大出入。而养老院院长宋俊哲也因欺诈罪被警方控制，慈音养老院被政府取缔，所有老人都被转移到另一家由政府监管的养老院内。就和大多数故事的结局一样，所有的坏人都得到了应有的惩罚。

像雾似的蒙蒙细雨，丝丝缕缕，滋润了世界。雨声仿佛飘扬在天空中的安魂曲，将这片墓园变成了灵魂的归宿。季老伯坐在一座孤坟前，目不转睛地望着墓碑主人“张秀娣”的名字。这是他为她立的碑，墓碑左下角只有一行黑色楷体字：至亲季景山。在季老伯心里，张秀娣早已是自己的至亲，是这个世界上最亲的人。王晴陪在季老伯身后，为他打着伞，两人一直没有说话。时间在这一刻仿佛静止了。

虐待行径的披露为张秀娣老人的死还了一个公道，王晴能从季老伯的眼神中看到些许释然。也许，她早该把虐待视频交给警方，那样事情可能会有一个更圆满的结果。至今，王晴都不知道是谁给她发了那段视频。或许是另一个受到虐待的老人，又或许是哪个对秦雅凡有不满的护理员，谁都有可能。这些就让警方去调查吧。或许，这也是张秀娣老人在冥冥之中的安排。

王晴的第一份工作就此终结，但她仍然不会放弃这个职业。当今有太多的无助者需要人来关怀，哪怕只是一句问候。即使是步入人生后半段旅程的老人，他们在走到人生尽头以前，都不希望立在眼前的，是一座孤坟。

孤独的悲剧

梦想总有成真的一天。

我铭记着到达终点的每一个脚印：少时对警匪片里推理破案的怦然心动；警校毕业时的欣喜若狂；初试警服时的满满憧憬。

然而，梦想与现实之间的差距是巨大的。

郊区的分局里，一间破旧的小办公室，几张伤痕累累的木桌，肮脏斑驳的墙壁……这就是迎接我这名新任警员的工作环境。我脑海里按照电视剧情景搭建起来的海市蜃楼顿时崩塌。

梦想最终还是会向现实妥协的。

郊区人不多，鸡毛蒜皮的小案件却不少，每天接到七八起抢劫、盗窃之类案子的报案是家常便饭。于是，我头几天还很高涨的热情在不到一星期的时间里迅速被浇灭了。

生活如同一潭死水，直到当上刑警的第三个星期才起了涟漪——我遇到了任职以来的第一起杀人事件。这是一起匪夷所思的案件，以至于用现有的物理学定律完全无法解释。

现场是一幢孤立在农田里的小洋房，外部的豪华装饰与周围的荒凉景致形成鲜明的反差。死者是屋子的主人——一位70岁的孤老。根据尸体腐烂的程度判断，人最起码死了两个星期以上。发现尸体的是附近几个顽皮的小孩。他们从外墙爬上院子顶部的玻璃天窗，看见老人倒在院子门口。据法医初步验尸，老人的死因是喉部遭利器穿刺，失血过多。

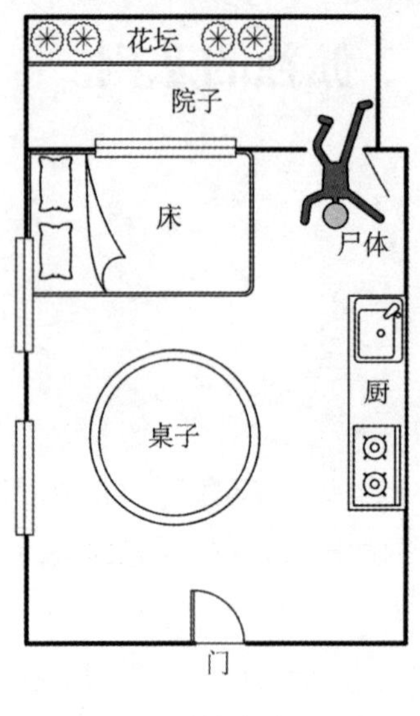

现场略图

由于我是第一次亲眼目睹尸体，难免有些不适应，只觉得腐臭的空气搅动着我的肠胃。尸体趴在院子门前，几个同事正翻弄着屋内的物品。房子的内部装修与外表相比要朴素得多，淡黄色的木地板布满灰尘，几件简单的旧家具展示了老人的全部生活轨迹。一个人独居在这样一个地方享受田园风光，是不是别有一番风味？但这样一位老人会和谁有仇呢？当同事把尸体抬上担架时，我看到尸体的喉咙部位有一个可乐瓶盖大小的窟窿，黑色的洞口向我敞开，视觉上的冲击力让我更加不适。

我们的队长——一位平时总是很客气的男子——不知道什么时候站在我们面前，充满沧桑的眼睛里放射出威严的目光。他询问起第一个破门而入的民警。民警指着地上那根已经损坏变形的铁质插销，言之凿凿：“我撞门进屋前，门是从里面插上的。”

“你肯定？”蔡队长皱起了眉头，岁月以鱼尾纹的形式告诉我“他比你大了整整十岁”。

民警毫不犹豫地点点头。

这就是这件案子令人匪夷所思之处。除了房门以外，屋内的所有窗户，都从里面锁好并拉上了窗帘，就连院子上方也被几块玻璃板牢牢封闭住了。根据这样一个状况，凶手杀人后是怎么逃出这间屋子的呢？难道他会穿墙？

密道！肯定有密道！应该有密道才对……可惜，在仔细搜查了屋内的各个角落后，我们发现并不存在密道。

我们又试图抓住另一根在风中飘摇的救命稻草：老人有没有可能是自杀呢？然而，屋子内根本没有找到凶器。我们只发现了几把刀具，但在刀刃喷上发光氨后，都没有血迹反应。且尸体伤口形状也和刀具不符，凶器应该是偏圆锥形的物体。那么，凶器会不会被埋在院子的花坛里了呢？花坛里种着几株迎春花、几棵不知名的绿色蔬菜、几根短竹，还有一些月季。我们把这些植物全都铲掉，挖地三尺，仍旧毫无所获。

救命稻草也随风飘去了。

我看过不少推理小说，“凶器消失”也是小说经常用到的桥段，其中最常见的就是以冰柱作为利器。可是这个案件里，一来老人家里没有冰箱之类的制冰机器，二来现场也没有发现能存放冰块的器具，此时又是春季，所以“冰柱凶器说”的论断不成立。还有一种可能性，就是利器是用焦糖做成的，老人自杀后，糖锥掉在地上，经过两个星期，全被花坛里的蚂蚁吃光了。可是，尸体周围和喉咙伤口处都没有发现糖粒。

如果是他杀，那凶手是如何离开密闭的房间的？如果是自杀，那凶器又是怎么消失的？我被困在以本案为圆心的圆里，可以清晰地看到每一条半径都叫“悖论”。

调查陷入了僵局。老人名叫徐光林，没有子女，两年前用自己所有的积蓄在这里盖了幢小屋，希望在此安度晚年。徐光林几乎没有任何社会关系，认识他的人寥寥无几。这位死在小洋房里的孤独老人就这样成了我当时最大的遗憾。

如果我仍然执着地独自对案件苦思冥想，那么我可能永远也不会知道躲藏在这个不可思议现象背后的真相。诚然，如果不去仔细思考案件的脉络和它们本身所具有的引力关系，我也不会最终知道答案。而这一切全部要归功于一位我偶然认识却留下丝丝情愫的年轻艺术家——夏时。

因为推理爱好者的身份，我以“迷案”为网名活跃在某些网络推理论坛上。四个月前，我参加了论坛组织的推理迷聚会。就是在这次聚会上，我认识了一位名叫夏时的高中女生，她同时也是一个业余的插画画手。一头简练整齐的中短发，一副精致的黑框眼镜，一个小巧的墨绿色书包，是我对夏时外貌的最初印象。身材娇小的她浑身散发着一种不属于她这个年纪的气场。

当大家知道我是警察后，也许是对警察这个职业的陌生，也许是对我充满太多的幻想或期待，总之他们对于面前的警察似乎有着让人难以理解的兴趣，争着向我问这问那，想探听我侦办过哪些有趣案件。当然，我职责在身，不便透露太多。我告诉他们说，警察其实没想象中那么神勇，所办的大多数案子也不像小说里那么扑朔迷离，警察其实是一份很枯燥的工作。这确实也是我的真实感受。

夏时很少说话，但一聊到她感兴趣的话题，便会兴奋地参与讨论。从与她的对话中我听出她的爱好除了推理小说之外可能还有足球和动漫。

当一位推理作者问我现实中有没有密室杀人时，我犹豫了一下，还是没把那个案件说出来，只随便敷衍了他几句。我告诉他，一般只有脑子不正常的人才会在行凶后把现场布置成推理小说中所谓的密室。那位作者听了我的这番言论后，明显有些不快。

其间，夏时不时插上几句话。我发现，她似乎对密室很感兴趣。

那次聚会之后，由于得知自己和夏时住得比较近，平时我有空就经常约她出来。这是一个晴朗的周六下午，我和夏时约在一家茶坊见面。这天，她的穿着还是那样阳光又充满活力，一件白色短袖搭配着运动裤。

“等了多久了？”她拉开椅子坐下，把书包摘下放在旁边的椅子上。

“一会儿。”我笑了笑，回答。其实，我很早就来了。

“呵呵，其实你到了很久了吧。”她抿嘴一笑。

我面露惊讶。

面对一脸困惑的我，她马上指着我面前的桌子说：“杯子旁边这么多残留的砂糖包装纸，想必你已经喝了好几杯咖啡了吧。”

我更加诧异地望着她，没想到这个才上高中的小女生竟有这般观察力。

“那万一我喜欢在一杯咖啡里加很多糖呢？”我还是不服气地为难道。

她却微微一笑：“上次聚会的时候，你点的咖啡只放了一点点糖。”

我彻底认输了。

夏时叫了一杯热腾腾的红茶。我们聊了许多关于推理小说的话题，当聊到密室这一重要题材时，夏时露出兴奋的神色。由于今天只有我和她两个人，我就把案件作为一个假设的事件跟她聊起来。这样可能不太妥当，可不知道为什么，身体里总有一股不知名的力量牵引着我向她吐露心声。

“原来还有这么有趣的案子啊。”夏时听完我的叙述后呷了一口红茶，吃惊地望着我。

"可惜我不是小说中的名侦探，破不了啊。"我无奈地摇摇头。

夏时低头沉思了一会儿，冷不丁地问了我一个奇怪的问题："在花坛和尸体之间的地上，是不是有血迹？"

我不解地看着她，如实答道："有，确实有一些零散的血滴。你怎么知道？"

她却微微一笑，露出可爱的酒窝，又问："花坛前的地上是不是有个小凹坑或者不平整的地方？"

我再次顿住，难道她是神仙吗？

"确实，水泥没铺平整，地上有个瘪进去的小坑。"我实在纳闷夏时是怎么知晓这些连我们都差点忽略的小细节的。

"谜团解开了，迷案兄。"她的目光中突然透射出极度的自信。

"啊？"

"凶器就在房间里哦。"夏时用勺子搅拌着杯中的淡红色液体，不紧不慢地说。

"你不是在开玩笑吧？你知道什么了？这可不是猜谜游戏啊。"

"那你要不要听？"

"听，听，请你继续往下说。"我的心中同时涌现出震惊和焦急两种情绪，"凶器到底是什么？"

"就是花坛里种的某种植物啊。"

"植物？什么植物？我们都已经查过了啊。"

"竹子咯。"夏时竟如此平静地说出最终答案。

"怎么可能？那几根竹子我们都检查过，它们的头并不是尖的，而且和伤口的形状也不吻合。"

"老人是什么时候死的？"夏时突然切换话题。

"大约发现尸体的两个星期前。"

"那就对咯，所以找凶器也应该回到两个星期前。"她意味深长地说，"一根竹子，它长大前是什么呢？"

“难道……”我恍然大悟。

“没错，就是竹笋，尖尖的竹笋。”夏时抢在我前面回答，“老人来到院子里，不小心被脚下的凹坑绊倒，喉咙恰巧撞在坚硬的笋尖上。一个 70 岁的老人，皮肤组织已经老化，抗击能力也大大降低。他在颈部脆弱的皮肤被笋尖刺破后想出去求救，可是刚爬到院子门口时却气数已尽，最终在那个位置断气身亡。而那个罪魁祸首——竹笋，却还是依照自己的生长规律，在短短两个星期内长成了一根小短竹。谁叫竹子是世界上长得最快的植物呢。”

“这……这有可能吗？”这个天马行空的答案对于我这样一个想像力比较匮乏的人来说，一时间很难完全接受，于是忍不住反诘一句。

“当然有。”夏时冷冷地说，“只要满足三个条件就能加强这个推论的可能性：第一，老人这一摔力道很大；第二，竹笋本来就有一定的硬度；第三，老人的皮肤本来就很脆弱。第二、第三已经是事实了，第一无从证实。但即便如此，从目前的状况来看，可以说这大概率就是真相了。至于具体证据，就要靠你们警方去调查了。”

“竹子……原来是竹子的小时候啊……凶器也会长大。”我喃喃自语，然后一口气喝光了杯中的咖啡，懊恼为什么自己当时没想到。

夏时捂住嘴笑笑，继续说：“竹子一般在两个月之内就能从小竹笋长到数米高的竹子。它之所以长得比其他植物快，是因为竹子的每个节间的下部都具有分裂能力极强的细胞。春天，温度适宜，空气湿润，这些细胞就会迅速分裂、生长。老人可能有养竹的闲情逸致，没想到这却成了他的催命符。老人家花坛里养的竹子，你们也可以具体查查它的品种，下次记得告诉我。”

“对了，还有一点。”我提出疑虑，“院子的顶部是用玻璃封住的，那花坛肯定淋不到雨，任何植物都不能缺水吧，竹笋怎么没有死掉？”

“那是因为花坛底部是和外界相通的吧，雨水从外面通过土壤渗入到花坛，竹笋就能吸收到水分了。里面的迎春花不是也开得好好的吗？”

“确实……”

我再次定睛打量着眼前这个可爱的女生，她是一个“奇迹”吗？

夏时的视线与我交汇了一下，补充道：“关于老人为什么大白天把自家门窗全部反锁的原因，我猜测，可能和附近的孩子有关——就是发现尸体的那些小孩。老人大概经常被他们骚扰欺负吧。”

“哦？”

“嗯，老人的死可能也和他们有关。”她继续说，“你不觉得奇怪吗？一个住了两年的老人为什么会没有注意到脚下的凹坑？喉部又为什么会正巧撞上笋尖？我想，老人当时正抬着头的可能性很大。后面就是我自己的猜想了：老人走向花坛，突然一个小孩从院子外墙爬上了顶部的天窗，老人抬头看见后吓了一跳，此刻的他没有注意到脚下，突然被小坑绊倒，而由于当时他正抬着头的关系，颈部完全暴露在外，最终酿成了这桩悲剧。”

“那按照你说的，小孩应该一开始就看到了老人的死亡过程，他们当时怎么不报警？”

“一定因为害怕逃走了。两周后，他们再次回到那里想一探究竟，结果发现老人死亡后才告诉家里的大人。所以，你接下来的调查方向可以着重问问那些孩子，运气好的话他们或许会把事情真相说出来。”

我和夏时的会面就在她华丽的推理秀之下结束了。我现在要做的就是赶紧回到局里找蔡队，告诉他案件的新进展。现在，我开始喜欢上了警察这个职业，感觉自己似乎又回到了纯真的、充满梦想的童年。

载着眼泪的子弹

手记（一）

氧炔焰的光亮划破了周围的黑暗，金属铁门被锐利的火焰划出一道长长的口子。割开一个缺口后，我小心翼翼地将手伸进铁门内侧，在黑暗中摸索到门后的插销，将其拉开。

门开了，黑暗包裹着两道手电筒的光柱，我和阿成踏进弥漫着异味的暗室。这里相当潮湿，脚下有滑滑的触感，斑驳的墙壁在手电筒的映照下显得骇人可怖。如果不是我还有理智，一定认为这里是栖息着某个怪物的地下洞窟。

周围很安静，安静得可怕，除了我和阿成的脚步声外听不到任何声音，却又仿佛有东西在耳边低声呢喃。我试图将手电筒的光圈扫过室内的每一个角落，就在一瞬间，光圈捕捉到了某个物体——某个或许只有在地府才能见到的物体。

这里怎么会有白骨？我直视着眼前的一具人类尸骨，和阿成两个人呆立了许久。白骨看似懒散地躺在地上，脸朝向一旁的墙壁，似乎不愿意见到我们两个外来的入侵者。我屏住呼吸，慢慢蹲下身，用铁锹拨了一下歪向一边的头骨。我猛然注意到，头骨太阳穴的位置有一个直径一厘米不到的小孔，我将光照在这个奇怪的小孔上，发现小孔贯穿了头部，一直延伸到头骨的后部。这是怎么回事？

我立刻意识到问题的关键，于是站起身，将手电筒照向尸骨后方的墙壁，手放到墙上摸索着，终于找到了我要找的东西。

在离地一人高的墙面上，有一个不是很显眼的小洞，一颗子弹头卡在小洞的深处，洞的周围散布着一圈黑色的污迹。那一定是血迹。

这是一起枪杀，头骨上的小孔是被子弹射穿的弹孔，子弹穿过被害人的头颅，射进了后方的墙壁。得出这个结论后，我又仔细搜寻了整个暗室，却没有找到枪。

怎么可能？如果是自杀，现场不可能没有枪；如果是谋杀，刚才进来的时候，铁门明明是从里面插上的啊，凶手要怎么离开呢？这里是地下室，并没有窗户，也没有别的出入口。这到底是怎么回事呢？我突然感觉到一阵窒息。在这无尽的黑暗中，也许真潜藏着什么可怕的东西……

不对不对，一定有密道！这里一定有一条不为人知的可以通向外界的秘密通道！可是，还是有很多疑团：这是谁的尸骨？是什么时候死的？为什么会死在这里？如果这是一起谋杀案，那凶手又是谁？

黑暗侵袭着我的身体，正当我想要快些逃离那里时，突然感觉自己下肢紧绷，似乎被什么东西抓着，无法向前迈开步子。我摔倒在地，头部一阵剧痛，看来老毛病又犯了……

一

微风缓缓吹进警察局的窗户，却丝毫吹不散我的无精打采。这种三月的午后，总是甩不开春困。我懒洋洋地打了一个哈欠，继续写一宗盗窃案的结案报告。一旁的老赵端来锈迹斑斑的茶壶，给我的杯子添满热水。

“啊，谢谢。”我冲老赵点了点头，随即拿起杯子抿了一口浓茶。

“最近真是天下太平啊，也没什么大案子。”老赵用浑厚的嗓音说道，“不过在我们郊区这种小地方，要想有大案子也难。”

“是啊，偶尔来几件盗窃案就不错了。为什么警察的工作能这么清闲呢？”

“话可不能这么说，”老赵立即摆出严肃的表情，“警察清闲可不是坏事。没人作恶是最好的。但是，再小的案子也要认真对待啊，我们的责任就是保护人民群众的生命财产安全，可不能掉以轻心。”

“我知道了，对不起。”我惭愧地低头继续写报告。没写多少，我又开起了小差，开始胡乱搜寻脑中的记忆库。上一次遇到重大案件是什么时候的事了呢？对，应该是前年十月那宗发生在昆虫研究所的胶带密室杀人案吧。已经好久没有碰到这类怪诞离奇的案子了，我是不是应该觉得庆幸？此时，我的脑海中浮现出一张美丽的脸庞——精致的黑框眼镜，俏皮的马尾辫。已经好久没见夏时了呢。自从那个案子之后，我只和夏时在聚会时碰见过几次，平时最多也只在QQ上聊聊天。这个特别的小女生现在在做什么呢？她会不会也像我想她一样想起我？已经好久没被她欺负了呢……

“你在干什么？”老赵浑厚的声音再度响起，打断了我的思绪，“愣着干吗？有工作了。”

“哦……哦哦。”我站起身，极力掩饰自己的尴尬。此时，我看见老赵身后站着一个身材纤细的少女，她的皮肤很白，齐肩的长发遮住了脸颊，和额头齐平的刘海下是一双羞涩的眼睛。女孩身穿一件类似水手校服的蓝色外衣。

老赵指了指我，对那个女孩说：“这是我们的刑警小王，你把具体情况跟他说一下。”

女孩点点头，用看起来天真无邪的双眼望着我。我急忙示意道：“哦，你来这边坐。”

“你叫什么？今年多大？”我拿出记事本，首先问她道。

“我叫森空，19岁……”她望见我茫然的神情，又给我解释了一遍名字是哪两个字。

真是个特别的名字，我暗忖，不知道她的人是不是和她的名字一样特别呢？“你是来报案的吗？”我问道。

女孩从随身携带的包里拿出一个笔记本，翻到最后一页，递到我面前：“这是我爸爸的日记，他前几天突发脑溢血去世了，我在他书房的抽屉里发现了这个……您先看一下吧。”

我接过笔记本，开始阅读日记的内容。日记的主人，也就是女孩的父亲，竟在日记里记载了一件骇人听闻的事情。他说自己在一间门被反锁的地下室里发现了一具人的白骨，白骨的头部有一个弹孔，墙壁上还嵌着一粒子弹，可现场完全找不到凶枪。

“怎么会有这种事情？”看完这篇日记，我惊叹道。我似乎嗅到了诡谲的气息，一股热力直冲脑门。“你爸爸是？”我问她。

女孩接过话，说：“我爸爸叫森郁，是一家装潢公司的员工。我想，日记里提到的那间地下室应该是委托他们装潢公司装修的某间房子里的吧。我看到这篇日记，觉得事态可能比较严重。如果我爸爸在日记里写的事情是真的，那那里一定发生了什么可怕的案件吧。所以想了想，我还是决定把这件事告诉警察。”

“好的，谢谢你及时报告我们，你家就住在这附近吗？”

女孩愣了愣，随即点了下头。我询问了更多有关她父亲的信息，在留下她的联系方式后，告诉她：“这本日记可以暂时留在我这儿吗？等案件明了之后，我会还给你的。还有，这篇日记写在这本笔记本的最后一页，看日期，是在你爸爸去世半个月前写的，我想这半个月内他或许还写过新的日记，你回去再找找看有没有别的日记本。”

“哦，好。”女孩颔首。我送她离开后，立刻拨通了森郁所在的胜造装潢公司的电话。

在胜造装潢公司狭窄的办公室内，我见到了公司的老板——一个五大三粗的男人。与他握手后，我直截了当地说明来意：“你们公司是不是有一位叫森郁的员工？”

“是的，他上个星期突发脑溢血，去世了。”老板操着一口东北话说道，“老森是我们施工部的得力干将，工作非常积极，为人也很和善，你们找他……”

“哦，没什么，有件案子原本需要他的协助。我想问一下，大概在半个月前，森郁负责装修施工的项目是什么？”我翻开记事本，边记录边问。

“你等一下。”老板转身从架子上取出一个文件夹，查阅了一会儿后说，“半个月前，他正负责梧桐湖边上一间老洋房的装潢任务。”

“梧桐湖？”

“是啊，就是F县附近的那个。我记得那是一座六十年代的建筑了，好像屋子的主人准备将它改建成度假屋。”老板合上文件夹，一边回忆一边说。

“那上个月13号，森郁有没有什么奇怪的举动，或者发生过什么奇怪的事情？”我记得那篇日记上的日期是2月13日，于是这样问道。

老板思索了片刻，说：“没什么奇怪的事啊，怎么啦？我记得那时候已经是施工后期了。”

“那座老洋房里有没有地下室？”

“有的。对了，就是那天，2月13号，老森和另一名临时工下去勘查过。本来房屋主人预备把地下室改建成桌球室的，我们的设计方案都做好了，后来不知什么原因，他改变了原先的计划，叫我们把地下室的入口用水泥彻底封住，真不知道这些有钱人是怎么想的。”

果然有猫腻，我的心弦颤动了一下。一定是发现了尸体，才不得已改变原先的计划，企图让地下室永远尘封在黑暗中。

“那天森郁勘查回来后，有没有跟你说过什么？”我引导性地问。

“没有啊。”老板不解地摇摇头。

“那名临时工还在这里吗？”

“他做完那个工程就离开了。临时工都是老森自己雇的，我一般不过问，我这儿只留有那个人的身份证复印件和手机号码，希望能帮到你。”老板说完便从边上的一堆资料中找出那张身份证复印件，并从一份名单里抄了一个手机号，一起交给我。

我搜集到足够的情报后就离开了装潢公司，想立刻去拜访那名临时工。身份证上显示他的名字叫瞿保成，本市人，照片里是一张瘦小且憔悴的脸。然而一调查才发现，这张身份证竟然是假的，上面的住址更是瞎编的。现在很多没有户口的外来人员都会使用假身份证。那个手机号也早已欠费停机，一时之间根本联络不到他。

那么，下一站就直接去参观参观那个地下室吧。

这里是S市郊F县的一处旷野，我还记得两年前这附近发生的“神的密室”事件，曾经引起过不小的轰动。现在正逢春季，周围绿意盎然，百鸟齐鸣，偶尔有一股凉风吹来，让我暂时忘却跋山涉水的疲惫。穿过旷野，沿着一条石子小路走了几百米，眼前出现一幢古色古香的老洋房。古铜色的墙壁配上红瓦砌成的屋顶，让整幢房子显得沉稳沧桑。房子的前面是一小片碧绿的草地，看得出是最近刚修葺过的。蔚蓝的天空同时衬托出古旧洋房那独有的气派。

这间洋房的主人是一家酒楼的老板，名叫汪秦。洋房是他祖父留下来的遗产，建造于六十年代初。汪氏家族是当时声名显赫的贵族世家，在这种类似世外桃源的地方建造洋房，在那时并不是什么稀奇事。到了今天，汪家只有汪秦这么一个独子。汪秦和妻子结婚后，一直住在S市的市中心。也是到了最近，酒楼生意不太景气后，汪秦才决定把这里开发成度假屋，另谋财路。

以上这些都是我来这里之前调查到的情况。因为今天正好有一批货物要搬进来，汪秦必须亲自到场，所以我提前到这里来等他。

过了二十分钟左右，一个胖乎乎的男人往我这边走来，想必就是汪秦。

“啊，你就是之前跟我打过电话的王警官吧？”汪秦把肥嘟嘟的手伸向我。他身穿一件黑色西装，戴着一副小框眼镜，挺着肚子，着实一副富贵相。

我握着他的手，道：“是我是我，你好。”

我被请到屋子的客厅。因为刚经过装修，屋内的设施都是全新的，“富丽堂皇”这个词可以概括这里的一切。我坐在一张北欧风情的真皮沙发上，面前是一张紫檀木茶几。汪秦泡了一壶祁门红茶，给我斟上一杯，问：“您这次来是？”

我端起茶杯呷了一口醇厚的祁门红茶，说：“哦，也没什么，听装潢公司的人说，你本来想把这里的地下室改造成一间桌球室，可是后来你却让他们把入口封了，我就是有点奇怪……”

我偷偷瞄了一眼汪秦的表情，他起先脸部僵硬了一下，然后刻意转为较为自然的神情，说：“是这样的，本来是想弄成桌球室的，不过我后来又进去看了一下，那里空气太闷，而且里面非常潮湿，就觉得不适宜作桌球室，所以干脆叫他们把门封了。这个……有问题吗？”

“不瞒你说，”我决定单刀直入地拿出杀手锏，“当天来勘探地下室的一名装潢公司员工，写了一篇日记……”我从公文包里取出日记的复印件，放到茶几上，移到他面前，“你看看吧。”

汪秦将信将疑地把日记拿在手里，目不转睛地看了起来。我时刻注视着他的神情，他看的时候很专注，眼睛一直瞪得大大的。“这……这是……”他看完后把目光转向我。

“你怎么解释？有人在你的地下室里发现了白骨。”我始终凝视着他的脸。

“哈哈哈哈！”汪秦笑出了声，他的反应有点出乎我的意料，“你就凭这一篇模棱两可的日记就断定这件事是真的？也太草率了吧。警官，我们家一直是安分守己的啊，怎么可能会掩藏尸体呢？说什么在地下室里发现被枪杀的白骨，我怎么觉得像是在写小说啊？”

“可是第二天你为什么要把入口封住呢？这不是‘此地无银’吗？”

“警官，我刚刚不是说了吗？我是觉得那里不适合做桌球室，认为留着阴森森的地下室没啥意思，所以决定封掉的啊。你不会仅凭一本日记就想抓我吧？那要是日记上写了我是外星人，你是不是要把我送去研究所呢？”汪秦盛气凌人地辩驳道。

他的言辞虽然刻薄，但也不是没有道理。我目前并没有真凭实据来证明地下室真的有尸体。

“那这样吧，能不能把地下室再挖开来让我看一看，如果真的没有尸体，这件事就算了。”明知他可能已经把尸体处理掉了，但我仍旧这样提议。

“那怎么行？入口都用水泥封住了，更何况你完全没凭没据。要不你直接把那个装潢公司的人叫出来当面对质吧。”汪秦还是不肯让步。

“很遗憾，他前几天病死了，另一个临时工也暂时找不到下落。”我失望地说出实情。汪秦马上露出意外的神情，这不像是装的，看来森郁的死和他无关。但紧接着，他轻呼一口气，仿佛放心了似的。这里面一定有问题，我决心要将此事追查到底。

“对了，再问个题外话，”我突然想到一件事，“这房子边上本来有一个叫梧桐湖的小湖吧？怎么我刚才没有看到？”

“哦，你说梧桐湖啊，”汪秦想了一会儿，似乎在思考我提这个问题的用意，“因为附近化工厂的污水排放量过大，导致湖水酸度严重超标，鱼虾什么的都死光了，而且总是散发出难闻的味道，所以去年县政府派人把它填了。”

“哦，原来如此……”我喝光杯中最后一口红茶。

由于没有得到汪秦的同意，也没有证据证明真的有案件发生，今天恐怕检查不了地下室了，我只得无功而返。回去之后，我又跑了一趟胜造装潢公司，询问了其他当时参与洋房装修工程的员工，同样一无所获。

看来，接下来只能期待森空找到她父亲的新日记了。

手记（二）

我和阿成把发现白骨的事情告诉了我们的雇主汪秦，他立马脸色大变，叫我们不要把这件事情说出去。他把我们拉到他的一间书房，从包里取出一沓支票，撕下其中两张，用笔在上面写了几个字后递给我们。我一看，是一张五万元的支票。原来，汪秦是想堵我们的嘴。

我和阿成对望了一眼。事已至此，我们只得选择保持沉默。我得承认，五万块钱对我这样一个在社会底层打拼的人来说不是一笔小数目。女儿今年刚考上大学，也正是需要钱的时候。

收下这笔不义之财后，我按照汪秦的吩咐，帮他把尸骨偷偷运到后面的树林里埋了。回来后，我们把地下室清扫了一下。我用铲子挖出墙壁上的弹头，并重新粉刷了一遍被血迹沾污的墙面。这件事就让它石沉大海吧。就在这时，我不小心踩到了一件东西。我挪开脚，弯下腰将它捡起来。原来是一只钢笔笔套。我将它凑近仔细端详了一番。

这……这竟然是我外公的钢笔！

我外公的钢笔笔套为什么会在这里？我反复查看后终于断定，这就是我外公当年一直使用的钢笔，笔套上还刻有外公名字的缩写。这是怎么一回事呢？我赫然发现，笔套上附着一些类似锈斑的物质——是血迹！这……这是外公的血迹吗？那刚刚那具尸骨……是外公？

我的思绪严重混乱，仿佛身处一个永远找不到出口的迷宫。我偷偷将笔套藏进衣服口袋，做完剩下的工作后离开了汪秦的房子。

晚上，我取出外公的笔套再次凝视起来，视线却越来越模糊。我一边揉着眼睛，一边回忆小时候与外公的点点滴滴。

那是我五六岁的时候吧。说起来，那时候我们家就住在汪秦那幢洋房附近。小时候吃的东西少，外公经常带我去梧桐湖边钓鱼。外公钓鱼的时候总是一动不动地坐在板凳上。他告诉我，不管做什么事，都要心平气和。小时候不太懂什么叫心平气和，只觉得钓鱼是件很无聊的事，但是和外公待在一起，总有一种自由自在的惬意感。外公做的鱼很好吃，我每次都吃得精光，有几次还被鱼骨头卡住，外公急得要命，总是劝我吃慢点。

除了钓鱼，外公还喜欢画钢笔画，山山水水，鱼虫鸟兽，什么都画。我很喜欢看外公画画，那只长满老茧的手有力地握着钢笔，在纸上精雕细琢出一幅幅作品。我每次都兴致盎然地趴在桌子边，看着他，时不时问一句："外公，你在画什么啊？"外公总是露出和善的笑容告诉我："外公在画一条小河，这是一棵树……"

因为父亲去世得早，家里除了外公，就只有一个体弱多病的母亲。我母亲长得非常漂亮，眼睛大大的，有着一张典型的古典美人的脸。然而有一天，母亲外出劳作后没多久，就脸色难看地跑回家。外公问她怎么了，起先她不肯说，随后在外公的逼问下，母亲才跟外公讲了真相。但那时我还小，也没听清楚母亲说的话，只以为母亲身体又不舒服了，也没太在意。

这一天之后，外公似乎也变得闷闷不乐，但每天还是会去钓鱼。他以前钓鱼的时候总是目不转睛地盯着湖面看，但那几天，他却看上去心不在焉的，还时不时望一眼湖对面的洋房。外公这是怎么了？就连钢笔画，外公也只是偶尔画画了。当我问外公在画什么的时候，他也不再像以前那样立刻露出笑脸回答我，而只是随口敷衍了事。慢慢地，我开始讨厌这样的外公，也吃腻了外公做的鱼。那一天，我发起了脾气，把外公做的一盘鱼摔在了地上，嚷嚷道："难吃死了！我再也不要吃外公做的鱼了！外公最讨厌了！"

那几天，母亲也是窝在家里，一直不出门。我实在搞不清家里到底出了什么事。就在我将外公做的鱼摔在地上的第二天，外公把我叫过去，说了一段意味深长的话："孩子，咱是老实人，平时外公一直教你，要心平气和，可是外公错了。你记住，孩子，有些事是不能心平气和的。等你以后长大了就会明白，你要担起这个家。现在有人欺负了你妈妈，你外公是这个家的负责人，我必须去为你妈妈讨回公道。"

那一天，外公跟我说完这些话，就早早地出门了……孰料，那是外公跟我讲的最后几句话。

那天之后，外公就失踪了。妈妈的病越来越严重，没过多久也在那年夏天去世了。我感觉自己被全世界抛弃了，无穷无尽的孤寂感涌向我。我每天都坐在梧桐湖边，看着绿油油的水面，回忆外公钓鱼的场景、外公的笑脸、外公慈祥的表情、外公握着鱼竿的姿势……眼泪止不住地往下流，流淌进梧桐湖——那个外公曾经的天堂。好想再吃一次外公做的鱼，一次就好……好想再看一眼外公画画，一眼就好……但是，那已经不可能了。

往事如走马灯般回旋在我的脑中，记忆的碎片开始慢慢拼合。现在想来，当时一定是汪家的公子，也就是汪秦的父亲玷污了我的母亲，外公为了这事去找那个人渣理论，预备揭露他的兽行。所以，那个人渣就把我外公杀了灭口，并把外公的尸体藏在了自家的地下室里，想要瞒天过海。以那种人当时的身份，随身有把手枪防身也是不无可能的。当初，外公可能也是考虑到母亲的清誉，才一直忍气吞声，犹豫不决。

没想到，人算不如天算。四十年之后，老天居然让我找到了外公的尸体。可是，现在怎么办？我居然亲手将外公的尸体埋了。如果现在去报警，那我不是变成汪秦的共犯了吗？收封口费的事也会就此曝光。或许现在已经无法回头了。不行，不能让外公的尸骨就这样随意丢弃在荒郊野外，必须要好好安葬外公。在此之前，我还有一件事要做，我要杀了那个人渣，那个害死我外公和我母亲的人渣，那个从我身边夺走一切的恶魔！只有杀了汪秦的父亲，外公才能瞑目。

第二天，我马上委托一家调查公司调查汪秦父亲的相关资料。但是，调查下来的结果却让我大失所望。汪秦的父亲叫汪睿龙，没有兄弟姐妹。六十年代末以后，汪睿龙就一直下落不明，不知去向，至今都生死未卜。难道他杀了我外公后就逃之夭夭了吗？汪睿龙失踪后，汪秦的奶奶带着只有七岁大的汪秦离开了那座老洋房，投靠远亲。当时，汪秦的母亲已经在一次事故中丧命，祖父也已病逝。

也就是说，除了失踪四十多年的汪睿龙之外，现在汪家只留下汪秦一根独苗了。怎么办？外公的仇不能不报。说起来，这个汪秦为了自己家的声誉和度假屋的利益，试图掩盖案件的真相。他可能早就知道自己父亲杀了我外公的事，却一直装腔作势，也不是什么好东西。既然一时无法找到汪睿龙，那我就杀死汪秦，先拿他的命来祭我外公。反正汪家没一个好东西，杀光最好，省得留下后患！

二

阳光穿过云层的缝隙洒向大地，街道上熙熙攘攘的人群朝着各自的目标奔走。对面的信号灯变为绿色时，我匆匆穿过马路，走进一条幽静的巷子。今天是休息天，严格来说，警察没有固定的休息日，但在我们那个地处偏僻的警察局，没有案子的时候就和休息日没什么两样。巷子两旁种满了枝繁叶茂的梧桐树，虽然还没到开花的季节，但铺天盖地的树叶还是将这条小巷装饰得与众不同。

越往巷子深处走，我心中泛起的涟漪就越大。走进一个老小区，接着走进一幢普通的居民楼，爬上楼梯，我敲响了深红色的防盗门。

森空憔悴却美丽的面容映入我的眼帘，她看见我，露出纯洁的笑容，说："警察叔叔好。"

"不好意思，打扰了。"我换上拖鞋，走进森空的屋子。很朴素的房间，没有什么花里胡哨的摆设。少女转身走向饮水机，倒了一杯热水放在桌子上。

"白骨的事有进展了吗？"森空眨了眨眼睛，问。可能今天气温有些低，她穿了一件白色的毛衣，下半身则是短裙配棉裤。

"没什么进展呢。"我唉声叹气地摇了摇头，"你爸爸日记里写到的那间地下室，是梧桐湖边上一座老洋房里的。房子的主人已经把地下室封掉了，没有办法查证。"

"哦，那也没办法啦。"森空示意我坐下，随后从冰箱里取出一个盒子，摆在桌子上，"来陪我吃甜甜圈吧。"她打开盒子，里面装着两只抹了巧克力酱的甜甜圈。

"啊，不用了，我不吃……"虽然我平时挺爱吃甜食的，但在一个女孩面前吃这种东西，总觉得有点不合适。

“吃啦，不用客气。”森空用纤细的手指抓起一只甜甜圈，毫无顾忌地咬了一口，随即露出满足的表情，“因为只能两个一买，但我又不能吃太多甜食，所以请你帮帮忙咯。”

我苦笑了一下，也学着她的样子抓起甜甜圈，含蓄地咬了一口：“对了，你有找过你爸爸的新日记吗？”

“找过了，在他房里找了好久，实在找不到。”森空一边舔着嘴角的巧克力酱一边说。

“辛苦你了。”我环视了一下四周。这是一间两室一厅的普通居室，森郁离世后，这里一定显得空荡荡的吧。“这里现在就你一个人住吗？你妈妈呢？”

少女顿了顿，轻声说：“在监狱。”正当我犹豫要不要进一步往下问时，她又补充了一句，“吸毒。”

“对不起……”我沉重地点了点头。虽然森空的外表看上去如此天真无邪，如此无忧无虑，可谁又知道她内心深处的孤独和忧愁呢。刚才那条小巷两边的梧桐树又浮现在我的脑海，梧桐的花语虽然是至死不渝的爱情，但在李煜的诗句“寂寞梧桐深院锁清秋”中也包含孤独忧伤的意象。同时，梧桐也意味着离别。不知道“梧桐湖”是不是也含有这样的深意呢？

吃完甜甜圈后，森空让我参观了他父亲森郁的书房。同样是几样古朴简便的家具，陈旧的红木书桌上摆满了杂七杂八的书，边上还立着一个相框，里面嵌着一张森郁孩童时期的黑白照片。照片里的森郁还很小，看上去只有十岁不到的样子，他穿着一件棉衣，笔直地站在一座墓碑旁，表情凝重地看着镜头。我眯起眼睛观察着照片，墓碑上刻着“爱妻成淑芬”几个字。

“这是我奶奶的墓。爸爸说，照片是奶奶刚下葬的时候拍的。我爷爷奶奶在我爸爸很小的时候就去世了。”森空看见我盯着那张照片，便对我解释道。

“对了，你爸爸小时候住哪儿啊？”

森空将两只晶莹的眸子望向天花板，思索了片刻后说：“我也不太清楚，爸爸似乎没提过。他不太跟我说他小时候的事，只讲过自己小时候很喜欢吃鱼。”

“哦，对了，还想问你一个问题，虽然在这种时候说不太合适，但……”我抓了抓脑袋，露出略带歉意的笑容。

“问吧，没关系。”森空微微一笑。

“你爸爸的脑溢血……是怎样引起的呢？”

“他本来就有高血压啊，医生说他动脉硬化很严重，还叫他不要吃太咸的东西。”森空疑惑地望着我，“你问这个干什么？”

“呃，你能跟我说下他去世时的详细情况吗？对不起……”我提出了这个不太适宜的要求。

森空捋了捋脸颊上的发丝，说：“没关系。那天，我早上起床，发现爸爸还没有起来。平时这个时候他应该已经出门了。我觉得很奇怪，就走进他的书房，发现爸爸脸色苍白地躺在床上，我觉得事情不对，就马上打了 120 急救电话……可是，医生来的时候早已经来不及了。他们说，爸爸在凌晨的时候就过世了。脑溢血这种病，病发的时候是很迅速的……”

“医生确诊了死因是突发脑溢血吗？”我继续追问。

“嗯，”森空点点头，“我拿死亡证明给你看。”说完，她从一只抽屉里取出一张折叠起来的白纸，递到我手里。

我打开死亡证明，上面写明了森郁的死因是血压升高导致血管破裂引发的脑内出血。虽然表面看并没有可疑之处，但血压升高也可能是由于患者突然间情绪激动引起的。如果有什么东西突然刺激到森郁的话……

“你是在怀疑我爸爸的死吗？”森空不解地望着我，“你是不是认为有人要杀我爸爸灭口？”

我摇了摇头，微笑着说："不是，我只是要调查各种可能性而已，你不用想太多。"

森空没有说话，只是微微低着头，从她的脸上读不到任何情绪。

临别前，我问她："今后有什么打算？"她想了一下，说："边读书边打工吧。"

"嗯，有什么困难可以跟我说。"我穿上皮鞋准备离开。

背后没有传来任何声音。

手记（三）

刚才肚子有点饿，给自己煮了碗粥，喝的时候呛到了好几次，头又开始隐隐作痛。眼前的稿纸渐渐变得模糊，耳边不时传来阵阵耳鸣。耳鸣声中似乎还夹杂了另一个声音——快点杀死汪秦。没错，我要杀死汪秦！

这几天，我构想了成百上千种杀人方法。到底要怎样才能神不知鬼不觉地杀死一个人呢？直接在街上用刀捅死他？一定马上就会被警察抓住吧……在他的食物里下毒？虽然毒杀不太容易留下破绽，但警察还是会进行严密的调查。如果要杀人，一定不能让警察看出这是谋杀。只要死因没有可疑，警察就不会当成凶杀案处理，自然也找不到杀人凶手。

没错，一定要布置成意外事故或者自然死亡，这样才有意义，这才是谋杀的最高境界。那我要怎么做呢？

我仔细研究了调查公司对汪秦个人信息的调查结果，发现原来他有严重的心脏病，只要利用这个，就可以不留痕迹地杀死他。就在刚才，神给了我启示，让我灵机一动，想到一个杀死汪秦的绝妙方法。这或许也是外公的在天之灵给了我帮助。

想到那个诡计后，我立刻打开书房里的电脑，上网查询我需要的资料，现在还必须想办法弄到那个东西。

就在写到刚才那句话时，我头痛欲裂，差一点昏厥过去。黄色的书桌边缘已经被我抓出两个明显的印子，我挣扎着想要脱离痛苦。我知道我可能时日不多了，但我现在还不能死，我还有该做的事没有做。

如果在杀死汪秦之前我就病发身亡的话，我希望有人能够替我完成复仇的遗愿。我徐徐地翻开皮夹，望着女儿的照片，她现在……是我唯一活着的亲人了。

三

这两天的调查有了些许收获。首先我去了一趟银行，调查了森郁的账户，发现就在森郁写好那篇日记的第二天，他的账户里多了五万元。这莫名多出的五万元很有可能是汪秦付给森郁的封口费，要他隐瞒发现尸骨的事情。如果真是这样，日记内容的真实性自然也进一步提高了。汪秦万万没有想到事情会曝光，森郁也没有想到自己的日记会在不久后让女儿和警察看到。这一切或许都是命运的安排，至此，我再度发誓：一定要将这件事查个水落石出。

另一方面，我们根据胜造装潢公司其他员工所描述的那名临时工的体貌特征以及身份证上模糊的照片，正在全力搜寻他的下落。然而，目前毕竟没有找到真正的尸骨，并不能立案，仅凭我们局里单薄的人力，想要大海捞针般地找寻一个人，还是相当困难的。况且，即使找到这第二名人证，从现有的状况来看，他一定也收受了贿赂，要他开口说出真相并不是一件容易的事。

就在我等待搜查结果的时候，意外发生了——汪秦死了。

我驾着警车开到距离我们郊县几十公里外的事发现场。那里是

Z 海的一处海滩，是片著名的度假胜地。每到节假日，闲散的人们就会来这里放松身心，感受大海的神秘气息。可毕竟还没到盛夏，不是游泳的季节，海滩上的人并不多。略带咸味的海风吹在我的脸上，让我不习惯地眯起眼睛。不远处的海水以浪花的形式抚摸着海岸，并发出有节奏的浪击声。可惜，我无暇欣赏这海天一色的美景。我踩着湿软的沙子，蹒跚地走向沙滩深处的一间小木屋。

木屋的外墙涂成了咖啡色，人字形的屋顶上还有个类似烟囱的凸起物。这种别具一格的小木屋是这里的特色。我粗略数了数，海滩上一共有十几间这样的屋子，应该都是用来出租给游客的度假小屋。

一位市区的警员驻守在木屋门口，我走上前，亮出自己的证件并说明来意。照理说，发生在这里的案件不在我的管辖范围内，但因为汪秦是我正在调查的一名案件关系人，所以调查他死亡的原因，我有权参与一部分的侦查。

木屋内部的面积实际上并不大，却精致到给人耳目一新的感觉。进门便能看见一张玲珑的玻璃圆桌，正中央的水晶果盘里装满了五彩斑斓的水果。左手边摆着一张别致的小床，看上去就很柔软，躺上去一定极舒适。屋子右边则划出一块区域作为简易的厨房，汪秦的尸体就卧倒在厨房水斗前的地板上。

市区刑警支队的一名负责人看见我，便说："你就是 F 县的王警官吧？"那个人看上去体态健硕，眉宇间透着一股凛然正气。他身穿一件黄色大衣，有点像电视里经常看到的那种民国时代的"探长"角色。

"我是，你好。"我伸出手想要跟他握手，对方却不以为意地说："大致情况我都了解了，希望你不要干涉我们的调查，你只要告诉我你那边的情况就好。我叫曹君华，你可以叫我曹队。"

"哦……"我放下悬空的手，抿了抿嘴。市区的人都那么大架子吗？可也没办法，毕竟对方才是案件的主要调查人员。屋子里除了曹君华外，还有另一名翻看着小册子的警员，法医和鉴定人员正蹲在尸体边摸索着什么。我小心地踏入厨房的区域。汪秦庞大的躯体占据了厨房的大部分面积，他穿着一件长袖花衬衫，一动不动地趴在地上。尸体边上是一个炉灶，上面还装了一台小型吸油烟机，和炉灶相垂直的位置有一只很大的水斗，水斗的排水口被什么东西堵着，里面盛满了浑浊的水，几条小鱼正悠然自得地在水里游动。阳光从水斗前面的窗户洒进来，把鱼鳞照得闪闪发光。

“曹……曹队，”我转过身看着那个魁梧的男子，“能说下具体情况吗？”

“我还没问你话呢。”曹君华清了清嗓子，不耐烦地说，“你说有人在死者的一间郊区洋房里发现了尸骨？”

“是的，不过那两个发现者，一个死了，另一个我们正在找。”我干脆地答道。

“也就是说你们并没有证实尸骨的事咯？”曹君华皱起双眉，将一只手叉在腰际。

“嗯……”我点了点头，并不想说太多。

“看来，郊县的刑警办事效率不高啊，”曹君华轻蔑地看了我一眼，“不过，我想汪秦的死应该只是单纯的意外，和你调查的事没有关系，你可以回去了。”

“啊？”顿时，一股强烈的不满涌上心头，“话不能这么说吧，你至少跟我说下汪秦是怎么死的吧，有没有关系我自己会判断。”

曹君华拍了拍外衣上的灰尘，瞥了我一眼，随后对旁边的那个警员发号施令：“小周啊，把情况跟我们这位大老远跑来的警官稍微说下。”

边上那个正在小册子上记录着什么的高个男子微微点了下头，开始机械地述说：“初步的验尸结果，汪秦是由于心脏起搏器失灵引起的心脏衰竭而亡，体表没有任何伤痕和遭到袭击的迹象。”

“汪秦有心脏病吗？要用心脏起搏器？”这我还是刚刚才知道。

那个机械般的声音再次响起：“是的，汪秦患有先天性心脏病，确切地说是患有一种‘心脏起搏和传导功能障碍性疾病’，心脏可能随时停止跳动。两年前，他在我市的K医院做了心脏起搏器植入手术，起搏器是一块由电池和电路组成的人造脉冲发生器，将它植入患者的胸腔后，它能定时性地发出一定频率的脉冲电流，代替心脏的起搏点，使心脏有节律地跳动起来。”

“原来如此。”我低头思索着，“可起搏器为什么会失灵呢？”

“这个要等解剖后才能知道。可能又会引起一起医疗纠纷，总之这件事只是意外事故。”

“可是，也可能是谋杀啊。”我实在反感对方那种草率的态度，“如果遭到电击呢？电流完全有可能使心脏起搏器失灵啊。”

曹君华忍不住发话道：“小周，你再把当时的状况跟这位警官说明白了。”

“好。”小周唯命是从地把小册子翻到后面一页，继续说，“我们仔细检查过这间屋子的电路设施，没有发现任何异常，所以死者不可能在屋子里触电。另外，从汪秦进入这间木屋到他倒地身亡，木屋的两个出入口——门和窗都在一位证人的监视下，他证实了没有任何人进入过屋子，当然也没有任何人带着电击棍之类的东西接近过木屋。”

“是……是这样啊……”我挠了挠脸颊，不知道该如何接话。

“所以，”曹君华又加大了嗓门，“这位F县的精英警官，你的想象力过于丰富了。如果死者真的是被谋杀的，那凶手一定是看不见的幽灵。”

确实，如果真像曹君华调查的那样，从目前的状况看，汪秦不可能是遭人袭击的。但为了谨慎起见，我必须再亲自调查一遍。“那个证人是谁？我想亲自问一问。”

“就是外面那个卖烧烤的，你要问就去问好了，他可是亲眼看见汪秦倒地的。对不起，我们还很忙，恐怕没工夫招待你了。那个，小周，叫人把尸体抬走。”曹君华说完，便走出了小木屋。

从坚实的地板踩进柔软的沙滩，仿佛走进了一个缥缈的世界，周围的一切真的是实际存在的吗？在胡思乱想中，我看见十几米开外有一处烧烤摊，于是往那个方向走去。

一位皮肤黝黑、满脸皱纹的胡子大叔正捏着几串小黄鱼放在炭火上来回地烤。

“师傅，给我一串鱿鱼。”我中午一得到消息就赶过来，饭也没来得及吃，正好饿了。

“好嘞！稍等一会儿。”大叔用沙哑的声音说道，随即在一旁的塑料袋里取出一串肥美的鱿鱼放在炭火上，滋滋的烧烤声更加刺激着我的食欲。

“不好意思，大叔，”我准备进入正题，“我是调查那个案子的警察。”我指了一下小木屋的方向，“您能跟我说下您看到的具体情况吗？”

“哦，又是警察啊，刚才不是都问过了吗？”大叔爽朗地一笑，“什么时候给俺颁个好市民奖啊？您说汪老板啊，他经常来这里玩的，几乎每个周末都会到这里住一晚，我跟他很熟的。”他用聊家常的口吻说，“那间度假屋，他每次来都会租的，说那个位置能听到最好听的海浪声，我是觉得海浪声都一样啊。唉，这怎么说走就走了……作孽噢！”

“他每周都来吗？”

“是啊，天暖和点儿开始，他几乎每周都来。”大叔将我的鱿鱼翻了个面，继续说，“每次都是早上过来，先把行李什么的搬进屋子，然后开窗通风，接着外出和约好的渔民去海里捕鱼，差不多中午的时候回来，然后自己在屋子里做饭，把捉来的鱼虾什么的当场烹调了。他还给我尝过味道呢，汪老板的手艺很不错噢，毕竟是酒楼的老板。这有钱人的日子真是惬意啊。哪像我们，纯粹是讨口饭吃。”

“那他今天是什么时候过来的？”我翻开记事本，准备做记录。

“今天啊，”大叔想了想，“我8点多来摆摊的时候他已经来了吧，那时候小木屋的窗子开着，汪老板不在里面，应该已经去海里捕鱼了。一直到中午……大概11点过一点儿吧，我看到他拎着满满一桶鱼虾回来了。他走进木屋，不一会儿，我就从窗子里瞧见他的身影了。这时候，不知道怎么回事，汪老板突然倒了下去。我也不知道发生了什么，就赶紧进屋看他，发现汪老板趴在厨房的地板上。我走过去喊他，使劲摇他的身子，他都没有反应，我就学着电视里的样子探了探他的鼻子，却完全感觉不到他的气息。于是我就马上去找海滩的管理人员报警了。”

我从现在的位置注视着小木屋，发现门和厨房的那扇窗确实都在视线范围内，要想不被烧烤师傅发觉潜入木屋，确实不太可能。会不会凶手一直躲在屋子里呢？也不可能，这间屋子没有藏身的地方：进门后一切都尽收眼底；床也是实心的，躲不了人；房门则是朝外开启的，人无法躲在门后面。如果屋子里真有入侵者，汪秦进去的时候不可能没发现，烧烤师傅进去的时候也不可能没看到。

“您是从窗户看见汪秦倒地的吗？”我再次确认道，“他倒下的时候，有没有什么奇怪的动作？或者……不寻常的地方？”

“没有啊。您要辣吗？”大叔娴熟地在鱿鱼上刷上酱料，“他好像正把捕来的鱼放进水斗里，我发现他倒在地上的时候，水斗里还有几条鱼在游呢。”

“不要辣。哦……”我拼命地思考，这里面会不会有什么诡计？“汪老板走进木屋后，大叔您真的没有看到有可疑的人接近屋子吗？”我再次不放心地确认道。

“真没有啊，”大叔并没有显得不耐烦，每次都是一五一十地回答我的问题，“鱿鱼烤好了，您慢用，三块五。”

我从口袋里取出四枚硬币，递到大叔手里。这时我注意到，大叔的手指上有不少烫伤的痕迹，还有一些老茧。对了！会不会是这样呢？我的脑海里顿时萌生了一个有趣的想法。汪秦倒地的时候或许并没有死，只是由于什么原因暂时昏了过去。待大叔去报警时，凶手再潜入屋子用电击棍之类的凶器将其杀害。这是推理小说中最经典的时间差密室啊。那么，大叔为什么没感觉到汪秦还有气息呢？那是因为大叔手指上的伤疤和老茧影响了他的皮肤灵敏度，也许汪秦当时还有微弱的气息，但大叔不灵敏的触觉并未发觉。就连这个探鼻的方法也是他从电视上学的，本身就不专业。所以，他误以为汪秦当时已经死了，也完全有这个可能性！

正当我兴奋地和大叔商讨这种情况时，大叔却嗤之以鼻：“不可能啊小伙子，我是用没有伤疤的手指去试探的，还在鼻子前放了好久呢，是真的没气了。我知道这种人命关天的事不能草率对待啊。后来，我还把耳朵贴在他后背的心脏位置，也完全没听见心跳声。就算我手指坏了，耳朵不会也跟着出毛病吧？还是说，汪老板的心脏长在右边呢？”

我的推论彻底瓦解，看来汪秦当时确实死了。那么，这真的只是一起意外事故吗？如果这是谋杀，那凶手到底是怎么做到的？

我吃着鲜嫩美味的鱿鱼串，和大叔告别，随后径直走向小木屋。首先，我检查了木屋的房门，门的边缘和边上的外墙各安了一个金属小孔，门这边的小孔上扣着一把挂锁。汪秦外出捕鱼的时候，应该是将房门锁住的吧。我来到屋子里，又仔细查看了窗户，窗的外侧安上了防盗细铁条，铁条间大概只能通过一只手。水斗里的鱼还在水中漫无目的地嬉戏着，炉灶旁放了一只红色的桶，里面满满当当全是小鱼和小虾。

因为外面的风很大，木屋周围并没有留下清晰的脚印。这一点恐怕已经不重要了，木屋所有的出入口都在烧烤师傅的监视下，谁也不可能进入屋子，这是一个广义上的密室。如果汪秦是被杀死的，那么，这就是一起不可能犯罪。

四

坐在办公室里，我吸起了好久没吸的烟，袅袅上升的烟雾就如同我脑中的迷雾般挥之不去。老赵又拿来水壶给我添了杯热水。他见我正在沉思，就没有打扰我，倒完水就回到自己位子上了。

如果汪秦是被谋杀的，那杀他的人又是谁呢？森郁已经死了，不可能是他。况且，森郁是拿了封口费的人啊，应该反过来被汪秦灭口才合理。等等！如果森郁真是汪秦杀的呢？他用了什么诡计让森郁脑溢血发作，然后……森郁的女儿森空为了报仇，又把汪秦杀了，并也伪装成一起意外，以牙还牙？

森空这个美丽的少女又浮现在我的脑海，她……到底是个什么样的人呢？这个问题似乎成了我目前最想解开的谜团。

算了，还是先想想有什么方法能让心脏起搏器失灵吧。电击不行的话，超声波可不可以呢？有没有可能远程发射超声波让起搏器失灵？还有，短距离内的无线电波似乎也会在一定程度上对起搏器造成干扰。啊啊！我又不是汤川学，为什么老是想这种高科技诡计啊？话说回来，这些东西真能百分之百杀死汪秦吗？还是电击效果最为直接吧。

为什么我总是要强迫自己把不可能变成可能呢？或许，这真的只是一起意外事件。可是……总觉得有什么东西无法释怀。

等一下！我似乎忘记了一件很重要的事情，是一个关键线索……就在……就在那间小木屋里，就在那间厨房……厨房……水斗……鱼……我明白了！

我立刻拨通了城郊水族馆的电话。

“你把我们调查组的人都叫过来，又想发表什么高见啊！”曹君华那张咆哮的面孔又出现在我面前。

“不好意思，曹队，耽误你宝贵的时间了。”我将一只盛满水的大塑料箱放在地上，说，“我今天请你们过来，是想说明汪秦被谋杀的经过。”

“谋杀？开什么玩笑！”曹君华一脸不满地吼道，“你是不相信我们的调查结果吗？你说汪秦是被谋杀的，可汪秦走进木屋后，卖烧烤的人可以证实没有任何人进入过屋子，凶手要怎么杀他？”

我微微一笑，说：“凶手不必进入屋子就可以杀死汪秦，让他的心脏起搏器失灵。”

“别故弄玄虚了，有话快说！”曹君华不耐烦地催促道，边上的两个调查组成员也不屑地把头转向一边。

我把烧烤摊的大叔叫进来，对他说：“师傅，现在请你回忆一下，你昨天发现汪秦尸体的时候，水斗里面是这几条鱼吗？”我指着还待在水斗里的那些鱼问。

大叔把头凑近水斗，仔细看了看，犹豫了一会儿后回答：“是的吧，呃……好像又有点不一样……昨天看见的似乎体形更长一些，水好像也更干净一些。这些可能是鲶鱼之类的，我也说不准。”

“你到底在搞什么花样？”曹君华疑惑不解地问。

“好的，谢谢你，师傅。”我让大叔离开，继续解释：“你们看那个桶，”我指着炉灶旁那只装满鱼虾的水桶，“桶是满的，说明汪秦昨天中午捕鱼回来后并没有把桶里的鱼和虾拿出来过。那么，水斗里那几条鱼是哪里来的呢？”

“可能是汪秦早上来的时候带过来的啊。”曹君华不以为然地说。

“那么，刚才那位烧烤师傅的供词又如何解释？他昨天发现尸体时看到的鱼和现在待在水斗里的并不一样。”我提出疑点。

“师傅记错了吧，有什么好大惊小怪的？别废话了，你到底想说什么？”

“我认为是凶手把鱼掉包了。”我说出自己的论断。

“为什么要掉包？掉包什么？”曹君华愣愣地望着我，其他警员也都一脸茫然。

我咽了咽口水，继续说：“掉包了杀死汪秦的凶器。”说完，我打开地上的塑料箱，箱子里一条银灰色的东西正在青绿色的水中蜿蜒起伏。

“这……这是什么？”周围人都投来好奇的目光。

“这是一条小型电鳗。”我一语道破天机，“凶手就是用它让汪秦的心脏起搏器失灵的。”

曹君华好奇地将手伸进箱子里，当他触摸到电鳗的身体时，突然叫了起来：“哇！好麻！它……真的会放电啊？”

“小心点！”我将塑料箱搬到一旁，继续说，“电鳗是一种会放电的淡水鱼，虽然名字叫电鳗，但它不是真正的鳗类，而是属于鲤形目的一种鱼。电鳗的身体之所以会放电，是由于它身体约有五分之四那么长是由能产生电的细胞组成的，这些神经末梢细胞紧密排列，类似于叠层的小型电池。每个细胞大约能产生 0.14 伏的电压，将这些细胞串联起来，就能得到很高的电压。电鳗放电可杀死或击晕青蛙、小鱼等，好帮助它们捕获猎物。有些大型电鳗，身体可以产生高达 800 伏的电压，足以致人死命。

“我今天带来的这条电鳗，体形还很小，并没有致命的危险，但它还是能释放出 10 伏左右的电压，加上淡水和人体本身的电阻，我们能感受到的电流是非常小的，顶多就像刚刚曹队的反应那样，被电麻一下。然而，这种微弱的电流对汪秦来说可是致命的。他体内植入了心脏起搏器，再微小的电击也能让起搏器失灵。凶手就是利用这一点，杀死了汪秦。

“凶手准备了一条小型电鳗。他知道每个周末汪秦都会来这里度假游玩，于是跟着他来到这里。汪秦一到小木屋，就打开厨房的窗户通风，然后锁上门出海捕鱼。这个时候烧烤摊的师傅还没有来，凶手恐怕也是通过多番调查，掌握了烧烤摊师傅每天的行程。他趁机把电鳗从窗户扔进厨房的水斗里，然后用竹竿之类的管状物隔着防盗铁栏从外面一点点往水斗里灌淡水。现在不是夏季，一大早又是在海滩靠里面的地方，周围应该没什么人。当然，凶手拿电鳗的时候应该戴着绝缘的橡胶手套。将电鳗放入木屋后，凶手离开，接下来只要等待汪秦触动这个杀人机关即可。

“按照凶手的计划，中午 11 点左右，汪秦回来，他走进小木屋，进入厨房，突然发现水斗里有几条没见过的鱼，他好奇地用手去抓，想把它们拿出来。就在这个时候，电鳗放出电流，电流通过汪秦的手传到心脏起搏器，使其失灵，于是汪秦当场毙命。这一切刚好被窗外的烧烤师傅看到，当然，这也在凶手的预料之内。即使烧烤师傅没有看见汪秦倒下的一幕，只要在汪秦的死亡时间范围内，烧烤师傅可以证实没有人进入过屋子，警方同样可以认定这只是一起单纯的意外事件。但是无论如何，凶手必须销毁证据，他趁烧烤师傅去报警之际，偷偷溜进小木屋，拿走电鳗，再把水斗里的淡水放掉，重新倒入海水，最后放进几条体形和电鳗相似的海水鱼，为的是以防烧烤师傅这个目击者日后发现破绽。

“以上就是我推测的凶手作案的全部过程。当然，我并不完全排除意外事件的可能性，但还是希望你们能朝谋杀的方向查一下，毕竟人命关天，拜托了。”说完长篇大论后，我向曹队深鞠一躬。

五

第二天，曹队那边的技术组从汪秦家中的电脑里找到一篇日志，上面记载了汪秦给两名装潢公司员工封口费的原委和经过。

> 记得我还很小的时候，爸爸是个整日酗酒、不务正业的人。那栋大得可以住下一车人的洋房是祖父留下来的家产。那时候，只有我和爸爸住在那栋房子里。有一天，一个穿得破破烂烂的老头怒气冲冲地来到我们家，看到我爸爸，照着他的脸就是一拳，还破口大骂，说我爸爸做出这种禽兽不如的事，一定会遭到报应的。爸爸这人总是喜欢在外面惹事生非，我想一定是他在外面得罪了谁，现在人家上门寻仇来了。但让我吃惊的是，爸爸居然没有还手，他和老头小声地交谈几句后，就带着他往地下室的方向走去。那个地下室原本是家里用来存放东西的仓库，后来有一年发大水，那里被淹了，从此之后就一直空置着，我和爸爸从来都不进去。没过多久，我就听见地下室那边传来一声枪响。我有些害怕，就悄悄地躲在角落里窥视，只见爸爸从地下室走出来，手里捏着一把黑色手枪。这把枪好像是爸爸在战争期间捡来的，解放后，爸爸一直没有把枪上缴。爸爸身上沾满了红色的东西，我想那一定是刚刚那个老头的血，爸爸一定把他给杀了。我吓得赶紧跑回自己房间，把头闷在被子里，一晚上都没敢出来。
>
> 第二天，爸爸突然失踪了，后来就一直没有他的消息。我想，爸爸一定是逃走了，也可能是那老头的同伙把爸爸带走杀掉了。之后的几天，我再也没敢接近地下室，我害怕看到血淋淋的尸体，害怕看到我不想看到的东西。后来，奶奶把我从那栋

房子领走，我就一直住在别的地方，那栋洋房就这样空置了四十多年。

之后，可能由于实在太害怕，我的大脑封存了当时的这段记忆。我只依稀记得，爸爸在某天突然失踪了，却忘记了那个衣衫褴褛的老人和那间不寻常的地下室。直到昨天，两名装修工人打开地下室的铁门时，他们发现里面有一具白骨，我那被封存的记忆也瞬间被唤醒。那具白骨一定是当年那个老人的尸体。这件事如果曝光的话，度假屋的计划一定就此泡汤。然而，眼看酒楼就快撑不下去了，酒楼可是我的全部心血，手底下还有一群人跟着我吃饭，我不能就这样让它倒了……况且，爸爸曾经杀过人这种事，如果被别人知道，我还怎么抬得起头来？幸好，当时只有那两名装修工看见，我决定给他们一笔封口费。我开了两张五万元的支票交给他们。这种装修工人，恐怕干大半辈子都未必见过那么多钱，而且他们应该也不想惹事上身，还有比这更美的差事吗？这招果然奏效，他们拿了钱就立刻乖乖答应了不去报警，并且永远不再提这事，之后还帮我偷偷处理掉尸体。这个世界，钱就是一切。

看完这篇日志，我舒了一口气，现在基本可以确定地下室曾藏有白骨的事确有其事。要不是森郁和汪秦都有记日记的习惯，这件事恐怕真的要永远被埋葬了。

这样看来，那具尸骨已经被森郁和另一名临时工处理掉了。现在知道这件事的三个人中有两个已经死了，只能期盼尽快找到那名临时工，再通过他找到尸骨，查出被害者的身份。

如果汪秦的父亲真的枪杀了那位老人，那么汪秦的死或许也跟这件事有关。会不会是老人的后人把仇恨转嫁到了汪秦身上，为了报仇，杀死了汪秦呢？当然，也有可能两件事根本毫无关联，只是我想得太多罢了。另外，还有个头痛的问题——森郁日记里所描述的那个密室状态又是怎么回事呢？

正当我尽一切可能试图理顺脑中的脉络之时，手机铃声响了。我接起电话，是曹君华的声音。他告诉我，这些天他们通过电鳗这条线索，排查了大量拥有电鳗或有机会弄到电鳗的嫌疑人，还从电鳗的购买渠道，包括水族馆、网络、酒楼、水产市场等途径着手调查，最后锁定了几个嫌疑人，等一会儿会将他们的资料通过电子邮件传到我这里，希望我能给些建议。

谢过曹队之后，我挂上电话，赶紧在电脑里输入我的邮箱账号。

传过来了！我一页页翻看着嫌疑人的资料，刹那间，一张似曾相识的脸蓦然闯进我的视线，那张消瘦且憔悴的脸一定在哪儿见过。在哪儿呢？

是他！是那个临时工！电脑屏幕上显示的就是那个一直联络不到的临时工瞿保成的脸。

手记（四）

报仇成功了！

我抑制不住内心的激动。老天有眼，终于让我在死之前完成了自己的最后心愿。

外公是个钓鱼行家，他曾经告诉过我，有一种很神奇的会放电的鱼，叫电鳗。如果让汪秦这个装着心脏起搏器的人摸到电鳗，他一定会因为起搏器失灵而身亡。同时，警察一定会认为这只是一起意外。为了弄到那种小型电鳗，我煞费苦心，终于在外地的一家水产批发市场找到了。我通过互联网下了订单，买了四条这种电鳗。

那天，我跟着汪秦去了海边。我事先做过调查，他每个周末都会租用海边的一间度假小木屋过一夜。我也知道有个卖烧烤的每天都会在那间小屋门口摆摊，如果能让他亲眼看到汪秦倒地身亡的一幕，就能让人以为这只是一起意外了。

我偷偷将电鳗放进小屋的水斗里。这时候，卖烧烤的还没来，周围根本没人看见我。一直到汪秦中午捕鱼回来，我期待地从远处观察着屋里的他，当他发现那些电鳗时，我的心怦怦地跳个不停。他去摸了，就在那一瞬间，汪秦倒地。我心想，我的完美犯罪终于成功了！剩下的还有一件事要做。等卖烧烤的发现汪秦的尸体去叫人的时候，我就趁着这个机会偷偷溜进屋子，把电鳗偷龙转凤。这一步是整个计划里风险系数最高的，绝对不能让人发现。

现在，一切都结束了。就在白天，我挖出了外公的尸骨，找到附近一个安静的地方，重新将外公安葬好，并立上一座简易的墓碑，上面刻着外公的名字——沈卫强，还有我自己的名字——外孙瞿生文。

头又开始痛了，这次比以往痛得更厉害，视线又开始模糊……不过，我已经无所谓了。外公，让我早点来陪你吧。

六

我走进那间熟悉的咖啡馆，急匆匆地爬上二楼。角落里那个熟悉的身影映入我的眼帘。

“夏时……”我提心吊胆地叫着对方的名字。

“你好像又迟到了。”夏时抬起头，眼镜后面的眸子睁得大大的，生气地瞪着我。她今天穿了一件白色的长袖外衣，底下配着牛仔裤，脚上蹬着一双漆皮短靴。体态娇小的夏时一个人坐在桌子前，桌子显得十分宽敞。夏时是我在一次推理迷聚会上认识的可爱女生，她目前是T大的一名大二学生。在一次案件中，我发现夏时拥有过人的洞察力和分析能力，于是，每当我碰到棘手的案件时都会邀她参与讨论，而每次我都能从她独到的见解中找到案件的突破口，这也是我和这个特别的小女生之间的秘密。

“对不起……路上堵车。”我低声下气地跟她道歉。叫了一杯咖啡后，我把正在处理的案子和盘托出，从森郁的日记开始到瞿生文被捕，全都一五一十地告诉了夏时。夏时一边用小勺捣鼓着杯中的红茶，一边入神地听着。

听完我的叙述，夏时立即说：“哟，这次完全是靠你自己的力量破解了那件电鳗杀人案，很棒哦。”

听到夏时的表扬，我很高兴，但还是装出满不在乎的样子说：“我是警察，破案本来就是我的强项嘛。”我喝了几口快凉掉了的咖啡，继续说，“没想到那个瞿生文——就是那个我们一直在找的临时工，居然就是那个被杀老人的外孙，他才是杀死汪秦的凶手。我本来还以为是森空的……”

“那个森空……”夏时面无表情地望着我说，“她长得漂亮吗？”

“呃……挺可爱的……你问这个干什么？”

“没什么，随便问问，你继续说。”夏时继续捣鼓起杯中的红茶。

“哦……”我清了清嗓子，说，“市区刑警队的效率就是高，我们找了半天都找不到那个临时工，他们从电鳗的网络购买渠道入手，不一会儿工夫就查到了他的住址。瞿生文虽然从小住在本市，但户口却在外地，为了能在本市更方便地找到工作，他弄了一张假身份证，把名字改成了瞿保成。”

“他承认罪行了吗？”夏时问。

“嗯，在瞿生文家中发现了一叠稿纸，上面写了四篇手记，在最后一篇手记里，他承认了自己的罪行，并交代了自己用电鳗杀死汪秦的全部经过。这等于是一份自白书啊。杀人动机则是因为自己的外公被汪秦的父亲汪睿龙杀害了，可汪睿龙下落不明，瞿生文只好拿汪秦开刀。”说着，我从公文包里拿出那四篇手记的复印件，递到夏时跟前，“而在第一篇手记里，瞿生文也描述了他和森郁在地下室里一起发现白骨的经过。这篇手记的内容几乎和森郁的日记一致。原来，他们两个都将这件事记录下来了。本案中的三个关系人都有记日记的习惯，这点非常巧合。”接着，我又将森郁的日记复印件放到夏时面前，“这是那天森空给我看的他父亲森郁写的日记。”

夏时先看了瞿生文的第一篇手记，随后纳闷地问：“这篇手记里，瞿生文叫森郁‘阿成’，这是怎么回事？”

“‘成’是森郁母亲成淑芬的姓。当年给孩子取名字的时候，‘森郁’是大名，‘成成’是小名。后来，瞿生文知道森郁的小名叫‘成成’，就一直习惯性地称他为‘阿成’。现在不是常有这种事吗？女方希望自己的子女能跟着娘家姓，但我们国家的传统都是继承父姓的，所以为了让娘家心理平衡，就把娘家的姓作为孩子的小名。”我解释了一通，随即萌生了一个有趣的想法，“欸，你说，要是一个不相关的人看到瞿生文写的这篇手记，会不会以为是森郁写的呢？瞿生文的假名正好叫‘瞿保成’，有一个‘成’字，或许会被误认为是森郁在叫瞿保成哦。”

我说这些话的时候，夏时正好在看瞿生文的那四篇手记。她看完后，不以为然地说：“根本不可能哦，破绽太多了。”

“哪有破绽？”我向夏时投去好奇的目光。

“瞿生文是不是患有脑肿瘤？”夏时冷不丁地问了这么个问题。

“你怎么知道？他确实患有脑肿瘤，而且情况还比较严重，现在正由警察看着待在医院里呢。”我一脸诧异地说。

夏时将杯子举到嘴边抿了口红茶，说：“首先，第一篇手记里有写到，那人正要离开地下室时，突然感到下肢紧绷，迈不开步子，还摔倒了。接下来两篇手记里还写到，视线总是越来越模糊，视力范围变得狭窄，还出现耳鸣、喝粥总是呛到的症状，并且时常头痛。这些都是脑肿瘤的典型症状。脑肿瘤造成脑压增高，压迫视神经，所以导致视力模糊，视线范围变得狭窄；当平衡及听神经受压，就会引起耳鸣、走路不稳，甚至摔倒；喝粥呛到则是由于肿瘤压迫到舌咽神经，使患者进食时吞咽困难所致。综上所述，手记的作者是一个脑肿瘤的患者，而森郁只是普通的脑溢血，虽然也会伴有头疼的症状，但和脑肿瘤是完全不同的。所以，再怎么看也不会认为这四篇手记是森郁写的吧。”

“你读得真仔细。”我夸赞道。为了不落下风，我也指出了自己的发现：“而且瞿生文在第三篇日记里有写到，自己在头痛挣扎时紧紧抓着黄色的书桌，可我去过森空家，森郁书房的书桌明明是红木的，这里又有区别啦。还有，森郁站在她母亲墓碑前的那张照片，森郁穿着一件棉衣，表示那时应该是冬天，森空说这是森郁的母亲刚下葬时拍的照片。但从瞿生文的手记里我们得知，他的母亲是某年夏天死的，夏天去世的人为什么要到冬天才下葬呢？另外，墓碑上刻了‘爱妻成淑芬’这几个字，一般来说，在墓碑上刻上‘爱妻’，表示这时候死者的丈夫还未亡吧。也就是说，森郁的父亲是死在母亲之后的。而在瞿生文的第二篇手记里那段追忆外公的描写中，明明提到母亲还在世的时候父亲就已经死了，这里又不一样了。所以以上这些都表明，手记的作者是瞿生文而不是森郁。”

“你还去过森空家了？”夏时对我的论述没有表态，而是问了这么一句。

“啊？我就是去调查啊，例行公事而已。”我突然感到脸颊发烫，语无伦次起来，不知道该说什么好，于是赶紧转移话题，“对了对了，还有还有，瞿生文还在第三篇日记中提到他有一个女儿，说那是他唯一活着的亲人，可是森空明明还有个因为吸毒而待在监狱里的母亲，她并没有和森郁离婚，也算他的亲人啊……你在听吗，夏时？”

“在听啊。”夏时用手撑着下颌，把头转向一边，望着窗外，似乎不太想搭理我。不一会儿，她似乎看腻了窗外的景色，终于把脸转向我，说:“可是说这些有意义吗？我们又不是在玩‘大家来找茬’游戏。还是回到案子上来吧。”

“哦。”我挠了挠鼻子以掩饰尴尬，“刚才我只是想活跃下气氛……现在游戏结束，谈正事。这么看来，森郁恐怕只写了这么一篇日记，之后半个月他可能由于身体不适，并没有将发现尸骨之后的事情继续记录下来。现在主要有两个问题：第一是瞿生文不愿说出尸骨的下落，他觉得外公已经入土为安了，不应该再被打扰；第二就是森郁的日记和瞿生文的手记里都提到的那个密室……”

“那个地下室密室是目前最让你困惑的疑团吧。”夏时一针见血地说。

“对，”我突然兴奋起来，“今天把你叫出来主要就是想跟你讨论下那个密室。汪睿龙杀了瞿生文的外公后为什么要把现场布置成密室呢？或许是不想让人发现尸体，可他又是怎么让铁门从里面反锁的？”

夏时喝光杯子里的最后一口茶，不紧不慢地说:“先别急着下结论。还是先去现场看看吧。”

七

我穿过医院的长廊，走进一间监护病房。曹君华看到我，颔首示意了一下。瞿生文躺在病床上，双目呆滞地望向天花板。洁白的被子盖在他的身上，边上的氧气罩随时待命着。

我把一张木椅搬到病床旁，坐了下来。“瞿生文，”我看着他虚弱的脸，开口道，“我想，你们在地下室发现的那具白骨，也许并不是你的外公。”听到这句话，瞿生文无力的双目立刻变得有神起来。

“怎么回事？”曹君华也向我投来疑惑的目光。

“因为那个密室，”我开始解释，“只有一种可能性能够解释那个密室。为了验证我们的推测，我们最终还是把那间地下室打开了，通过现场调查发现，铁门的插销不可能用任何机械机关从外部插上，并且，地下室也没有别的出入口和密道。那么只有一种解释，那就是有人从里面把插销插上了。”

“那这个人要怎么出去呢？”曹君华皱起双眉，问。

“那个人没有出去，四十年来，他一直待在密室里。”我回答。

“难道就是……那具白骨？”

“是的，就是那具白骨。”

“等等等等……”曹君华的思绪明显混乱了，“那具白骨是被枪杀的啊，你刚才说白骨不是瞿生文的外公，那他又是谁？”

“我们一步步来说明。”我深吸一口气，继续说，“从汪秦的日志中我们得知，当年汪睿龙应该已经一枪打死了瞿生文的外公。汪睿龙杀死沈卫强后，可能把他的尸体埋在了荒郊野外。当他处理完尸体后，又回到了那间地下室，想要收拾残局。墙壁上的那颗子弹，应该就是枪杀沈卫强时留下的。我们都知道汪秦患有先天性心脏病，所以不妨大胆假设，汪秦的父亲也同样患有严重的心脏病，这或许是他们的家族遗传疾病。就在汪睿龙回到地下室的时候，他的心脏病突然发作，当场倒地身亡。这个时候，门正好被他反锁着，于是现场就形成了密室。也就是说，那具白骨实际上是汪睿龙的尸体，这就是第二天汪睿龙失踪的原因——他一个人死在了地下室里。”

“可白骨不是被枪杀的吗……”曹君华再次强调，“头骨上的弹孔该怎么解释？”

“那不是弹孔。”我否定了曹君华的话。

曹君华一时语塞，床上的瞿生文也直勾勾地盯着我，似乎在催促我快些讲明真相。

“我们只是从两人的日记中得知‘头骨上有弹孔’这件事，但由于尸骨被处理掉了，并没有专业的法医检验过尸骨，或许那并不是弹孔。只是汪睿龙倒下的位置刚好在墙上的子弹洞孔之下，这让森郁和瞿生文先入为主地以为尸骨就是被子弹射死的，加上他们在头骨上也看到类似弹孔的小洞，就更为确信自己的判断了。而那具白骨的真正死因——我刚才也已经说了，并不是被枪杀，而是心脏病发作，尸体经过四十多年，慢慢在地下室变成了白骨，衣物什么的也都烂掉了，无法辨明身份，更无法从外表看出死因。这就是这个密室的真相。”

“可你还是没解释，头骨上为什么会有类似弹孔的小洞呢？”曹君华提出这个关键性的问题。

“那是‘时间’惹的祸，”我果断地回答，“‘时间’这东西真可怕，有时候能抹灭一切，有时候又能制造一切。可以说，这个密室的罪魁祸首就是——时间。”

“行了，”曹队摆摆手，“知道你有演说癖，快说清楚吧。”

我继续说：“我刚才去地下室调查的时候发现天花板上有很多细小的裂缝。从以前的地图上可以看出，这间地下室的上面原来是梧桐湖吧。”说到这里，我顿了顿，“曹队，不知道你有没有听过‘水滴石穿’这个成语呢？看似微不足道、软弱无力的小水滴，却能把坚硬的石头滴穿，它只需要一样东西——时间，也就是持之以恒的精神。”

曹君华张大了嘴巴，惊叹地说道：“不会吧……你是说，是梧桐湖的水从天花板滴下来，长久以来一直滴在头骨的同一个位置，经过四十多年的时间，把头骨滴出了一个洞？”

病床上瞿生文的呼吸也开始变得急促起来。我朝曹君华点点头，接着说：“就是这样没错，而且我记得梧桐湖由于遭到化工厂的污染，水的酸性过高才被县政府填掉的。人体骨骼的主要成分是胶原纤维和钙、磷等物质，酸度过高的水滴在骨骼上，会加速骨骼溶解。因此，经过四十多年的时间，在头骨上贯穿一个洞，也是绝对有可能的。”

我将夏时最终做出的推论在这里全部复述了出来，最后还不忘补充一句：“当然了，目前还没有找到被埋起来的尸骨，这也只是我能想到的最合理的解释。只有这样才能解释密室的构成。所以，密室里的尸骨并不是瞿生文的外公，而只能是汪睿龙。”

我看见瞿生文的眼眶变得湿润了，他在想什么呢？也许正在怀念他的外公吧。说起来，外公被汪睿龙杀害后，他每天都坐在梧桐湖边上哭，梧桐湖的湖水载着瞿生文的眼泪，将他的泪水转化为“子弹”，不断地射向汪睿龙的太阳穴。这是不是也算一种变相的复仇呢？

正当我准备离开病房之际，曹君华叫住我，主动伸出右手，说：“上一次，真不好意思，这次真是谢谢你了，希望有机会能再合作。”

我握住曹队的手，拍了一下他的手臂，说：“您这话说的，我应该谢谢您才对，有空儿请您吃饭。”

地上挖了一个大坑，泥土从安静的地底被不断刨出。那块看上去还很新的墓碑无力地瘫倒在土坑边，墓碑上的“外公沈卫强之墓”几个字还散发着鲜艳的红光。那具已经在黑暗中尘封了四十多年的尸骨终于彻底曝露在耀眼的阳光下，头骨上的两个圆窟窿正直视着我无奈的脸，似乎想要向我诉说什么……是啊，或许这个故事太过漫长了。

八

这件跨越四十年的谜案终于就此谢幕，着实让我松了一口气。有时候想想，人性真是非常可怕的东西，动不动就会为了自己的目的去杀害别人。算了，不想这些了，今天晚上约了夏时吃饭，还是放松下心情吧。

正在这时，那个美丽的少女森空出现在了我的面前。

“小空，又来警局，还有什么事吗？”我微笑地望着她，“你爸爸在日记里记述的案子已经解决了哦，别愁眉苦脸的了。”

“不……还没有解决。”森空忧伤的神情不知道源自何处，“我爸爸的死……还没有解决。”

“什么？”我几秒钟前才放松下来的心情现在又回复到原样。

“我……我……”森空吞吞吐吐地说，“我是来自首的，我爸爸……是我杀死的。”

这句话犹如晴天霹雳般冲击着我的听觉神经。还没等我开口，她就撩起袖子，眼前的情景顿时令我目瞪口呆。少女裸露的白皙肌肤上布满了一道道紫色的伤痕。这到底是怎么回事？

“爸爸打的。”小空的声音有些哽咽，“自从妈妈坐牢之后，爸爸就像变了个人似的，变得很暴躁，一不高兴就打我……”她边说边轻轻地揉着自己手臂上的伤痕，“有一天，我在回家的路上看见一家新开的面包店，那里有很多诱人的甜甜圈，看起来好好吃，我就忍不住买了几个回来。爸爸看见了，拿起皮带就抽我，他说家里的开销已经不够用了，叫我不要再买这些乱七八糟的东西……他还说，要是再让他看到的话，就打死我。”

原来，森郁是这样一个父亲。我错愕得不知道该接什么话好，只能继续默不作声地聆听女孩的自白。她支吾了几下，又继续唯唯诺诺地说:“爸爸从小就对我很冷淡，妈妈被警察带走之后，他对我更是漠不关心。人们常说的父爱，我从未体会过。只有爸爸打我的时候，只有那个时候，我才会感觉到父亲的存在，也隐约燃起一丝对父亲的依恋。”她说这几句话的时候，双颊泛起了红晕。

我一时之间无法理解她对父亲的这种特殊情感，正当我试图用自己的思维方式去剖析这个女孩的心理时，小空接着说:“那天，我又擅自买了一袋甜甜圈，回家后故意放在桌子上。爸爸那天很晚才回来，他发现了我买的甜甜圈，气得话都说不出来了。他冲进我的房间，抽出皮带猛抽我……可是，爸爸有脑溢血，情绪不能太激动。我没有想到，爸爸一下就倒在了地上，再也没有起来。是我……都是我……”这时候，泪水从小空晶亮的双目中夺眶而出。

故意放在桌子上……难道她是故意想被爸爸打吗？这是一种何等疯狂的心境啊。从小缺乏父爱的女孩，竟然在父亲的暴力虐待下感受到一种畸形的关爱。她渴望被父亲管教，哪怕是被狠狠地抽打……是什么使这个玉洁冰清的少女转变成这样？我已经辨不清上述这段自白的真实性，我的双耳是否正游离在幻境中呢？怎么会……

我回忆起那一天去森空家她请我吃甜甜圈的场景，甜甜圈是从冰箱里拿出来的，现在并不是夏季，抹有巧克力浆的甜甜圈一般不会轻易坏掉，之所以要放进冰箱，是因为已经买来好多天了吧……一大袋甜甜圈，森空一个人在短期内一定是吃不完的，所以才要放进冰箱。

“我很害怕。”小空揉了揉眼睛，“爸爸停止呼吸之后，我吃力地把他搬到他房间的床上，假装成自然病死……我真的不知道该怎么办。”

我也不知道该怎么办。

这个世界什么时候变成这样了？有人可以为了自己的外公杀死

害他的凶手之子，有人却如此对待自己的亲生女儿。我们……到底是怎么了？

于是，我发了条短信给夏时，告诉她我今晚有事，不能去吃饭了。

雪 祭

序

男人慢慢睁开眼睛，昏暗的光线仍旧像利刃般刺进他的双目，迫使他眨了好几下眼。

这是一间类似地下室或者仓库的房间，墙壁上没有窗户，只有斜对面的一扇铁门是通往外界的唯一出口。男人喘着粗气，血液的腥味不断刺激着他的鼻腔，他的双手被一根电线紧紧地捆绑在背后，脸上流淌着汗水和血液混杂在一起的温热液体。男人的视线渐渐变得清晰起来，他看到一个年轻女人站在自己面前，看不出女人的脸上是什么表情，但她手里的一根铁丝似乎让男人意识到自己的处境不妙。

男人露出惊恐的表情，同时从嘴里发出沙哑的声音："你……你想干什么？我……我不是都按照你说的做了吗？快放我走吧！"

女人没有理睬他，只是缓缓地逼近靠坐在墙角的男子，她望着男人脸上恐惧的表情，笑了一下，不紧不慢地将手里的铁丝缠绕在他的脖子上。

"不要，求求你，饶了我吧！"男人做着最后的挣扎，他圆睁着双目，使出最后的力气，试图摆脱手腕和脚踝处的电线。但这始终是徒劳的——男人浑身是伤，早已无力反抗。他的眼神从惊恐变为乞求，最后变成了绝望。

女人的双手开始用力，铁丝嵌进男人的肉里，一点点勒紧他的喉咙。从喉咙里发出的“咔咔”声成了男人最后的遗言。映入男人眼球的最后一幕，便是凶手那张白皙的脸和淡蓝色的头发。

直到眼前的人没有了任何动静，女人才敢松手。那双布满血丝的眼睛依旧瞪着自己，女人忍不住朝那张狰狞的脸上吐了一口唾沫。她望了眼男人刚才因为脖子被勒导致失禁而留下的排泄物，厌恶地撇了撇嘴，向屋子另一边的铁门走去。

打开铁门，一股寒气逼进屋子。外面的雪早就停了，但地上依然残留着深深的积雪，仿佛铺着一张白色的厚地毯。女人做了一个深呼吸，让自己平静下来。

终于杀掉他了！原来杀一个人是如此简单。

一个鲜活的生命就这样消失在了自己的手里，杀人后的复杂心情让她暂时忘却了身体的寒冷。关上门，女人调整了下呼吸。她知道，现在还不是可以松懈下来的时候，接下来要做的才是关键。她的目光转向房间一角的那把小型电锯……

一、视频里的男人

夏青又看了一眼墙上的钟，不知道这是她今晚第几次看时间了。手里捏着电视遥控器，电视屏幕上的画面不断转换着，却始终无法吸引她的注意。夏青的心里现在只想着一件事：这么晚了，老公怎么还没回来？他去哪儿了？

“您拨打的号码已关机……”不管怎么拨打丈夫的手机，听筒那边永远是这句越听越想抽人的话。夏青放下电话，一脸焦虑。这种时候，人没回来，手机也打不通，女人的疑心使她想到两件事：一、丈夫出轨了；二、丈夫出意外了。而对于一个女人来说，宁愿发生的是第二种情况。

虽然夏青知道，在“出轨”这件事上自己根本没有资格去怀疑丈夫，但即使是这样，她强烈的占有欲仍旧不能容许有另一个女人和自己分享一个男人。

忧心忡忡的夏青再也坐不住了。她关上电视，起身走到窗前，观察外面的景象。天空已不再飘雪，但地面以及建筑物的顶部仍旧是白茫茫的一片。下雪的时候，望着缓缓散落的美丽雪花，很容易把银白色的雪地联想成仙女的纱衣。然而，一旦雪停了，看着没有雪花飘落的孤白地面，却感觉是一件洁白的寿衣覆盖在整座城市上，充满了死寂感。

“终于停了。”夏青自言自语道。下了好几天的雪终于停了，这更坚定了她外出寻找自己丈夫的决心。她先来到女儿的房间，女儿已经蜷缩在被窝里睡着了。她悄悄关上房门，走到鞋柜前，翻出一双雪地靴。夏青也不知道自己该到哪里去找丈夫。她不熟悉丈夫的交际圈，也没有他朋友的联系方式，公司的电话也没人接。但是，总比待在家里什么都不做的好吧，要不去他公司看看？

正在夏青一边胡思乱想一边穿上靴子的时候，她的手机突然发出一阵短信提示音。夏青连忙抓起桌子上的手机，果然是一条新讯息，而发短信的人让她欣喜若狂 —— 是丈夫发来的。

打开短信，屏幕上出现了一行字 —— 快上 QQ，有事跟你说！

夏青一阵莫名其妙。上 QQ ？为什么要上 QQ ？有事不能电话里说吗？她不解地拨打了丈夫的手机，但那边却已经关机了。

怎么回事啊？夏青皱紧了双眉。原本一直关机的丈夫突然打开手机给自己发了条奇怪的短信，之后又突然关了机。这种不正常的举动到底预示着什么？夏青又看了遍那条短信，看语气，丈夫似乎非常着急。不管了，先上 QQ 吧，夏青做出决定。她走到书桌前打开电脑，感觉今天的电脑开机速度特别慢。登录 QQ 后，丈夫的头像立马闪个不停。点开聊天框，电脑屏幕上出现了熟悉的字体：“上线了吗？”

“你在哪儿？”夏青手忙脚乱地在键盘上输入这些字。她焦急等待着丈夫的回复，然而，旋即屏幕上出现了一个视频连接请求。丈夫要跟自己视频？也好，可能光打字也说不清楚。夏青毫不犹豫地戴上耳麦，打开摄像头并同意了对方的视频请求。

突然出现在视频上的画面让夏青吓了一跳。脸色苍白的丈夫正对着镜头，嘴里不断喘着气，额头上似乎还有红色的液体流下来。那是血吗？

“延涛！你怎么啦？你在哪儿？”夏青朝着屏幕呼喊道。

“青青，好好照顾女儿……”对面的丈夫吃力地嚅动着嘴唇，一开口就说出这么一句莫名其妙的话，“我们也许无法再见了。”

事情来得太过突然，一时之间让夏青不知所措。“你……你在说什么呀？你这是怎么啦？”丈夫宛若遗言的话语让夏青的心提到了嗓子眼。

正在此时，一只戴着黑色皮手套的手出现在屏幕上方，抓住丈夫的头发一阵猛拉。一声惨叫从丈夫口中发出，尖锐的叫声通过耳麦刺进夏青的耳朵。

“救命啊！”丈夫的声音像是在哀号。这让夏青的心像刀割一样痛。她终于明白丈夫此刻已被不明身份的凶徒囚禁了，但她不知道歹徒的目的是什么，也不知道对方会如何对待自己的丈夫。夏青又慌又急，眼泪已经不受控制地从她脆弱的泪腺涌出。

“你不要伤害他！你想怎么样？是要钱吗？我给！”夏青哽咽的声音不知能否让躲在屏幕死角的对方听清，“求你放了他！”

“青青，我爱你……”丈夫咬着牙，似乎在忍着不知从什么地方传来的剧痛，一字一句地继续说着类似临别遗言的话。

由于视野有限，夏青只能看见丈夫的胸部以上，因此无法了解他身上的具体伤势，这让她更为不安。“延涛……边上那人是谁？他为什么要抓你？是要钱吗？”

“我……”正当丈夫开口之际，那只黑手又挥了过来，一拳打在他的脸上。丈夫的身体向前倾了一下，紧接着传来一声像是杯子碎裂的声响。“啊……”丈夫又哀号一声。他知道这是歹徒给他的警告，示意他不要乱说话。“他的目的……不是钱……”断断续续的语句从丈夫口中传出，“女儿睡了吗？”

“嗯……已经睡着了。”夏青捂着嘴，含糊其词地说。到目前为止，她依旧无法接受发生的这一切。

“已经睡了啊……那就别吵醒她了，本来还想再看看她……”丈夫从嘴里挤出与妻子说的最后一句话后，视频就被切断了。

二、雪地上的尸体

因为是严冬，即使到了早上5点，天空依然没有一丝光亮。一名衣衫褴褛的年迈拾荒者沿着郊外的小马路向前走着。脚下的路面阴冷湿滑，两旁的草丛被厚厚的白雪覆盖。无论是何种形式的生命，在这样的严寒下或许都是脆弱的。

马路左边竖着一道长长的铁栅栏围墙，围墙的内侧是一个已经废弃的小公园。拾荒者边走边时不时望一眼被栅栏隔着的公园。此时，整片公园的地面都积着厚厚的雪，宛如抹上了一层光滑的奶油。忽然间，远处的白色“奶油”上赫然出现一个不协调的黑点，引起了拾荒者的注意。

拾荒者加快了脚步，想看看那个黑点究竟是什么。慢慢走近它，黑点变得越来越大，越来越清晰。那黑漆漆的是……是头发！拾荒者停下脚步，眯起眼睛再次确认了一番围栏里面的物体。没错，像垃圾一样被丢在雪地上的，是一颗人的头颅！

人头的脸部埋在冰冷的雪里，毛发浓密的后脑勺和脖子处黑红色的断口清晰地呈现在拾荒者的眼前。此刻，他已吓得瘫倒在地，同时从嘴里发出一阵怪叫。

由于案发现场所在的H县地处偏僻，大雪天路又不好走，警察半小时后才来到现场。负责这次案件的警官名叫王家毅，年纪不大，却长着一张大叔脸。他因为前段时间连续破了好几宗大案而被升了职。

踩进松软的雪地里，白色的雪花已将整个脚完全覆盖。王家毅带着法医和几位警员来到发现头颅的雪地附近。他瞧见头颅周围没有任何脚印，不远处的铁栅栏外倒有一些慌乱的足迹，应该是之前那名拾荒者留下的。此时，身材修长的青年法医走到头颅前方，蹲下身子开始检验，他身上的白大褂与周围融为一体。

“男性，30岁上下，头颅在沸水里煮过，无法验出确切的死亡时间。脖子上有几道勒痕，但目前无从判断死因。头是被电锯之类的齿状切割工具切下的。”法医简单明了地说明验尸结果。

王家毅看了一眼面部已被煮得不成人形的头颅，骂道：“哪个王八蛋这么残忍？杀人分尸不算，还要放在水里煮，这样根本无法辨别被害人的身份嘛。”

“我还要回去做进一步的检验，”法医叫人拿来一个大号的裹尸袋，将头颅小心翼翼地放进去，“那小王，这边就交给你了。”

王家毅点点头，正打算安排下一步的现场勘查工作，远处一名警员突然向这边奔来。

“王队，发现了其他尸块！”警员大口喘着气说道，“我们在公园中央的凉亭里发现人的四肢。”

一行人立即奔赴第二处弃尸现场，刚要离开的法医也急忙跟上。这座公园的正中央有一座石头凉亭，四根柱子支撑着上方的圆形亭盖，很简单的结构。凉亭的地面上赫然放着人的胳膊和腿，并摆出一个奇怪的形状。

法医绕到凉亭的后边，继续他的验尸工作。

王家毅围着凉亭走了一圈。同样，凉亭周围的雪地上也没有任何调查人员以外的足迹。随即，他蹲在法医边上，查看起如四根粗木棍般被丢弃在地上的残肢。“和刚才的头颅是同一个人的吗，吴法医？”他问。

“目前还不能确定，”法医面无表情地说，“这些残肢同样在沸水里煮过，死亡时间从表面无从判断，看切口的状况，应该也是被电锯之类的工具割下的。除此之外找不到任何明显的伤痕，也无法判断死因。至于和头颅是不是同一具尸体的，恐怕要提取骨骼里的细胞组织验明 DNA 后才可以确定。”

王家毅观察了一番地上的四肢，站起身，往后退了几步，他皱起眉头，对身旁的一名警员说：“小徐，你看这像不像两个字母？”

年轻的小徐从王家毅的角度望向地上的四肢：“的确很像‘L’和‘T’两个英文字母的大写。”的确，地上的四条残肢被人刻意摆放成“L”和“T”的形状，左腿和左臂构成“L”形，右臂和右腿构成“T”形。

“这是凶手留给我们的信息吗？还是有什么特别的寓意？”王家毅将手扣在下巴上，沉思起来。

取证人员拍下现场照片后，法医才将四肢分别放入其他裹尸袋中。

“你们再去附近找找，可能还有其他的尸体残骸。”王家毅下令搜查整个公园。10 分钟后，公园的另两处分别找到了人的胸和腹两部分残尸。

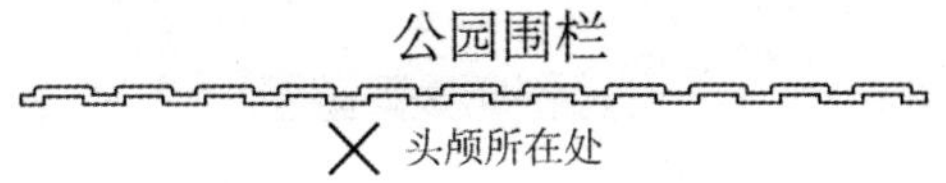

案发公园现场略图

经检验，胸部和腹部同样是被电锯切下的，也放在沸水里煮过，其中死者的内脏已被全部掏空。虽然尸块都已被煮过，但从四肢以及胸部健硕的肌肉大致可以判断出，死者应该是个体型比较健壮的男子。

“气象中心说，这场大雪是在今天凌晨 0 点前后停的，”小徐向王家毅报告，“公园里没有留下抛尸者的足迹，这就表示尸体是在 0 点雪停之前被扔到这个公园里的吧。”

“确实如此。”王家毅颔首道。这是个再正常不过的逻辑了。按照这样的推断，死者一定是在凌晨 0 点之前被害的。

回到局里，经过 DNA 比对，证实在 H 郊县废弃公园里发现的尸块均属于同一个人。一桩恶性杀人分尸案就这样打破了这个清晨的宁静，也消去了所有警员的倦意。

三、死神没有重量

王家毅端详着手里那张废弃公园的弃尸位置图。他留意到，尸体头颅的位置在公园的最北端，胸和腹的位置分别在公园南边的两侧，这样一眼看去，将头、胸、腹的所在处用直线相连，发现三条连线基本等长，形成了一个等边三角形，而凉亭的位置正好在这个等边三角形的中心。

“凶手特意将尸块扔在四处不同的地方排列成三角形的样子，是有什么特殊含义吗？还是某种特别的仪式呢？”王家毅自言自语道。他不懂那些似是而非的迷信东西，于是上网查了一下，结果惊奇地发现，在某些古希腊宗教里存在着这样一种宗教仪式：一些叛教徒被吊死后，尸体会被分割成好几块，教内的巫师则会将尸块摆成一个三芒星阵。这些宗教相信，这样做便能驱赶出附身在叛教徒体内的恶魔，并将其永久封印，同时祭奠那些被叛教徒迫害的人们。

那么，凶手将尸块摆成这样一个三角形，是在模仿古希腊宗教的仪式？他的目的也是要驱赶恶魔或者祭奠谁吗？这就是凶手的分尸动机？但是，凶手又为什么要把尸块放在水里煮，并且掏空内脏呢？还有，用四肢排列出的“L”和“T”到底是什么意思？王家毅的思绪在脑内无规律地游走。他觉得这个案子有好多难解的谜团，而眼下连死者是谁都不知道。

正在王家毅纳闷该怎么确认死者的身份时，市区刑警队的一通电话让案子有了新进展。

“是这样的，今天凌晨有一位女士报案，说自己的丈夫被人绑架了。”电话那头是一个浑厚的男声，对方是市区刑警队的一位负责人，“接着，你们今天清晨就发现了男性的尸块，根据你们描述的尸体大致的体貌特征，与这位女士的丈夫有些接近。我想，你是不是可以安排下认尸？”

“好的，不过希望她能做好心理准备。”王家毅深吸一口气后挂断了电话。

当夏青看到自己丈夫的尸体时，已经哭得不成人样，她瘫软在地上，任谁都无法将她扶起。

“不好意思，”王家毅不知道该怎么应对这种局面，只能还用警察的那些套话对夏青说，“我知道你很难过，但人死不能复生。目前最重要的是尽快找到杀你丈夫的凶手，我希望你能提供一些线索。”见夏青没有反应，他继续说，“首先，尸体已经变成这样，我想问一下，你是怎么确认这就是你丈夫的？”

夏青啜泣了几下，沉默了几秒钟后，瞪着王家毅，说：“这就是我丈夫。你说，每天睡在你边上的人，你会认不出吗？”

“我明白你的意思……”王家毅往下压了压手掌，示意夏青冷静一点，“我只是想问，有没有什么更确切的证据？比如说，你丈夫有没有什么身体特征之类的，能肯定是他本人呢？”

夏青抹了抹眼角，她的脸上布满化妆品化开的痕迹。她深深吸了一口气，说道：“他的大腿内侧有一道疤痕，是小时候不小心割伤的。”

吴法医将尸体的左腿朝外翻开，果然在内侧有一道 3 厘米左右的疤痕。“虽然尸体被煮过，但这条疤痕还依稀可见，应该是旧伤，不过不像是刀伤，可能是被圆珠笔尖之类的刺伤的。”

夏青的呼吸有些急促，她转身想要离开停尸间。也难怪，任谁都无法接受自己朝夕相处的丈夫一夜间变成七零八落的尸块这样悲惨的现实吧。警员小徐带她走到门口，夏青突然回过头，语气坚定地说：“不管他是谁，我是不会放过杀死我丈夫的凶手的。”她的眼睛里充满仇恨的光芒。

虽然夏青肯定死者就是自己的丈夫张延涛无疑，但保险起见，还是得做个完整的DNA鉴定。搜查人员提取了张延涛家里木梳上的头发样本，牙刷上的唾液样本以及床、枕头和衣服上的皮屑样本。经过DNA比对，最终确认和尸体一致。另外，张延涛曾经看过牙医，将医院的牙齿拍片记录和尸体的牙齿进行比对，也完全可以做同一认定。至此，分尸案的死者身份彻底查明——他是S市一家外企的营销部部长张延涛。

第二天，夏青的情绪似乎稳定了一些，王家毅和警员小徐来到夏青家，开始进一步的调查询问工作。

“能否再将昨天的事详细复述一遍？”王家毅打开记事本，直视着仍旧十分憔悴的夏青，说。

于是，夏青把前一天，也就是12月27日凌晨丈夫迟迟未归，接着接到丈夫的短信，又跟丈夫视频对话并发现丈夫被歹徒绑架的事重新述说了一遍。

“那段视频你录下来了吗？”小徐问。

“没有。”

“有没有看清歹徒的特征？”

“看不出，只有一只戴着黑色手套的手？”

“能分辨是男人的手还是女人的手吗？”小徐在记事本上匆匆记录着。王家毅则在一旁观察夏青的神态。他心想，如果夏青的精神状态再好点，看上去应该会更漂亮些。

“不能确定。”夏青将额头前的发丝往后一拨。

“你丈夫跟你说了什么？”

“他叫我好好照顾女儿……”说到这里，夏青又忍不住哽咽起来。

“那歹徒有没有提什么要求呢？比如勒索钱财之类的。”

“他一句话也没说……”

奇怪，歹徒让张延涛和夏青视频聊天，单单只是为了让他在被杀前同家人说几句遗言吗？歹徒这么做的目的到底是什么？王家毅又陷入了沉思，他觉得这件事太过蹊跷。

“你和你丈夫很早就认识了吧？”王家毅看见电视机柜后方的墙壁上挂着一张夏青和张延涛的合照，从照片里两人的年纪看，照片应该是两人大学时代拍的。

“嗯。”夏青顺着王家毅的目光望了一眼照片，说，“我们是大学同学，在大学里就开始谈恋爱，一毕业就结了婚，到现在也整整七年了。”说完她伤心地摇了摇头。

王家毅注意到，照片里的夏青留着一头乌黑的长发，一件橙色的短袖上衣凸显出她曼妙的身材，灿烂的笑容洋溢在朝气蓬勃的脸上，看上去十分活泼可爱。而一旁的张延涛则精神抖擞地站在镜头前，他身穿一件运动背心，一手叉腰，另一只手搭在夏青的肩上，手臂外侧发达的肌肉使他显得非常威猛。

“你丈夫那时候就已经这么健壮了啊？”王家毅看着照片说。

“是啊，他是我们学校体育社的，还代表我们学校参加过市里的大学生铅球比赛，拿过冠军。”夏青道。

“原来是练铅球的，难怪。”王家毅叹了口气，想到照片里那个强健男子如今的下场，他恨不得马上把凶手大卸八块。

这时，一旁认真记录的小徐继续提问：“我想跟你确认下你跟你丈夫视频对话的时间，当时是几点钟？”

“那时候我看过钟和手机，应该是凌晨1点半左右。”夏青想了一下回答。

王家毅和小徐对望了一眼，他们的脸上同时露出异样的神情。

“你再仔细想想，会不会记错了？”王家毅追问道。

“怎么可能记错？当时因为延涛一直没回来，我特别留意时间，不可能记错的。”夏青的语气斩钉截铁。

“那么……”王家毅凝视着夏青的脸，继续提问，“有没有可能视频里播放的只是先前录好的影像呢？”

夏青立马否决：“不可能，我和他说过话！”

这怎么可能？王家毅紧握双拳，瑟瑟发抖。现在他的面前出现了一个棘手的问题。

根据气象台的数据，H县在凌晨0点的时候雪就已经停了。所以，理所当然地，警方推断死者被杀于0点之前。可是，现在夏青的证词却说，凌晨1点半的时候她还在跟死者视频通话，那就表示死者是在1点半之后被杀的。这里就彻底产生了矛盾——如果张延涛是在1点半之后被害的，那么凶手势必要在1点半之后才把死者的尸块扔进废弃公园。可是，当时雪已经停了，公园的雪地上却没有任何足迹。

凶手是如何不留脚印地走进废弃公园进行抛尸的呢？人类又怎么能够轻易克服自身体重？那一片光洁无痕的白色现场再一次浮现在王家毅的脑际，他感到一阵眩晕。难道尸块是自己飘过去的吗？王家毅不禁打了一个寒战，在这原本就寒冷的季节里，他感到更加毛骨悚然。

或许，只有没有重量的死神才能做到这一切。

四、仓库

王家毅匆匆回到局里，他以最快的步伐走向法医办公室。戴上眼镜的吴法医看上去更为年轻，他正将玻璃壶里的咖啡倒入自己的杯中，见王家毅前来，便拿出一个新杯子，也给王家毅倒了一杯。

“怎么样，吴法医，尸检有进展吗？”王家毅还没喘上一口气，就急切地问道。

吴法医推了推鼻梁上的眼镜，不紧不慢地说：“我对死者的头颅进行了解剖，经过详细的检验，和我之前的判断一致，死者先被人用铁丝之类的细状物勒毙。随后，凶手进行分尸，用电锯将尸体切割成七份，接着分别放在沸水里煮，最后丢弃在公园内。”

“死亡时间能判断吗？”王家毅接过咖啡杯，抿了一口杯中的液体。

“由于尸体在沸水里损毁严重，在之后的一段时间内又暴露在极低温的室外，再加上死者的内脏全都被掏空，无法检验胃里食物的消化情况，因此很遗憾，实在没有办法判断确切的死亡时间。我只能说，死者是在27日凌晨3点之前被杀的。”吴法医摇了摇头道。

难道说凶手煮尸体、掏空内脏的目的都是为了掩盖死亡时间？那这里面一定有猫腻，也许其中藏着破解无足迹谜团的关键。王家毅的脑齿轮又开始飞速转动，这在他认识某个女孩之前是从来没有过的，他以前并不是一个爱动脑的人。

“另外，看尸体的切割断面，凶手切割尸体时下手的力度并不是很大，还带有一些犹豫迹象，所以我觉得，凶手可能是一个力气较小、心理素质不高的人，也可能是个女人。”吴法医的话打断了王家毅的思绪。

“女人……”王家毅若有所思地点点头。凶手会不会是夏青呢？这样无足迹谜团也就顺理成章地解开了。实际上，张延涛根本没有和夏青视频通话过，一切都是她为了扰乱警方视线而刻意编造的谎言。

吴法医擦拭着桌上的咖啡机，继续说：“死者的腰部有电击伤，手腕和脚腕上有被细绳捆绑的痕迹。凶手很可能先用电击枪击昏死者，再将死者囚禁在某处。同时，我在死者的手指甲里找到一些可能是皮肤组织的物质，但因为在水里煮过，我需要一些时间来分离细胞组织，看是否能提取到 DNA。凶手可能在跟死者争斗的过程中被死者抓伤了。”

“那拜托了。”王家毅拍了一下法医的肩膀。他跟吴法医继续聊了一会儿，此时王家毅的手机突然响起，接起电话，对面传来小徐的声音。小徐告诉王家毅，他们找到了可能是第一案发现场的地方。

和吴法医告别后，王家毅驱车前往离弃尸现场两公里处的一座旧校。这里是 S 市建华大学的旧校址，建华大学在 5 年前已搬迁至 F 县大学城内，原校址的这块地被一家房产开发商买下，但由于资金问题，开发商迟迟未动工拆除校址，学校内的所有建筑物就这样一直空置至今。

寒风吹在王家毅的脸上，让他的皮肤干裂，冬天的严寒让这座老旧的学校看上去更加荒凉和沧桑。王家毅迈着步子，脚下传来踩实积雪的沙沙声，他不禁回头看了一眼自己的身后，发现脚印没有消失。他现在有些分不清现实和虚幻了。

走到操场边，白茫茫的雪已将整个操场彻底覆盖。这座操场要比一般学校的操场大出许多，它的对面是一幢六层的教学楼，如今已破旧不堪，好似一栋鬼魅的居所。操场旁边有一间面积在 10 平方米左右、类似仓库的小屋，以前是用来存放体育器材的。小徐穿着一件厚厚的棉袄，正守在小屋门口。

王家毅走进这间小屋，一股难闻的异味顿时迎面扑来。屋子里没有窗户，门外昏暗的光线将小屋照得格外阴森。小徐递给王家毅一支手电筒，并打开记事本向他汇报：“有人举报说有一伙闲杂人员在旧校里聚众赌博和吸毒，所以刚才两名联防队员过来巡逻。他们巡逻到这里，看见这间仓库的门虚掩着，便走进来查看，发现墙上和地上到处都是血迹，角落里还有一把电锯，于是就报了警。”

王家毅扫视了一圈仓库，地板和墙壁上确实布满了喷溅状的血点和血斑，仿佛被人泼上了一层暗红色的油漆，几名鉴证人员正在提取血迹样本。仓库内右侧有一张简易的木桌，桌上放着一台小巧的三星笔记本电脑。一旁的小徐忙走上前，操作起电脑。别看小徐平时愣头愣脑的，但他对电脑还是相当精通的。

“王队，这里面有你意想不到的东西。”小徐用鼠标打开了一个视频文件。画面中突然出现张延涛的脸，他的脸被人打过，只见他喘着粗气，用微弱的声音说道：“青青，好好照顾女儿……”没说几句话，张延涛的后方就伸出一只戴着黑色手套的手，拉住他的头发。

“这是……”王家毅一阵诧异，“这是夏青说的那段视频！”

“没错，歹徒把视频的内容录下来，存在电脑里了。”小徐明确地说。王家毅把这段视频从头到尾看了一遍，虽然没有夏青的画面，但光从张延涛这部分的内容来看，和夏青先前的描述并没有多大出入。

“把电脑带回去做进一步的研究，看看视频有没有做过特殊处理。”王家毅看完视频后命令道。

“好的。”小徐关上电脑将它放入一个物证袋。

木桌的前方摆着一张宽大的木椅，王家毅猜想，当时张延涛应该就是坐在这张椅子上同夏青视频通话的。他同时注意到，木桌下面堆着几个方形纸箱，纸箱周围的地上全是白色碎玻璃。王家毅想到刚才视频里的玻璃碎裂声，于是弯下腰，用戴着白色手套的手捡起一块玻璃碎片，仔细检查了一番。通过碎片上的弧形把手，他辨认出这是一块玻璃杯的碎片。王家毅捡起另一块原本属于杯子底部的圆形碎片，发现里面还有一些未溶解的咖啡沉淀。除了杯子碎片外，地上还洒了一摊棕褐色的咖啡渍。

应该是凶徒的那一拳让张延涛的身体撞翻了桌上的咖啡杯，咖啡洒在了地上。王家毅回忆着视频里的情景，得出了这个简单的结论。接着，他拉出桌子下的几个纸箱，里面只是一些废旧的体育器材，没什么特别之处。地上的咖啡渍因为纸箱的阻挡，只扩散到纸箱的边缘位置，在地上形成一条整齐的直线。咖啡渍的另一边也由于先前那张椅子的阻挡，在地上形成一个直角痕迹，那应该是之前椅脚所在的位置。王家毅根据咖啡渍的痕迹将椅子和纸箱重新归位，椅子离纸箱相隔大约 5 厘米左右。王家毅出神地望着这个场景，他总觉得哪里不对劲儿。

王家毅转身走向仓库的另一边。屋子角落扔着一把小型电锯，锯子表面被变质的血液染成了黑褐色，锯齿上还钩着一些碎肉和骨屑。虽然王家毅在过去也遇到过性质恶劣的分尸案，但亲眼目睹这番血腥残暴的景象，他还是忍不住干呕了几下。

离电锯不远的地方摆了一个炉子，炉上放着一个大号的铝锅。王家毅捂住鼻子，缓缓凑上前看了一眼锅的内部，立刻缩回身子。他想立马驱除掉一秒钟前映入眼帘的那个画面。毋庸置疑，这个铝锅就是凶手用来煮尸的容器。炉子旁的地上有一个水壶，周围扔着几个空的矿泉水瓶和一个装有三分之一纯净水的塑料桶。王家毅推想，凶手应该是将桶装纯净水运到这边，再用炉子将这些水烧开用以煮尸。

“真是个变态！别让我抓到你！”王家毅忍不住咒骂了一句。

回到局里后，经过缜密的 DNA 比对，证实建华旧校仓库里的血迹属于死者张延涛。由此可以认定，这间仓库就是分尸现场，也很可能是第一案发现场。调查人员在仓库里找到一捆铁丝，经过吴法医的皮屑化验和勒痕比对，证实铁丝就是勒毙死者的凶器。现场共提取到五组指纹，其中一组属于张延涛，其余四组目前还无法确认身份。除此之外，调查人员还在现场找到一些方便面桶、食物包装盒、几双一次性筷子，以及一个速溶咖啡包装袋。

由以上这些基本可以推断出，凶手曾将被害人囚禁在了仓库里，随后直接在仓库杀人分尸，再将尸块弃置于两公里外的废弃公园内。

王家毅知道，今晚又要熬夜了。

五、进展

死者张延涛所在的外企位于离市中心较远的地段。调查人员通过死者的同事了解到，张延涛平时为人和蔼，虽然担任部长一职，但在工作之外完全没有领导架子，在公司内部基本上没有仇敌。12月26日周五那天，张延涛像往常一样于下午5点准时下班，之后就再也没有人知道他的行踪。就是在那一天的晚上，夏青因为张延涛迟迟没有回家而焦急万分，第二天凌晨5点左右，拾荒人员在H县的一座废弃公园发现了张延涛被肢解的尸体。

在程序上，警方必须查清死者的关系圈。张延涛无兄弟姐妹，只有一位70岁的母亲居住在郊区的老房子内。从凶手的杀人动机着手，警方目前还没有找到明确的嫌疑人，但目前不排除是死者公司的竞争对手作案的可能性。除此之外，警方并没有找到对张延涛怀有明显杀意的人。

王家毅始终觉得，这件案子的背后一定有什么不为人知的秘密，凶手绝不是一个为了点商业利益就不惜犯下如此残暴罪行的人。但目前最困扰王家毅的，依旧是那一片洁白无瑕的弃尸现场，凶手到底是怎么做到不留下足迹的呢？

会不会是将肢解好的尸块像扔铁饼那样从远处丢进公园的呢？不可能！凉亭里的四肢整齐地排列成两个英语大写字母的形状，这绝对是要亲手摆放成那样的，就算凶手力气再大，扔得再准，也不可能让四肢排成那样。

话说回来，王家毅先前侦办的案子中也出现过许多不可能的状况，但大多是门窗反锁的封闭密室，只有在两年前T大学的“网球场事件”中遇到过一次雪地无足迹杀人。但那个案件中的“诡计”显然不适用于本案。

王家毅绞尽脑汁，试图解开这个雪地上的广义密室。他想到先前吴法医的结论，凶手为了掩盖死者的死亡时间费了不少功夫。凶手费尽心机不想让警方知道死亡时间，他一定在这里面耍了什么把戏。王家毅觉得自己摸索到了解开无足迹谜团的线头，便顺藤摸瓜地继续往下思考。这样想的话，死者的被害时间一定就在0点雪停之前，和先前推断的一样，凶手是在0点之前走进废弃公园抛尸的，他的脚印理所当然被后来的新雪掩埋了。那么，问题一定出在1点半的那个视频里，就是那段视频的出现让推断的死亡时间变成了凌晨1点半之后。如果没有那段视频，根本就不会存在无足迹谜团。视频一定被动了什么手脚。这就是凶手不想让警方检验出死亡时间的原因。

王家毅坚信自己的思考方向没有错，他放下手中的泡面，急忙来到技术组。技术组办公室里，小徐正一边摆弄着那台在仓库找到的笔记本电脑，一边和技术组的同事打得火热，互相交流计算机技术方面的心得。

"这台笔记本调查过了吗？除了那段视频还有没有其他线索？"王家毅一进门便指着电脑问。

"电脑是属于死者张延涛的，这是他每天上班携带的笔记本电脑，里面除了那个视频之外都是一些工作资料，没什么可疑之处。技侦的同事说，电脑上全是张延涛的指纹。"小徐如实报告。

"那个视频检查过了吗？"王家毅紧接着问。

小徐颔首道："检查过了，视频是用Techsmith Camtasia Studio软件直接从QQ上录下来的，凶徒把录下来的视频保存为可用一般播放器打开的视频文件。我用软件分析过，视频没有剪辑过的痕迹，应该没有被动过手脚。"说完他从电脑里打开了那段视频，边看边说："你看王队，视频里的张延涛说话的口型和声音分毫不差，可以排除用音频软件重新录过音的情况，绝对是他本人在说话。另外，我分析了视频的代码，其中记录了QQ服务器的系统时间，可以证实视频的确是在27日凌晨1点28分开始录制的。”

“就是说，视频是真的咯？”王家毅的语气有些失望。他盯着视频里的张延涛，几缕水蒸气正从张延涛的脸前升起，那应该是从当时桌上的那杯咖啡里冒出来的。紧接着，凶徒就给了张延涛一拳，随之传来玻璃碎裂的声音。正在此时，王家毅的目光捕捉到视频里的某个瞬间，他急忙叫小徐将视频倒退几秒。

视频重新播放到刚才凶徒殴打张延涛的那个镜头，就在那一刹那，王家毅急忙按下了暂停键。“你看！”他兴奋地指着画面的右上角，在那里出现了几缕发丝。

“是凶手的头发！”小徐急忙截下这张画面，“王队你真厉害。”

王家毅指着那几缕头发，说：“凶手打人的时候动作过大，不小心把自己的头发拍进去了，可以看出，凶徒应该是长发，那就不排除是个女人的可能。”

吴法医也曾经说过，使用电锯分尸的有可能是个女人，再加上王家毅从视频里发现的线索，目前的调查先朝着“凶手是女性”的方向展开。警方的第一个怀疑目标便是死者的妻子夏青。由于视频里并没有录下夏青的那部分画面，因此警方认为视频也很有可能是夏青逼迫张延涛拍的。她想制造一个不存在的“绑架犯”来摆脱自己的嫌疑。可夏青并没有杀害张延涛的明确动机。据邻居反映，夫妻两人关系一直很和睦，张延涛是个本分人，从来不在外面勾三搭四。

如果凶手不是夏青，又会是哪个女人呢？警方又加大了对死者人际关系的调查力度，试着看能否找到那么一个和死者有感情纠葛的女人。从目前的情况看，只能先从“情杀”的方向着手调查了。

而王家毅始终无法释怀凶手没有在雪地上留下脚印这个问题，现在证实了视频的真实性，彻底推翻了他先前认为的“死者被杀于

0 点之前”这个推论。即使夏青是凶手，她还是没有办法在 1 点半之后不留足迹地把尸块扔进废弃公园。那段视频仿佛化为一堵坚不可摧的墙壁，挡住了王家毅的所有思路。

12 月 29 日早上，王家毅在办公室的沙发上小憩了一会儿，却始终没有睡意。他起来抽了一根烟，决定再去现场找找灵感。

虽然这几天没有再下过雪，但由于气温过低，地上的积雪始终没有完全融化。王家毅小心翼翼地走在湿滑的路面上。他再次来到这座似乎潜藏着什么神秘力量的废弃公园，却感觉眼前的场景如此陌生，仿佛来到了一个外星世界。围绕公园的铁栅栏走了一圈，王家毅发现这地方并不大，顶多也就一个足球场大小。每次经过一个抛尸地点，他都要停下脚步细心观察一番。他来到正中央的凉亭，地上的四条残肢还烙印在他的脑海，他想象自己就是凶手，试图揣摩凶手的犯罪心理，却始终无法将自己和这样残忍的凶犯同化。

王家毅点了根烟叼在嘴里，烟雾滑进他的呼吸道，他觉得这样可以唤醒疲劳的脑细胞。凶手为什么要如此大费周章地杀掉一个人？为什么要布置成不可能犯罪？难道只是为了满足他的变态欲望吗？王家毅继续思索起那个最令他困扰的无足迹之谜。他想，视频里的会不会是和张延涛长得很像的另一个人呢？可即使外貌再像，说话的语气、习惯总会不同吧，夏青怎么可能连自己的丈夫都认错？那么，换一种思路，视频里的确是张延涛本人，但是死者会不会另有其人？如果是同卵双胞胎，DNA 就能完全相同。但王家毅马上否定了自己的这个假设，如果真有这么个同卵双胞胎，他不可能逃过警方严密的调查网。死者的母亲也证实，张延涛是个独生子。

除了刑警这个身份之外，王家毅其实还是个业余的短篇小说写手，偶尔在杂志上发表一些非主流的推理小说，因此他对推理小说里常出现的“无足迹杀人”也非常敏感。要说推理作品中最恶俗的无足迹诡计，非“吊钢丝”莫属。正当王家毅想到这里时，凉亭柱子高处的一条划痕引起了他的注意。他凑近抬头一看，柱子上方靠近亭盖的位置确实有一条横向的割痕，割痕绕了柱子大半圈，像是被什么利器划的。

“不会吧，居然这么简单！”王家毅飞奔向公园南边的铁栅栏，他走在栅栏边上，边走边抬头直视栅栏的高处。突然间，他在一根栅栏前停下，用手指抹了抹上面的积雪。去除掉白雪后，同样是一条清晰的划痕展露在王家毅眼前。

正当王家毅喜出望外之时，他的手机铃声再度响起，还是小徐熟悉的声音。

“你在哪儿,王队？我们查到一件重要的事情。”电话那头的小徐显得格外急促，“原来夏青和死者张延涛当年都是建华大学的学生，而建华大学在 7 年前也曾发生过一起分尸案，被害的是一名叫鲁天的教授，他的尸体被肢解后扔在了积满雪的操场上，尸块也被煮过。而根据当时的调查报告和现场照片来看，雪地上同样没有足迹。”

六、失去的环

坐在王家毅和小徐对面的男人是一名已经退休的老刑警，他沧桑的脸上布满了皱纹，可即使这样也无法掩盖他的干练。老刑警啜了一口杯中的热茶，说：“我记得那是我退休前办的最后一个案子，已经是 7 年前的事情了。”

小徐竖起耳朵，一手托着记事本，另一只手握住笔，准备记录下多年前的那桩悬案。

“老张，当年那件案子，雪地上也没有留下凶手的足迹？”王家毅拿起桌上的热水瓶，往老刑警的杯子里添了点水。

“是的，我慢慢说。”老张点头道，“那是学校快放寒假的时候。

当时，建华大学的校址还在 H 县附近。某天早上，一名准备去晨练的学生在操场上发现了人的尸块。尸体一共被切成头、四肢、胸、腹七部分，散落在操场的中央。”

“死者是学校里的教授？”王家毅问。

“没错，死者叫鲁天，是建华大学工商管理系的教授，当时 47 岁。死因是被铁丝勒毙。由于尸体在水里煮过，法医无法检验出确切的死亡时间。鲁天平时寄宿在学校的教师宿舍内。在前一天晚上 10 点多的时候，宿管看见鲁天走出宿舍楼，后来就再也没有人见过他，直到第二天那名晨练的学生发现鲁天的尸体。”

“你们找到嫌疑人了吗？”

老张清了清嗓子，继续说：“查过几个和鲁天有过过节的学生，但他们不是有不在场证明就是条件不足。”

“不在场证明？”王家毅露出不解的神情，“不是无法确认死亡时间吗？怎么确认不在场证明？”

“这就是你刚才提到的没有脚印的问题了。”老张将杯中的热茶喝掉一大半，接着说，“那时候正好是大雪天，但是发现尸体的那天，在凌晨 0 点的时候雪就停了。由于雪地上没有脚印，所以我们判断，凶手是在 0 点之前，也就是雪还在下的时候将肢解好的尸体扔到操场上的。并且，根据宿管的证词，鲁天是 10 点的时候离开宿舍楼的，所以他的被害时间应该在 10 点到 0 点之间。我记得那天正好是圣诞夜，所以很多学生都在外面参加圣诞派对，能够互相证明没有作案时间。”

“就两个小时，要杀人，还要分尸、煮尸，再把尸块丢弃在操场上，时间是不是有点紧张啊？”王家毅提出疑惑。

“这个问题我们也考虑过，但并非完全不可能做到。事实上，当年的那件案子，分尸现场也在那间体育仓库里，这点和你们正在办的案子一样。体育仓库就在操场边上，犯人在那里分完尸直接将尸块扔到旁边的操场，节省了运尸的时间。”老张努力回忆着过去那件案子的细节。“对了，你们的调查有什么进展吗？”他皱了皱双眉问。

“还在调查。我觉得两件案子的相同点太多了，一定有关联。”王家毅说出自己的看法，随即他又向老张提问，“对了老张，我想请你回忆一下，你们当年的嫌疑人名单中有没有张延涛或者夏青这两个名字？”

老张想了一会儿，答道：“没印象，这个你们要去看当年详细的调查报告书了。他们都是建华的学生吗？”

“是的，”王家毅挠了挠脸颊说，“其中一个就是目前这件案子的死者。”

“鲁天是一个对学生要求极其严苛的老师，许多学生都很厌恶他。因此，我们当年的调查方向也是把死者的学生作为重点嫌疑对象。可惜始终没能找到真凶，让这件案子成了无头公案。”老刑警一边摇头一边叹气道，语气中透着不甘和惋惜，“如果两件案子真有关联，希望你们能尽早破案，揭开7年前案件的真相，也算是了却我的一桩心事吧。”

“我们会尽力的。”王家毅起身，向老刑警敬了一个礼。临告别时，王家毅又向老张提了一个问题：“死者鲁天有妻女或者姐妹吗？”

“鲁天没有兄弟姐妹，妻女倒是有，我记得……那时候他的妻子患了中风，一直卧床不起，女儿当时在杂技班做学徒。”老刑警肯定地说道。

离开老刑警的家之后，王家毅独自去调查了一些事情，一直到下午2点才回到局里。这时，他早已饥肠辘辘，正好小徐也没吃午饭，于是两人来到警局附近的一家快餐店，一边祭五脏庙一边分析案情。

“我基本上摸清这件案子的脉络了。”王家毅啃着一个汉堡，口齿不清地说。

"哦？王队，您真是太神了！快说说！"小徐在关键时候当然不会忘记拍马屁。

"首先，在废弃公园的凉亭里，"说到一半，王家毅吸了口可乐，以帮助咽下嘴里残留的食物，"凉亭里的四肢所排列出的'L'和'T'，我认为是'鲁天'名字的缩写。"

听到这个结论，小徐立马拍了一下桌子，惊叹道："对欸，我怎么没想到？"

王家毅摆摆手，示意小徐不要打岔："所以，凶手把张延涛的尸体肢解后弄成那样丢弃在废弃公园，我认为用意是要祭奠7年前被杀的鲁天。凶手是想为鲁天报仇。"

"报仇？这么说……杀死鲁天的……是张延涛咯？"

"没错。我查过学生名单，张延涛当年是鲁天的学生，出于某个动机，他杀死了自己的老师。这件事被如今这件案子的凶手发现了，于是为了替鲁天报仇，凶手用同样的手法杀死了张延涛。"王家毅不紧不慢地说。

"可是……"小徐马上露出怀疑的表情，"我记得，在当年那份调查报告里，张延涛是有不在场证明的，0点之前他和一群同学在参加圣诞聚会呀。"

王家毅摇摇头，道："这就是张延涛的诡计。"

"诡计？"小徐瞪大了双眼。

"嗯，这是张延涛利用雪地制造的不在场证明。事实上，鲁天的尸体是在0点之后运到操场上的。"王家毅的语气斩钉截铁。小徐刚想说话，王家毅马上打断他，继续说："你一定想问操场上为什么没有张延涛的足迹，理由很简单。因为张延涛根本不用踏上雪地。操场的另一侧有一栋六层高的教学楼，只要张延涛爬到教学楼的屋顶，将鲁天的尸块一块块抛向操场中央，就能形成一个没有凶犯脚印的弃尸现场了。你也知道站得越高抛得越远这个道理吧。你还记不记得夏青说过，张延涛以前是体育社的，还得过铅球比赛冠军，他的臂力应该非同小可。”

“原来是这么回事……可这么简单的把戏，当时的警察为什么没想到呢？而且，如果雪停之后才将尸体扔到操场，尸块上就不会堆积新雪，这点不是马上就会被看穿吗？”小徐感到纳闷。

王家毅笑了一下，说：“你不是也没想到吗？其实这里面有个心理陷阱。因为分尸现场就在操场旁边的废弃仓库，按照常规思路，凶手一定是在仓库里分好尸后马上就把尸块运出来丢在操场上，谁又会想到凶手还要走那么多路绕到另一边的教学楼里弃尸？至于尸块上没有新雪这点，当时法医的解释是，由于尸体在沸水里煮过，所以当尸块被丢弃在操场上的时候，尸块上还留有一些余温，积雪遇到高温便自然融化了。对了，当时验尸的就是我们的吴法医，他那时才刚刚参加工作，难免会有些疏忽大意。”

“我总结一下。”小徐思考了一会儿，说，“也就是说，鲁天是在0点之后被张延涛杀害的，这时候雪已经停了，张延涛把鲁天的尸体带到操场边上的仓库里肢解，再将肢解好的尸块带到教学楼里，从屋顶把尸块扔到操场上，以混淆死者的死亡时间来给自己制造不在场证明。张延涛将尸体煮熟的目的，是为了不让法医检验出确切的死亡时间。由于仓库到教学楼的道路平时都有人行走，也时常清扫，因此没有积雪，理所当然也不会留下脚印。”

“总结得很好。”王家毅表扬道。小徐的脸上立刻露出得意的表情。

“以上就是我对7年前那件分尸案的推论。虽然还不知道张延涛杀害鲁天的动机，但那件案子却能解释这次案件的动机。”王家毅将汉堡里的鸡肉块直接抽出来放在嘴里咀嚼，看到他这副吃相，边上的人打死也不会相信他们正在谈论分尸案。

“那么，现在这件案子的凶手又是？”小徐追问。

“是鲁天的女儿，”王家毅用最快的速度吞咽下嘴里的鸡肉，随后坐正了身子，说，“这是我今天的调查结果。鲁天的女儿叫鲁小芸，她从小在杂技班练杂技，最擅长的项目就是走钢丝。”

“你是说，鲁小芸为了给父亲报仇，杀死了张延涛？”小徐的好奇心被吊了起来，“可是，鲁小芸又要如何制造无足迹现场呢？不可能也是把尸体抛进去吧？一来废弃公园周围没有高楼，无法将尸块扔到这么远；二来又要怎么把四肢精准地扔成两个字母的形状呢？”

“我们一步步来。”王家毅仿佛名侦探般提了提嗓子，“首先，尸体的头、胸、腹这三部分，我认为凶手是站在公园外面隔着围栏直接扔进公园的。你仔细看弃尸位置图，这三部分离公园的围栏都比较近，如果站在外面的马路上，算好大概的位置，把尸块抛过围栏丢进去应该没什么难度。而外面的马路平时有车辆经过，不会有积雪，当然也不会留下凶手的足迹。”

“那么凉亭的尸块呢？要怎么弄进去？”小徐进一步问。

“走钢丝啊。”王家毅开始叙述这个推理小说里最烂俗的把戏，“只要事先在凉亭的柱子和公园的围栏间绑一根环状的铁丝，凶手就能顺着铁丝爬到凉亭，把张延涛的四肢丢进去，再原路返回，最后回收铁丝，就大功告成了。事实上，我在柱子和栅栏上都发现了铁丝的划痕。鲁小芸是练杂技出身的，走钢丝是她的强项，这就是最好的旁证了。”

“居然还有这招……”小徐有些不敢相信，他提出进一步的疑问，“但是，鲁小芸为什么要布置无足迹现场呢？她也想制造不在场证明吗？可既然要制造不在场证明，又为什么要弄个视频出来？这样不是反而自相矛盾了吗？”

“也许她只是纯粹想模拟出跟父亲被杀时一模一样的现场吧。她想让杀死自己父亲的凶手得到同样的下场，同时为了扰乱警方的视线，才弄出一个不可能犯罪来。”王家毅总觉得自己说这句话的时候底气不足。

“那还等什么？赶快逮捕鲁小芸吧！”小徐抓了一把薯条送进嘴里，一脸兴奋。

正当王家毅要继续说话时，警局的吴法医打来电话，他告诉王家毅一个令人振奋的消息：“王队，我提取到死者手指甲里皮肤组织的 DNA 了！并且，我比对了你送来的鲁天的 DNA 数据，根据基因排列，证实皮肤组织的主人是一名女性，并且和鲁天是直系血亲关系。”

王家毅压抑不住内心的激动，他使劲敲了一下桌子，起身嚷道：“走！立刻逮捕鲁小芸！”

七、结案

浴缸里的红色液体反射着窗外透进来的微弱阳光。一位长发女子跪坐在地上，头无力地耷拉在浴缸边缘，左手浸泡在水里。

鲁小芸的表情没有任何痛苦，看上去死得很安详。她的右手垂在身体的一侧，手里握着一把锋利的美工刀。

吴法医拉出浸在水里的左手，只见手腕处有一道清晰的血痕，同时在手背的位置，还有几道小的抓伤。“初步判定，割脉自杀。”吴法医果断地说出自己的结论。接着，他拿出一只体温计对尸体做进一步检验。过了一会儿，他又说：“根据尸体的肛温、僵硬程度、体表特征和气候因素，我判断死者应该是在昨天凌晨 1 点到 5 点间死亡的。”

“昨天凌晨？也就是 28 号，发现张延涛尸体的第二天。”王家毅补充道。

鲁小芸的身上只穿了一件单薄的睡衣，当尸体被装进裹尸袋的时候，王家毅注意到死者的身材非常高挑，身体结构匀称，是个适合练杂技的人。而鲁小芸的面貌十分秀气，今年已经29岁的她看上去还像个少女。这点倒跟王家毅完全相反。

死者的住处为简单的两室一厅，这套房子是父亲留给她的唯一财产。家里的其他积蓄都花费在了治疗母亲的病上，然而母亲仍旧在去年离开了人世。从此之后，鲁小芸便开始独自生活。因为年龄过大，她在前些年已经退出了杂技班，靠在家里写小说维持生计。

王家毅来到死者的卧室，这里的布置很简单，书桌、床、衣柜、梳妆台，除了梳妆台之外，完全看不出这是一间单身女性的房间。王家毅走到书桌前，他发现电脑键盘底下压着一张A4纸，拿起一看，原来这是一份用电脑打印的遗书。

遗书

我终于杀了那个浑蛋，那个杀害我爸爸的恶魔。我还记得7年前的那个平安夜，确切地说，是圣诞节的凌晨。那天，我完成杂技班的训练后，已经很晚了，但我还是买了爸爸最爱吃的糯米粥，跟他约好带到学校给他吃。那时是凌晨2点左右，我到了他的宿舍楼，宿管大伯却说他出去了，于是我就在学校里到处找他。不料，当我走到操场附近的时候，看见一个人影正从体育仓库走出来。他的身上穿了一件沾满红色污迹的雨衣，看上去就和鲜血一样。那人又高又壮，手里还提着一袋东西。当时因为太过害怕，也没有找到爸爸，我就匆忙离开了学校。后来，那天上午我才知道，爸爸竟然被杀害了！还被凶手残忍分尸，分尸现场就在操场边上的那间体育仓库里。我立刻想到自己凌晨的时候看到的情景，那个穿着雨衣，拿着一袋东西，从体育仓库里走出来的人，一定就是杀死我爸爸的凶手！他身上都是爸爸的血！手上提着的袋子里也一定就装着爸爸的尸体。我努力回忆当时看到的那人的长相，天天守在学校门口，想要找出杀害爸爸的凶手。功夫不负有心人，终于让我查到了，那人叫张延涛，是爸爸的一名学生。爸爸平时对他的学生们要求非常严格，很多学生都很讨厌他，那个张延涛一定也是那些学生之一。但那个人渣，竟然只因为爸爸教风严厉而把他杀了！

当时我就下定决心，一定要亲自为爸爸报仇，让那个恶魔得到相同的下场！在这7年间，我一边照顾妈妈，一边制订我的复仇计划。我构想了成百上千种杀人方法，做好了所有的准备工作，但是在妈妈离开人世前，我不能有任何事。直到妈妈去世后，我才坚定了复仇的决心。终于，就在昨天凌晨，我把我的复仇计划变成了现实。12月26日那天，那个恶魔下班的时候，我用电击枪击昏了他，并开着前些天租来的汽车把他运到建华的那间旧仓库里。等他醒来，我折磨了他一番，把对他的所有怨恨一下子全都发泄出来。用铁丝勒死那个恶魔之后，我把他的尸体切割成一块块，扔到了废弃公园里。为了祭奠死去的爸爸，我刻意把尸块摆成一个三芒星阵，并且把四肢排列成爸爸名字的缩写。为了还原7年前的现场，我还用自己擅长的走钢丝技能制造出一个无足迹现场。

现在，我终于完成了心愿，警方应该很快就会找到我。这个世界没有什么再值得我留恋的了，我要去找我的爸爸妈妈了。

小芸　绝笔

看完手里的遗书，王家毅叹了口气，这下终于可以结案了，凶手自己承认了所有罪行，并且畏罪自杀。这些天的努力总算没有白费。

即使如此，在程序上，王家毅还必须对死者的房间做进一步的搜查。当他拉开书桌第二层的抽屉时，发现里面有一把电击枪，以及一捆铁丝。搜查完书桌，王家毅转身走到梳妆台前，一面椭圆形的镜子装设在台子上方，台面上零零散散堆积了一些杂物，包括口红、香水、粉饼、睫毛膏、面膜、护手霜等。王家毅随意拿起一瓶护手霜瞧了一眼，发现这是这几天一直在做广告的热门产品，前天上午才开始在品牌专卖店发售。随即，王家毅打开梳妆台下面的抽屉，里面只放着几包女性生理用品和一副墨镜。他命人拍下所有物件的照片后，现场调查便暂时结束。

王家毅兴冲冲地回到局里，所有人都用看待英雄的目光看着他，他却气定神闲地往法医办公室的方向走去。

经过连夜的检验，吴法医最终宣布结论："张延涛指甲里的皮肉组织属于鲁小芸，并且鲁小芸手背上的抓伤也和张延涛的指甲形状吻合。鲁小芸家里发现的铁丝与分尸现场找到的凶器属同一规格，电击枪上也印有鲁小芸的指纹。"

喝着用咖啡机煮出来的香浓黑咖啡，王家毅觉得现在特别有精神。他接过吴法医手里的皮肤组织鉴定报告，一大堆诸如"甘草油""尿囊素""凡士林"让他看不太懂的名词映入眼帘，使他头昏脑涨。只有最后那句"DNA 鉴定一致"让他明白，凶手已经找到了。

"另外，我解剖了鲁小芸的尸体。"吴法医又给王家毅的杯子倒满咖啡，"在她的口鼻和体内找不到麻醉药剂，她应该是在意识清醒的状态下割脉自杀的，死因没有可疑。"

"嗯，谢谢你吴法医。"王家毅热情地握住法医的手。

吴法医会心一笑："客气什么，这次从 27 号清晨发现尸体到今天 29 号破案，才短短的三天，你的效率绝对是要破纪录的。"

离开法医办公室，王家毅回到自己的电脑前，写起了结案报告。

八、逆转

王家毅来到街角那家熟悉的咖啡馆，进门后转了一圈，看到他要找的人后，便愉快地向那张桌子走去。

“对不起，我又迟到了。”王家毅摸着后脑勺，毕恭毕敬地向桌前的一位小女生道歉。

女生放下红茶杯。她早已给王家毅叫了饮料,那是一杯经过“特殊加工”的咖啡。女生把咖啡端到王家毅面前,用命令的口吻说:“这是对你迟到的惩罚哦。”

王家毅在女生对面坐下，拿起咖啡杯喝了一口。

“好咸！”喝完这杯特制咖啡，他又重新点了一份柠檬水，当作漱口水。此时，王家毅才仔细打量起眼前这位身材娇小的女生。女生今天的形象令他眼前一亮。刚才进门的时候，王家毅就发现她不仅摘下了那副标志性的黑框眼镜，连头发也留长了。看得出，女生非常怕冷，一条白色的绒线围巾裹住了她的脖子。

“夏时，你居然不戴眼镜了？”王家毅觉得对方看上去一下子成熟许多，但清秀的脸庞上依旧透着几分睿智。这名叫夏时的女生是T大学的大三学生，她和王家毅是在一次推理迷聚会上认识的。因为某次偶然的机会，王家毅发现夏时有着超乎常人的洞察力和分析能力，之后他一遇到离奇难解的案件就会向夏时求助，而夏时独到的见解每次都能为王家毅消除疑惑。

“嗯，我戴隐形眼镜了。”夏时微微一笑，说，“怎么？今天又有什么疑案啊？”

听到这句话，王家毅露出得意的笑容：“今天找你，不是来麻烦你的，是来庆祝我成功破案的。”

“哦？”夏时歪着头，有点半信半疑。

“还是一起无足迹杀人哦。”王家毅从公文包里拿出一沓案件资料，并叮嘱夏时要注意保密，接着复述了一遍整个分尸案的来龙去脉、自己的调查经过、推理过程等等，口若悬河地说了一通。

听完整个案件，夏时呷了一口温暖的红茶，一声不响地看着窗外。

“怎么样？这次我自己找到的凶手，自己破解了无足迹手法。”王家毅自夸道。

“你不觉得这份遗书写得很刻意吗？”夏时转过脸，突然说了这么一句。

“刻意？”王家毅愣了一下。

“嗯，”夏时说，“刻意写成像自白书的样子。一般的遗书，因为是死者死前最后想要表达的信息，通常会多说一些自己的内心独白吧。而这份遗书，与其说是遗书，更像是一份刻意强调‘我就是凶手’的认罪状，匆匆把自己的犯案手段全部交代清楚，却极少诉说自己的心里话，这太不自然了。”

“可是……”王家毅不知道该如何反驳。

“而且，”夏时继续说道，“警方在调查7年前鲁天被杀案的时候，应该也调查过鲁小芸当天凌晨的行踪吧，她真的去父亲的学校送糯米粥了吗？真的看见凶手了吗？谁会凌晨2点跑去送糯米粥？并且，鲁小芸说当时宿管告诉她鲁天出去了，你们向那个宿管求证过了吗？他那天晚上真的见过鲁小芸吗？”

夏时连珠炮似的问题让王家毅应接不暇。他理了理思路，一个个回答：“根据当时鲁小芸的口供，她说自己一直在家里睡觉，没有人证。虽然她那时没有承认自己去送过糯米粥给父亲，但她当时可能撒了谎。她曾目击杀害自己父亲的凶手，想要亲自报仇，便不想透露给警方自己看到过凶手的事情，这也解释得通嘛。至于宿管，当时的调查记录里面，他确实没有提到鲁小芸来找过鲁天，我们本来想找那名宿管加以求证，可惜他已经在几年前因病去世了。但是，也可能宿管当时只是忘记了这件事。”

夏时使劲摇了摇头，直视着王家毅，道：“你不能被破案的喜悦冲昏头脑啊，这是人命关天的事情。你扪心自问，这么多疑点，你就真的能够释怀吗？”

“你的意思是……遗书是伪造的？”王家毅的脸色立刻变了，“可……可是鲁小芸真的是自杀的呀，她的死因没有可疑。”

夏时叹了口气，说：“不一定。”随即她从资料里取出一张照片，照片里面是鲁小芸化妆台抽屉里的物品——几包生理用品和一副墨镜。

“这张照片……怎么啦？”王家毅感到不解。

“鲁小芸为什么要把墨镜和卫生巾放在一个抽屉里呢？”夏时提了一个奇怪的问题。

“我……我怎么知道？随便放的吧。”王家毅实在找不到这两样东西的关联。

“可是，”夏时又抽出其他几张照片，“你看别的抽屉里的东西，鲁小芸是个很有条理的人，所有东西都归类存放。所以，在她的意识里，墨镜和卫生巾是属于一类的，或者说，是要同时用到的。”

“什么意思？”

夏时继续解释：“也就是说，鲁小芸在处理生理卫生的时候会戴着墨镜。那么问题来了，她为什么要戴墨镜呢？我觉得有一个合理的解释——她怕看见血。鲁小芸是一个恐血症患者。”

夏时的结论让王家毅彻底愕然，他一时语塞。在他还没完全反应过来时，夏时继续说道：“通常，女性恐血症患者看到自己的经血并不会产生恐惧心理，但也有一些像鲁小芸这样情况比较严重的，在心理上连自己的经血都克服不了，慢慢地就把‘见血戴墨镜’养成一种习惯。那么，一位如此严重的恐血症患者有能力分尸吗？面对生理期，一副墨镜或许还可以应对，但要用电锯切割尸体，血液溅得到处都是，这对鲁小芸来说，比登天还难吧。另外，浴缸边有没有找到墨镜？一个恐血症患者怎么会选择割脉这种自杀方法呢？"

"那么……那么，问题是……所有关系人当中，只有鲁小芸能从钢丝上走过去制造无足迹杀人啊。"王家毅已经开始语无伦次，只得提出新的辩词。

"你还以为凶手用的是'走钢丝'诡计吗？"夏时撇了撇嘴，不屑地说，"即使是学过杂技的人，在这么寒冷的天气下，还不断有冷风刮过，要带着尸块顺着钢丝前进 100 多米，真的能够顺利做到吗？"

王家毅这才意识到自己的推理其实还是过于异想天开了。他仔细想了想，也察觉到些许疑点。首先，就算鲁小芸要模拟与 7 年前的案子相同的现场，只需在 0 点雪停之前将尸块扔进废弃公园就行了，为什么还要弄个视频出来强调案件的"不可能性"呢？她既然已经做好了自杀的准备，又为何要故布"不可能犯罪"的疑阵来扰乱警方视线？其次，在王家毅发现铁栅栏上的刮痕时，刮痕上面还附着着一些积雪。雪在 27 号凌晨 0 点之后就再也没有下过，说明这块雪是早就留在那里的。如果凶手真的在 1 点半之后通过钢丝爬向公园中央，之后回收钢丝的时候一定会将积雪刮开，可现在积雪还在。这就表示，所有的痕迹都是凶手为了嫁祸给鲁小芸而事先伪造的。

"你是不是也察觉到很多不对劲的地方？"夏时用勺子敲了一下王家毅的头顶。

虽然心里不太想接受自己的失败，但王家毅的理智还是告诉他，这案子没这么简单，之前的结论都必须推翻，从头再来。"那么，凶手到底是怎么把尸体运到公园里的呢？"他用求助的目光望着夏时。

夏时喝了一口红茶，抬起头，道："你的推理并不是完全错误，尸体的头、胸、腹确实像你说的，是从公园外的马路上直接扔进围栏里的。问题的关键是，凉亭里的四肢是怎么放进去的？凉亭离公园四周的围栏有 100 多米的距离，它的四周没有任何脚印。”

“这到底是怎么做到的？”王家毅期待着夏时接下来的发言，露出焦急的表情。

“这是用恶魔的智慧想出来的诡计。”夏时放下手中的杯子，冷冷地看着王家毅。

九、分尸魔法

夏时取出一张仓库现场的照片，照片里正是之前那个令王家毅产生疑惑的场景——椅子紧靠在桌下的纸箱前。

“这是你根据地上的咖啡渍痕迹还原的椅子位置吧。”夏时将照片举到我面前，“那杯咖啡是在夏青和张延涛视频通话的时候打翻的。也就是说，当张延涛坐在这张椅子上的时候，椅子前方离桌下的纸箱只有 5 厘米左右的距离。那么，当时张延涛的腿放在哪里呢？”

夏时的这个问题让王家毅的心弦颤动了一下，他脑子里似乎有个光芒正无限扩大。

见王家毅沉默不语，夏时继续说：“椅子的宽度很大，张延涛当时不可能像骑马那样将两条腿跨在椅子的两边，而椅子前方紧挨着纸箱，除非张延涛跪坐或盘腿坐在椅子上，否则他的腿没有放置的空间。但是，张延涛又为什么要做出这种不自然的坐姿呢？除此之外，我还想到了另一个解释——这个时候，张延涛的腿真的在他身上吗？

“另外，我看了资料里的视频截图，视频里完全没有拍到张延涛的手臂和双腿吧。那么这个时候，手臂和腿……真的都在张延涛的身体上吗？”

“居然……”王家毅的身体不断颤抖，“还有这种……”

夏时毫不犹豫地说出自己的结论：“是的，张延涛在被杀之前，就已经被肢解了。这就是凶手的诡计。”

王家毅语塞。

“一般来说，”夏时继续解释，“人们的思维定式里，总认为‘分尸’一定在‘杀人’之后，但是这件案子，凶手打破了常规，他在死者还活着的时候就切下了他的四肢。

“接下来，我们再一步步还原凶手的诡计。凶手抓了张延涛，将他囚禁在仓库里。凶手事先查过气象预报，知道凌晨 0 点左右雪会停。于是，凶手在 0 点之前，先切下张延涛的手臂和双腿，煮过之后将它们扔在废弃公园的凉亭里，当然是直接走过去的。完成这个工作后，凶手马上离开公园，于是自然而然地，后来的新雪便把凶手的足迹掩盖了。

“凶手一边切割死者的四肢，一边帮死者止血，应该还打了不少麻醉剂，就类似于截肢手术的过程。等丢掉张延涛的四肢后，凶手还不能让他死。凶手为张延涛准备了食物、咖啡等，或许还给他注射了强心针。为了不让夏青看出破绽，凶手还必须等到张延涛身体情况相对稳定、麻醉剂药效过了人醒来之后，才能采取下一步行动。就这样一直折腾到凌晨 1 点半，凶手逼迫张延涛跟夏青视频通话。显然，这段视频的目的就是为了证明张延涛这个时候还没有死。

“结束视频通话后，凶手立刻勒死了张延涛，接着才用电锯进行剩下的分尸工作，把尸体切割成头、胸、腹三部分，分别从围栏外面抛进公园。也就是说，凶手的分尸工作实则进行了两次，一次在死者被害前，一次在死者被害后；抛尸过程也经历了两次，一次在下雪前，一次在雪停之后。于是经过这样的‘困难分割’，就形成了一起看似逻辑上不可能完成的‘雪地无足迹杀人’。

“凶手将所有尸块都煮过，并且掏空内脏，除了想混淆死者的死亡时间外，更是想掩盖‘四肢被切下的时间早于死者的被害时间’这一事实。说穿了，这是个利用时间差盲点制造的心理诡计。当然，张延涛良好的身体素质也是这个诡计成功的关键。

“这就是为什么只有四肢能够出现在凉亭里的原因。但是，光留下四肢很容易引起警方的注意，所以凶手将别的尸块分别扔在公园三处不同的地方，故意弄成什么‘三芒星阵’的样子，只是为了转移警方的视线，同时强调这四部分尸块是一个整体，是同一时间被扔在公园里的。另外，刻意将四肢排列成‘L’和‘T’的形状，除了把警方引向鲁小芸外，也是为了强调凉亭里的四肢是凶手亲手摆放的，突出案子的‘不可能性’。

“凶手如此煞费苦心地布置出一起无足迹杀人，只是为了制造出一个‘只有练过走钢丝的人才能够犯案’的状况，最终让鲁小芸成为替罪羔羊。”

王家毅听完夏时口若悬河的推理之后，露出自责的表情。

夏时喝完杯中的红茶，看着王家毅，失望地说：“如果是别人，解不开这个无足迹诡计还情有可原，但是你怎么会没想到？你还记不记得，我们过去遇到过一件案子，一位女医生想要杀死自己的丈夫，为了制造不在场证明，她想把昏厥过去的丈夫装在行李箱里，在外出旅游的时候将他杀掉。但是丈夫体型肥硕，装不进行李箱，于是女医生给他的丈夫做了截肢手术。那件案子和如今这起无足迹分尸案，在行凶手法上有着相似之处，只是目的和效果完全不同。”

“这……这真的是变态才能想到的诡计……”王家毅咬着牙，他一脸苦闷地喝光柠檬水，做了个深呼吸，对夏时说，“那么，精心策划这起犯罪的到底是谁？”

夏时眨了眨眼睛，说：“这不是很明显吗？为什么从张延涛的四肢切割面上找不到任何可疑痕迹？为什么没有在体内发现麻醉剂？为什么鲁小芸的死因无可疑？”问完这些问题后，夏时将脸凑近王家毅，道：“你们是不是在被谁牵着鼻子走呢？”

十、真凶

这是一家大排档的烧烤摊，深夜，周围已经没有什么人，只有一盏路灯将光源投射到王家毅的桌子前。

“为什么要杀张延涛？”王家毅一口闷掉杯中的啤酒后，对边上的吴法医说。

正吃着肉串的吴法医停顿了一下，沉默了几秒钟后，笑着说：“怎么啦，小王？刚破案你就傻啦？怎么我变成凶手了？”

“我没有傻。”王家毅的语气十分严肃。旋即，他从兜里取出一张东西，摆在吴法医面前：“我又仔细搜查了鲁小芸的房间，在她某件大衣口袋里找到了这张病历单，上面清清楚楚写着，鲁小芸患有恐血症。你是个法医，不会不懂医学吧？一个有恐血症的人，怎么可能会去分尸，又怎么可能割脉自杀？”

“这件事我事先并不知道啊！也许她有共犯呢？”吴法医放下手里的肉串，表情变得认真起来，“况且，恐血不代表不能割脉啊？或许她就是想在临死前克服一直以来的心理障碍呢？”

王家毅直起身子，说：“你是个法医，怎么能说出这么不严谨的话来？”

“小王，你今天到底什么意思？”吴法医加重了语气，“就算鲁小芸不是自杀，那你为什么一口咬定我是凶手？”

“今天下午，我仔细回想了一下整个案件，我发现，其实所有的证据都指向了你。”王家毅注视着吴法医的脸，说道。

“啊？”吴法医不屑地一笑，“那我倒要洗耳恭听了，到底有哪些证据指向我？”

王家毅解开一颗领口的纽扣，松了松领子，开始说明："首先，既然鲁小芸不是自杀的，你为什么要给出'死因无可疑'的结论？实际上，你是用乙醚之类的先将鲁小芸迷晕，再割断她的动脉，伪装成畏罪自杀的样子吧？你滥用职权，故意说没有在尸体里找到麻醉药剂的痕迹，利用我们对你的信任，彻底让我们相信鲁小芸的自杀无可疑。就在刚才出警局之前，我已经找别的法医重新检验鲁小芸和张延涛的尸体了，相信他会有不一样的结论。

"鲁小芸的遗书也是你伪造的。你知道已经过了这么多年，警方没有办法查证更多的细节，于是就随便在遗书上编了个故事，说是鲁小芸凌晨去学校给鲁天送粥的时候看见了凶手。但是，仔细想想，凶手能大胆编出这么一个'雪中送粥'的故事，那他一定知道，当天夜里，没有时间证人能够证明鲁小芸'没有去送粥'，否则马上就会露馅。也就是说，写遗书的人一定是知道鲁小芸当晚行踪的人。那么只有两种可能：第一，写遗书的人当晚就跟鲁小芸在一起；第二，写遗书的人是警方内部人员，他能够从警方的调查报告中获悉这一信息。

"现在回想起来，你曾露出过不少破绽。首先，发现张延涛头颅的时候，你叫人拿来一个大号的裹尸袋。当时只是发现了一颗头颅，你为什么要用大号裹尸袋呢？其实，当时你的潜意识里是知道在公园里还能发现张延涛的其他尸块的，所以下意识地直接拿了大号裹尸袋。

"接着，当我们发现凉亭里的四肢时，你从发现头颅的位置走向凉亭，也就是从北走到南。这个时候，你却绕到了凉亭的南侧进行验尸，为什么会有如此不自然的举动呢？因为在你的印象里，南侧才是尸块的正面，四肢排列成的'L'和'T'也要从南侧才能看出来。

"还有，仓库里那个摔碎的咖啡杯，杯底还残留着一些未溶解的咖啡，现场还有一个速溶咖啡包装袋，杯子里的咖啡应该是用速溶咖啡冲调的吧。那么，一包速溶咖啡的量明明刚好可以冲出一杯咖啡，为什么杯底还会有沉淀呢？有两种可能，一是咖啡是用冷水冲泡的，但是视频里明明有热气从张延涛的脸前升起，那就只有第二种可能——咖啡没有搅拌过。为什么不搅拌呢？现场明明有一次性筷子。这就表示，泡咖啡的人是一个没有搅拌咖啡习惯的人。换句话说，他是个平时不喝速溶咖啡的人。吴法医，我记得你平时都是用咖啡机煮咖啡的吧。

“你一直在误导我们，包括视频里故意露出假发也好，说伤口的切面像是女人干的也罢，你都试图把我们的视线引向‘犯人是个女性’，并最终将目标锁定在鲁小芸身上。你还以鲁小芸的名义找地下租车公司租车，用它将被击昏的张延涛带到仓库。我们跟着你的引导一步步走向你布置好的陷阱。”

说到这里，王家毅又往杯子里倒满啤酒，猛饮了几口。他向吴法医讲了那个无足迹诡计后，接着说：“你利用职位之便，掩盖了许多尸体上的可疑点，比如四肢的切口，其实切口并不是被电锯割的，只是事后弄成肉眼看上去像电锯割的一样。你还隐瞒了许多原本应该告诉警方的验尸结论，比如在张延涛的体内有麻醉剂等。由于你身份的特殊性，你能悄无声息地掩盖很多证据，并引导警方走向错误的调查方向。你披着调查人员的外衣，彻底消去了自己的嫌疑。

“但是，你最终犯了一个致命错误。我想，你在27号凌晨杀死张延涛后，原本想立刻赶到鲁小芸家将她杀死的吧。但是，出乎你意料之外的是，一名拾荒者在清晨5点就发现了张延涛的尸体，使你不得不中止原计划，赶回弃尸现场进行验尸。除了这次之外，你后边一直控制着警方的调查节奏。第二天，你打匿名电话举报建华旧校址有人赌博吸毒，使联防队员发现那间仓库，找到那段视频。你故意留着视频，除了想要故意让我们看到凶手是个留着长发的女人之外，也是想增加夏青证词的可信性，让‘无足迹’的状况显得更真实。顺带一提，因为你身材纤细，手也不大，所以光凭一只带着手套的手，警方也无法从视频中辨别凶徒是男是女。回到原题，由于拾荒者的出现，让你晚了一天，直到28号凌晨才杀死鲁小芸。但你还是按照原定计划，取下鲁小芸手背上的皮肉组织，弄成抓伤的模样，并把皮肉组织放入张延涛的指甲里。当然，抓痕其实跟张延涛的指甲形状并不吻合，你再次利用你的职务之便，公然撒了一个大谎。甚至是抓伤的时间，你都可以谎称是在27号凌晨。然而，你的致命伤恰恰就在这里。

“皮肉组织的鉴定报告上写着甘草油、尿囊素、凡士林三种物质，我去请教了其他鉴定人员，他们告诉我这三者都是护手霜的主要成分。后来，我拿着鲁小芸化妆台上的护手霜找技侦检验，证实那罐护手霜里含有这三种成分，并且比例调配完全一致。你原本觉得皮肤组织上检验出护手霜完全正常，于是不假思索地就把这三种成分写在了鉴定报告上。但是，那罐护手霜27号上午才开始发售。也就是说，鲁小芸是那之后才将护手霜买回来涂在自己手上的，但是这个时候张延涛早就被害了，而且尸体已经被送到了你的解剖室，试问她的皮肤组织又怎么会嵌进死者的指甲里呢？唯一能做到这一切的，就只有你这个验尸的法医了。你的那张鉴定报告，等于是你的认罪状。

“总之，以上这一系列的证据，加上要完成那个无足迹诡计，凶手一定非常精通医学，所有的条件你都符合。吴法医，你还有什么要辩解的吗？”

吴法医摘下眼镜，面无表情地望着远方，随即他转过脸，对王家毅说：“真是精彩。”

“为什么要杀死张延涛？”王家毅有些控制不住情绪，用力拍了一下桌子。

“因为我太爱夏青了，没有人可以抢走她。”吴法医的回答很简短，他的嘴角微微上扬，露出一丝不易察觉的微笑。

正在这时，吴法医的身后突然冲出一个人影，人影的手里握着一把短刀，刀尖正对着吴法医的后背。王家毅连忙推开边上的吴法医，一个箭步冲上去，挡在人影前方，随即捏住人影握刀的手臂，向后一掰。刀子咣当一声掉落在地上，人影发出一声尖叫。

王家毅拿出腰间的手铐，将夏青铐了起来。

十一、结局

夏青的自白书：

我和延涛在大一的时候就认识了。那时候的我们，就像两根紧紧缠绕在一起的枝叶，完全被对方吸引，坠入爱的海洋。7年前的那个圣诞夜，那时临近期末考试，我担心工商管理的科目过不了，于是在结束圣诞派对后，决定跟延涛两人偷偷潜入鲁天的办公室，想要偷考试的试卷。岂料，试卷被放在办公室的保险箱里，正当我们试图破解保险箱密码的时候，鲁天突然来到办公室，发现了我们，他扬言会让我们退学。这时，我的脑子一片空白，抓起办公桌上的一块镇纸就往鲁天的头顶砸去。鲁天当即被我砸昏在地上。延涛找来几根电线，想将鲁天的双手反绑起来。没想到，鲁天恢复了意识，他从口袋里掏出一支圆珠笔，直刺向延涛的大腿。延涛被刺伤了，我赶忙上去压住鲁天的手，再一次用镇纸敲击他的后脖子。我们合力制服他之后，把他搬到了操场边上的体育仓库里。我们拷打他，要他说出保险箱的密码。最终，他忍受不了痛苦，把密码说了出来。延涛再一次进入办公室，成功偷到了考试试卷。既然事情到了这一步，我们都已经无法回头了，我就用铁丝勒死了鲁天。因为学校有一间会议室正在装修，里面正好有一把切割木料的电锯，延涛便把电锯偷了出来。为了制造不在场证明，我用电锯把鲁天分尸，让延涛把尸块从教学楼顶扔到操场中央，弄成鲁天是12点雪停之前被害的样子。为了掩盖死亡时间，我还把尸体煮了一遍，并且掏空体腔里的内脏。我自己也不知道哪来的胆量做这种事。体会到杀人的感觉后，我的内心极为焦躁。

原本以为这样就可以蒙混过关。谁知，过了几天，一个陌生男人突然跑来学校找我，说要跟我单独谈谈。我起先以为只是搭讪的，但他自称是调查鲁天一案的法医。我一时有些不知所措，便跟他找了一间咖啡店交谈。那人说自己叫吴尘，是鲁天的验尸法医。他从包里拿出一个证物袋，里面是一根蓝色的头发。那个学期，为了赶潮流，我把自己的头发染成了淡蓝色。这么显眼的发色，难怪他一眼就能找到我。那法医说，头发是在鲁天的嘴里找到的。我想，那一定是我勒住鲁天脖子的时候，头发不小心掉进他张开的嘴里的。这等于是一个铁证。法医还告诉我，他调查弃尸现场的时候，发现头颅边上有一条拖痕，说明头颅曾在雪地上滚过一段距离，表示尸块是从远处扔到雪地中央的。他瞬间击破了我的不在场证明。更要命的是，他还查到了延涛的身上。他知道延涛是我的男朋友，又是个铅球能手，一定参与谋杀了鲁天。他还说，在鲁天的圆珠笔上找到了血迹，怀疑凶手曾被刺伤过，于是他问了很多圈内的医生朋友，还真找到了延涛去医院治疗刺伤的证据。

当时我就想，这下彻底完了。我正准备俯首认罪时，吴尘突然间转变了态度。他说，他完全没有向警方透露自己的发现，还毁掉了很多证据，并且故意误导警方说尸体是在12点之前被扔到操场的。我一头雾水，茫然地望着他，全然不知道他这么做的原因。他说他喜欢我，只要答应和他交往，他就不会把这件事说出去。起先我想拒绝，但是想到如果不按他说的做，我和张延涛可能都会没命，毕竟杀人分尸可不是什么小罪。但我也提出条件，说自己不能跟延涛分手，他看我态度如此强硬，也就退了一步。

就这样，在这7年间，我就像吴尘的奴隶般，随叫随到。即使毕业之后我跟延涛结婚了，并且有了个女儿，他都没有罢手。慢慢地，他不光想在肉体上占有我，还想俘获我的心，甚至还向我表示，如果我不离开延涛跟他结婚，他就要杀了延涛。我是真心爱延涛的，我这辈子都不会与他分开，况且我们还有一个女儿。因此，我每次都断然拒绝吴尘的要求。

谁想到，就在前几天，延涛真的被杀了，还被残忍地分尸。我去认尸的时候，吴尘就在那里，他正好是检验延涛尸体的法医。当我提到延涛大腿内侧的伤疤时，他立刻说这是圆珠笔伤，我明白他是想警告我不要乱说话，否则就把7年前案件的真相说出去。我心里清楚，延涛就是吴尘杀的，他嫉妒延涛能够拥有我，并且偏执地认为，只要延涛死了，就能把我抢过去。临走时，我控制不住情绪，回过头说了一句绝对不会放过凶手，这句话是说给吴尘听的。之后，我立刻去质问吴尘，他却完全不承认，还说可能是鲁天的女儿鲁小芸做的。我知道事情没这么简单。后来，鲁小芸也死了。我想，这应该也是吴尘设计的，鲁小芸只是他的替罪羊。他为了自己的私欲，杀害了我最爱的延涛，还害了一个无辜的女人。虽然我没有资格说这种话，有时候想想，自己在这7年间遭受的蹂躏，或许完全是上天给自己的报应吧。但是，我无法原谅那个畜生，我必须为延涛报仇，送他下地狱。于是我带着刀，想在夜里伏击吴尘。没想到，最后还是被那个警察阻止了。也许，这就是我的命吧。我现在只有一个奢求，就是希望女儿能够好好成长，不要像她的妈妈那样……

“今天过来，才是真正破案了吧？”夏时露出淡淡的笑容。

王家毅却始终一脸苦闷：“是啊，可我没心情庆祝。现在想想，这几件案子里，最不幸的还是鲁天和鲁小芸，他们完全是无辜的，我之前却还把鲁小芸当成凶手。我真没用……”

“但你及时回头是岸了呀，虽然过程是曲折了一点，但最终还是查清了真相。”夏时将一杯咖啡端到王家毅面前，“放心，这次没有放盐。喝点热咖啡吧，辛苦了。”

有了夏时的安慰，王家毅觉得释然了许多。他将温暖的咖啡送进胃里，咖啡的热量流遍全身，驱散了他所有的寒意。

雪，又开始下了。王家毅觉得，在这片苍白的世界里，眼前的女生就是自己的指明灯。

天蛾人事件

在阴暗的树丛间穿梭不定的是小女孩孤独的身影——她迷路了。

“妈妈……你在哪里？”无穷的不安和恐惧让小女孩泣不成声，她茫然地环顾四周，周围除了草和树，什么都没有。眼看天色越来越暗，再不找到妈妈，自己可能就要永远待在树林里了。

小女孩加快了脚步，可她仍然无法确定自己的前进方向是否正确。记得来之前妈妈跟自己说过，这片树林里有可怕的妖怪。小女孩揉了揉已经哭得红肿的眼睛，早知道会这样，刚才怎么也不该追着一只兔子跑到这里。想到这儿，女孩后悔万分，更加焦急地东张西望起来，她真希望下一秒妈妈的身影马上就能出现在视线范围内。

就在这时，不远处的一簇杂草堆中发出窸窸窣窣的声响。小女孩吓了一大跳，飞快地转过头，惴惴不安地注视着那堆杂草，生怕有什么可怕的东西从后面蹿出来。

“妈妈……是妈妈吗？”小女孩越来越害怕，但心中仍存有一丝见到妈妈的期盼。

杂草堆没了动静，周围寂静得可怕。小女孩的心跳持续加速，她深吸一口气，却生生地向前迈出一步。

树林逐渐被黑暗笼罩，找到妈妈的希望似乎也随着日光的消散变得愈加渺茫。此时的妈妈一定也在着急地寻找自己吧……正当女孩胡思乱想之际，杂草丛再次发出声响。而这一次，随着声响的持续，猛然间，一个巨大的黑色身影同时从草堆中冒出。

这……这是……

身影直直地站立在草丛前，它的轮廓如同一只巨大的飞蛾。虽说是“身影”，但身子上方似乎看不到头，因为两张宽大的翅膀从侧面与头顶相连，使得头看上去像埋在了身体里。最令人毛骨悚然的是头额处一对放出明亮红光的大眼睛，圆凸凸的眼睛仿佛黑暗中的两只灯泡，将周围的杂草照得猩红诡异。

妖怪……妖怪来了！

小女孩倒抽一口冷气，双腿一软，吓得瘫倒在地。此时此刻，怪物的那对红目正直勾勾地瞪着她。女孩捂住胸口，面目狰狞，这才开始尖叫。

一、林中集会

九月的天气仍然十分闷热，太阳孤傲地俯视着下方的树木，铺天盖地的树叶在地面上留下慵懒的影子，偶有几声虫鸣鸟叫打破了这里的寂寥。

“这路真难开啊，前面就到了吧？”戴着眼镜的邹兴宇驾驶着一辆租来的路虎汽车，行驶在泥泞的林中小道上。

“沿着这条路再开五分钟就到了。”副驾驶座上的台湾漫画家朱淼操着一口台湾腔给司机指路。

“我有印象，去年来的时候也是从这条路走的。”

路虎车上一共有五人，他们都是某漫画杂志社的成员。开车的司机邹兴宇是编辑部里负责对接漫画作者的责任编辑，年近 40 岁的他却长着一张略显稚嫩的脸，相较之下，身上那件老气的格子衬衫倒和他的年纪比较相称。而边上的漫画家朱淼则是杂志主编，他是一个地道的台湾人，稀疏的头发硬是在前额留出一簇刘海，即使如此，脸上的皱纹仍然出卖了他的年纪。除此之外，汽车的后座上还坐着三位女生。

“为什么每年都要带漫画作者来这种地方集会呢？”提问的是后座的曹怡慧，她是杂志社的文字编辑，现年27岁，一头浓密的长发散发出幽幽清香，圆润可爱的脸蛋上丝毫看不出她粗犷豪爽的性格。

“小曹，你知道漫画创作最重要的是什么吗？”朱淼转过头，撩了下刘海，煞有介事地道，“是灵感。没有灵感，我用头撞墙也想不出要画什么。而要有灵感，就必须有好的创作环境。你看看这里，青山绿树，安详宁静，在这种远离大城市喧嚣的地方创作，效果是最好的。所以呢，每年一次，把我们杂志的漫画家带过来，搞个为期一周的集体创作，我觉得还是很有必要的。去年杂志上的这个栏目不是非常受欢迎吗？”

“哦，好吧。”曹怡慧看了看窗外，心想绿树倒是有，但青山在哪里呢？

这时，坐在曹怡慧边上的顾莼开口道：“听说这片林子里有恐怖的天蛾人哦。”美术编辑顾莼要比曹怡慧年长一些，但一米六不到的矮小身材却让人感觉她是女生中最年轻的，卷卷的头发在阳光下呈现出优雅的咖啡色，但顾莼本人却跟“优雅”这个词完全沾不上边，一双大大的眼睛总能发掘到周围的八卦，整个人给人一种“顽劣小师妹”的印象。所有人当中口味最重的也是顾莼，她信鬼神，对怪谈什么的特别有兴趣，办公室里总能听到她煞有介事地说些诸如“酒店尽头的房间千万不能住”“吃饭时筷子不能插碗里”等话题。

“天鹅人？在湖里吗？”邹兴宇侧过头问，眼镜片后面的双目中闪现出一丝好奇。

“你个白痴！不是湖里的天鹅，是蛾子，一种昆虫，天蛾人是传说中的怪物。”顾莼鄙夷地望着邹兴宇道，“它身形高大，长着一对像蝙蝠一样的翅膀，眼睛会发出红光，外形就像一只巨大的飞蛾。1966年至1967年间，在美国西弗吉尼亚州，一直有人目击到天蛾人。据说，天蛾人出现的时候，周围的电器会发生异常，并且天蛾人出现的地方都会发生灾难。”

曹怡慧忽然打起精神：“哦哦，天蛾人啊，我以前在电视纪录片里看到过。据说，1967年西弗吉尼亚的银桥坍塌事故现场，在事故发生之前就有好几个人看到站在桥梁上的天蛾人，还有人拍下了照片呢。”

“对的，只可惜照片拍得不够清晰，到现在都没有人能够证实天蛾人的存在。”顾莼点点头。

“汗……那有什么好怕的，不是都在美国吗？”邹兴宇双手握着方向盘，不以为然地说。

“你错了，老邹。”顾莼将脑袋凑过去说，“中国也发生过天蛾人目击事件，你知道吗？1926年，东南山脉上的一座水坝塌方，有人看到‘像龙一样，黑色形体’的怪物出现在水坝附近。目击者对怪物的描述都极为符合天蛾人的形象。另外，听说去年有个患心脏病的小女孩迷了路，在这附近的林子里被天蛾人活活吓死，搜救队一天后才发现尸体，手和脚都被野狗啃断了，真可怕……”

邹兴宇突然来了劲儿：“哇，那这地方倒是有气氛啊，荒郊野外，又有妖怪传说，倒挺适合小诺的。”

小诺是目前杂志社力捧的主打漫画家，擅长恐怖、悬疑的故事风格。然而，小诺近期却处在创作瓶颈期，灵感枯竭。为此，主编和邹兴宇都很替他担忧。之所以把集会地点选在这里，有一大半原因是希望能够激发小诺的创作灵感。

“不过，我确实在微博上看到几年前在这附近还发生过一起很诡异的案子——有个小男孩被蟒蛇给吞了。虽然那案子跟天蛾人没什么关系，但证明这里确实是个不祥之地啊，阿弥陀佛。”邹兴宇试图营造出恐慌的气氛。

“那案子我也有听说，好像破案的还是一个女大学生呢，不过只是网络上的传闻。”顾莼接过话茬，似乎任何新闻八卦都逃不出她的情报网。提到“女大学生”四个字，顾莼下意识地望了眼后座最右边的那个女生，她从刚才起就没怎么说过话，可能是跟同事们还不熟吧。

“夏时，你对天蛾人怎么看？”为避免冷场，顾莼主动跟那个女生说话。

“啊……”名叫夏时的女生先是一愣，随即转过脸，对顾莼微笑着说，“说实话，我好想亲眼看一看天蛾人长什么样哦。”这位夏时是T大学的大四学生，目前在这家漫画杂志社做实习画手，负责杂志的一些栏目插画，是上个月刚刚进入杂志社的新人。

与几年前相比，摘掉眼镜后的夏时显露出一张标准美少女的脸，原本扎在后脑勺的马尾辫如今散开成一头披肩的直发，前额的斜刘海增添了几分成熟气质，纤细的双腿裸露在淡色的连衣裙下，雪白的脚上踏着一双裸色凉鞋，尽显小清新气息。与颠覆以往形象的装扮相比，唯一没有变化的还是她那娇小的身材。

夏时在T大学学的虽然是平面设计专业，但她本身更喜欢绘画创作，平时也兼职画一些插画。如今，她果断地将“画手”作为自己的第一份职业。

“夏时，你好奇心真重啊，当心天蛾人真的来找你哦，它还会发出像人一样的尖叫呢，真的很恐怖。”顾莼故意吓唬她道。

“小顾子，你别把人家给吓坏了。”邹兴宇怜香惜玉地说，“夏时最近很辛苦呢，每天熬夜画图，你们多照顾着她点。”

顾莼连忙吐槽道：“你这种老年人才需要照顾吧。”

“你脸色是不太好哎，听说你这些天失眠，一直在吃安眠药？”曹怡慧望着夏时有些疲倦的面庞，问。

“没事啦。”夏时摆摆手，“我以前也经常熬夜，习惯了。”

“熬夜伤身体啊，不过你年纪轻轻的，安眠药还是少吃的好。”曹怡慧严肃地提醒道。

“看来还得再招个画手啊，夏时一个人负担太重了，不要累出病来。”说完这句话，邹兴宇瞅了边上的朱淼一眼。

朱淼回过头，装模作样地说：“夏时，辛苦了哦，工作还习惯吗？”

夏时微微一笑道：“没问题的。”

“好，有什么问题随时跟我说。”朱淼满意地点点头，“下个月我会向老板申请给你加工资，让你尽快转正。这些日子，你确实帮了我很多，谢谢你。”

车里除了朱淼和夏时之外的三人心里都苦笑了一番，朱淼这套假客气的话他们早已听腻了。

经过两小时的车程，路虎车停在林子深处一扇雕花大铁门前，铁门两边伫立着坚实的围墙。这里就是一行人的目的地。相约每年夏天在此集会的《漫王》杂志的多位漫画作者将会在明天抵达。

每次在正式集会的前一天，杂志社的众编辑都会提前过来做一些准备工作，包括打扫房间、装配电脑、准备食物等。从明天开始，编辑们将会和作者们在这里共同度过一周。在这一周之内，每个作者都必须完成一部20P的短篇漫画作品，这些作品会刊登在下期杂志上供读者投票，人气最高的三位作者将获得丰厚奖励。

这个栏目从前年创办以来，就一直很受读者欢迎。很多人都觉得“把一群漫画家关在一个与世隔绝的地方进行创作”是件很有意思的事。他们都很想看一看，作者在这样的环境中能创作出怎样的作品。而这一周里，编辑们的工作主要是监督每位作者的创作进度以及进行下一期杂志的编辑，当然还要负责诸如给作者们做饭之类的日常杂务。

“哇，没想到荒郊野外还有这么个地方。”瞧见铁门里面的两栋建筑物，曹怡慧感叹道。顾莼和夏时此时也是差不多的反应。

由于朱淼的严苛和压榨，杂志社员工的流动性非常高。曹怡慧、顾莼和夏时都是入职不满一年的新员工，所以今年也是她们首次参加这个集会，三人难免充满了新鲜感。

众人下车之后，邹兴宇把车开到边上的空地停好，而那里已经停着另一辆福克斯两厢汽车。

“你们终于来啦。”看见外面的人，一位身材修长、长相清秀的男子从里面拉开铁门，上前迎接。

二、红色眼睛

为大家开门的是编辑部的美术组长黄楚熊，虽然名字听上去很“雄壮”，其实本人十分清瘦，连说话声音都是细声细气的。和平时一样，黄楚熊打扮得很潮，衬衫上印着各种叫不出名字的卡通图案，脸上的眼镜给他增添了几分斯文气质。黄楚熊虽然年纪轻轻，却是自《漫王》创刊以来始终陪伴在朱淼身边的元老级人物，时间久了，连说话都开始自带台湾腔了。虽说他的职位是美术组组长，但整个编辑部的大部分决策性事务都会由他经手。所以，每年的集会，他也会比别人更早抵达，提前做好一部分准备工作。

“辛苦了啊小熊。”朱淼拍了拍黄楚熊的肩膀，拿着一大堆行李，第一个踏入大门。其他人也陆续走了进去。

铁门里面是个长方形的庭院，面积和大半个操场差不多。庭院的最左侧和最右侧分别是两栋灰白色建筑，建筑的外墙有些陈旧，一扇扇黑漆漆的窗户整齐地排列在墙壁上，颇有恐怖片的氛围。

“哇噢，这里好有感觉啊！”顾莼做出一个夸张的动作，感慨道。

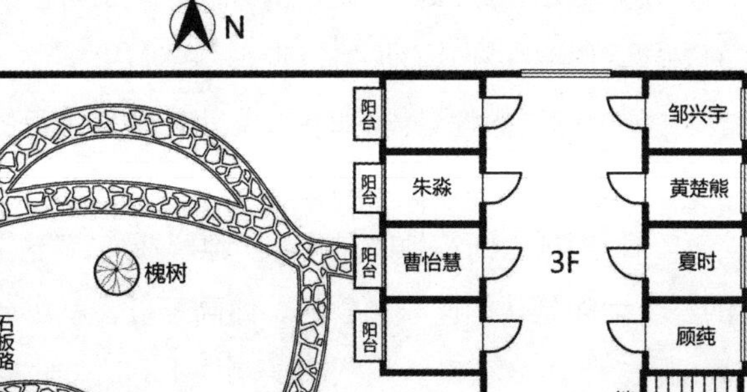

天蛾馆示意图

“是啊，有点像悬疑小说里那种与世隔绝的山庄。”邹兴宇在一旁附和着顾纯。

庭院里种植着各种大大小小的植物，但因为很久没有人打理，有些植物已经枯萎，焦黄色的叶片耷拉在地上，褪去了生命的颜色。干巴巴的泥地上长满杂草，几条布满灰泥的石板路将整个草地分隔成好几块，让这里看上去更像一个冷清的小区花园。

在黄楚熊的带领下，一行人沿着石板路向右侧的三层楼建筑走去。

“哇，这棵树好像又长高了。”半路上，邹兴宇突然指着某处说道。

正如他所说，长年以来，一棵高约 15 米的老槐树一直伫立在庭院正中间。褐色的树干扶摇直上，部分表皮已经开裂，仿佛是被刀割过的伤口。高处的枝干看上去就像一条条因强行扭曲而崩裂出筋骨的手臂，非常吓人。顶上的叶子挡住了照射下来的大部分阳光，使它周围几乎没有长得茂盛的植物。此刻，整棵槐树就像一个眺望四周的巨人。而接下来，它也将亲眼见证发生在这里的悲剧。

众人望了一眼邹兴宇所指的方向，似乎对这棵槐树并没有太大的兴趣，便继续顺着石板路行走。

“咦？这里的地是倾斜的吗？”走在邹兴宇身后的夏时明显感觉到重心发生了偏差，于是问道。

“对。”抢先回答她的是朱淼，他解释道，“这里有地势差，庭院的整个地面是从西向东倾斜的，西高东低，就像一个斜坡，还蛮好玩的。”

夏时点了点头，脑中浮现出日本推理作家岛田庄司的某部作品。

来到建筑物门口。黄楚熊从口袋里掏出一把钥匙，打开建筑的大门。这是一栋三层楼的房屋，每一层都由一条长长的走廊贯穿。除了一楼是个大厅之外，二、三楼走廊的两侧都各有四间房。二楼的八间房会留给明天抵达的漫画家，而编辑部一行六人都将住在三楼。总之，这栋楼房就是所有人的宿舍。

“好多灰啊，等会儿要好好打扫下。”曹怡慧忍不住咳嗽了几下，并用力扇开眼前的灰尘。

“一楼是比较脏，我们从这里上去吧。”黄楚熊带他们走上走廊尽头的楼梯。每一层的楼梯都在走廊南端的位置。

踩着嘎吱作响的楼梯，六人爬上了三楼。因为开着灯，三楼显然要比一楼明亮许多。八扇红色的房门静悄悄地分布在两侧的墙壁上，绿色的墙壁让这里看上去更像一栋老式教学楼。

“你们选房间吧，这里我大致都清扫了一下。”黄楚熊从衣袋里抓出每个房间的钥匙，准备分配给众人。

“我无所谓，妹子们先挑吧。”邹兴宇谦让道。

“嗯，女孩子先选。”朱淼也硬要展现一下他的绅士风度。

“我就这间吧，懒得走了，累死了！”顾莼蹦到东侧第一间房的门前，表示自己选了这间。

曹怡慧左顾右盼着走廊的两侧，有些拿不定主意。“呃……哪间房有电视啊？我晚上 10 点半要看韩剧。”她问道。

黄楚熊指了指西侧第二间房，说：“这间里有电视，不过这里有网啊，可以用笔记本电脑看。”

曹怡慧摇摇头：“不不，这部剧是电视台首播，只有播出之后网上才会有更新，今晚大结局，我等不及了。”说完，她抽走黄楚熊手里的钥匙，打开唯一有电视机的房间，走了进去。

“夏时呢，要哪间？”

“我随便。”夏时缓步走到顾莼隔壁的那间房门口，说，“就这间吧。”

最终，黄楚熊和邹兴宇分别住进了东侧第三、第四间房，朱淼则住在了西侧的第三间房，也就是曹怡慧的隔壁。

待房间分配完毕后，大家开始收拾行李，并各自打扫房间。从外面看，这里的房间似乎都很窄小，但其实内部相当宽敞。每间房都有独立的厕所和浴室，大床和书桌是标配，窗户在房间最外侧。因为每年的活动都在夏天举行，房间里还特意安装了空调。只需将积灰的地板擦干净，这里的内部环境不比好一点的连锁酒店差。

西侧与东侧的房间只有一点不同，那就是西侧房间都有阳台，走到阳台，可以俯瞰庭院的全景。曹怡慧收拾完房间，来到阳台，点燃一根烟，默默抽了起来。对她来说，烟不仅仅是生活必需品，这种神奇的灰色微型颗粒就像上帝的神丹，似乎能化解一切烦恼。

曹怡慧向前方吐出一口烟雾。这个位置的正前方正好是那棵高耸的老槐树。眼前的烟雾逐渐散去，在枝叶间的深处，两个红点倏地亮起，曹怡慧仿佛看到了一对冒着红光的眼睛正牢牢地盯着自己。

三、黑夜降临

大厅位于一楼的东侧，入口是走廊上的一扇双开木门。一张显眼的长餐桌占据着大厅中央，桌上四支锈迹斑斑的烛台拙劣地模仿着恐怖电影里的场景，只是上面并未插蜡烛。靠墙的地方放了一张米色沙发，边上竖立着一个简易的拼装书架，上面列满了《漫王》自创刊以来的所有杂志。

整个大厅装修得颇具欧式风格，但其中又夹杂着不少违和元素，比如贴在墙上的各种动漫海报，让这里充满了二次元气息。这都是朱淼的主意，他表示想让这里变得更像创作漫画的地方。在今天下午众人抵达后，朱淼还要求每人在自己房间里也贴一张动漫海报。虽说都是从事漫画行业，但杂志社里的每个人喜欢的漫画家和作品风格都迥然有别。朱淼最爱北条司，邹兴宇喜欢浦泽直树，曹怡慧爱看高桥留美子，顾莼崇拜手冢治虫，夏时则喜欢安西信行。

大厅的面积十分宽敞，另一侧还有厨房和厕所，设施一应俱全。这些天，大家都会在这里集合与用餐。墙上的挂钟显示此刻的时间是下午 5 点。黄楚熊推开大厅的双开门，看见顾莼正把桶装水搬到饮水机上。

"放着，我来！"黄楚熊快步走过去，想要帮忙。

"没事，小事一桩。"顾莼已经咕噜咕噜喝起了水。

"你真是个女汉子……"

黄楚熊从厨房拿出一包速溶咖啡倒在杯子里，随即走到餐桌旁问："你们喝咖啡吗？"

"不喝。"顾莼果断地回答。坐在顾莼边上的曹怡慧也摇摇头。

黄楚熊发现曹怡慧的面色有些不对，便问道："小曹，你怎么了？

不舒服？”

曹怡慧抬起头，脸色显得更加阴沉：“我好像看到了天蛾人……”

黄楚熊和顾莼都露出惊讶的神色。

“你确定？”顾莼睁大了眼睛。

曹怡慧摇了摇头，自我安慰道：“算了，可能是我看错了。”

这时，双开门再次被推开，朱淼和邹兴宇走了进来。

邹兴宇看到曹怡慧奇怪的样子，也好奇地问：“小曹，怎么啦？”

曹怡慧不太喜欢成为众人的焦点，于是佯装出淡定的样子，道：“哎呀，没事没事，人到齐了吗？我们早点开饭吧，我和顾顾负责做菜！”

“来来来，感受一下我们的手艺！”顾莼兴奋得手舞足蹈起来。

“我也来帮忙！食材我都买好了哦。”黄楚熊说完，便带着曹怡慧和顾莼走进厨房，张罗起晚餐来。

“辛苦你们咯。”朱淼说了句客气话后，便拉出餐桌旁的一张椅子坐了下来，翻开笔记本，开始研究这几天的行程。

“咦？夏时呢？”只有邹兴宇注意到夏时还没到场。他刚打算上楼去找夏时，门口就出现了她的身影。

“不好意思，5点集合是吗？我睡了个午觉……”夏时打了个哈欠，看上去十分疲倦。

“哎呀，你要多注意身体呀，平时早点睡。等会儿吃完饭也早点休息吧，今天应该没什么事了。”邹兴宇像个老年人一样喋喋不休道。

“辛苦了，夏时。”朱淼还是那句固定台词。

半个小时后，晚餐正式开始。桌上摆满了三个人做的各种菜肴，饿了大半天的一行人津津有味地吃了起来。

“这个牛肉超级好吃，完美！”邹兴宇是所有人中吃相最难看的，他一边咀嚼着嘴里的牛肉，一边又夹着另一个盘子里的宫保鸡丁。

“这个鸡丁好好吃。”夏时将一勺鸡丁舀进米饭里，满足地吃了起来。

“这是小曹做的哦。”顾莼说，“你这么爱吃鸡丁啊？”

“我喜欢鸡丁，小曹手艺好棒啊。”夏时向曹怡慧投去夸赞的目光，然后继续吃着碗里的饭。只有在推理、画画和吃这三件事上，夏时绝不含糊。

“欸？小曹、小顾，你们怎么不动筷子啊？自己做的菜不好吃吗？”邹兴宇将菜移到两人面前，说，“来来，小曹，番茄蘑菇汤，很好喝哦，这个是小熊做的吧？”

“我不吃蘑菇……”曹怡慧厌恶地看了一眼汤碗里面。

“汗……”邹兴宇随即又舀了一勺麻婆豆腐送到顾莼的碗前，“来来小顾，吃点豆腐。”

“老邹，认识我这么久你不知道我不吃辣吗？”顾莼嫌弃地拿开饭碗，口吻颇有责怪之意。

“哎呀，你们怎么这么挑食？”邹兴宇把麻婆豆腐一口送进自己嘴里，旋即看了一眼夏时，欣慰地说，“还是夏时好，什么都吃。”

菜过五味，大家都放慢了用餐速度。“话说，这里以前到底是做什么的呀？为什么会在郊外的树林里造这样一栋建筑？”好奇的顾莼开启了一个话题。

听到这句话，刚才还在跟黄楚熊讨论行程的朱淼突然把频道切到这边。他怎么可能放过这个“卖弄学识”的机会？

朱淼清了清嗓子，一本正经地说：“这里啊，是我在台湾的一个朋友建造的。他是旅游业人士，原本的目的是想把这里打造成一间恐怖主题旅馆，因为传说附近有天蛾人出没，猎奇的客人肯定会喜欢这里。但是，因为前些年资金出现了一点问题，这个计划就没有继续下去，导致这里一直荒废着。所以我就向那个朋友租用了这里，举办每年一次的集会。”

“啊，那那棵老槐树是一直长在这里的吗？”邹兴宇问。

“是。”朱淼撩了一下刘海说，“当时挑选地点的时候，就是看中了这棵诡异的老槐树，于是围着它建造了庭院和这个馆。”

“馆？”作为推理小说迷，夏时对这个字眼比较敏感。

朱淼点点头，道：“是的，其实这里还有个名字，叫‘天蛾馆’。”

四、妖怪杀人

朱淼晚餐时说的“天蛾馆”三个字始终徘徊在曹怡慧耳边，挥之不去。她想抽烟，刚打开烟盒，却又打消了念头。手机屏幕上显示着此刻的时间：22 点 26 分。还有 4 分钟，她期待的韩剧就要开始了，她不想在乌烟瘴气的环境里欣赏自己最爱的剧，更不想在这样的深夜走到漆黑的阳台抽烟——傍晚时目击到的那双红色眼睛再次浮现在她的脑海。

曹怡慧将烟盒往床边一扔，打开电视，液晶屏幕上播放着荡气回肠的片头曲和男女主人公相拥的画面。接下来的两个小时，她将完全沉浸在剧情里，仿佛自己也是剧中的一个角色。跌宕起伏的剧情让曹怡慧暂时忘却了恐惧和不安。

一小时之后，一集电视剧结束，曹怡慧做了个深呼吸，把自己唤回现实。现在是广告时间，但即使有电视机的声音，在这个空荡荡的房间里，曹怡慧仍然能感觉到一丝夜的寂静。她再次犯起了烟瘾。

终于，曹怡慧抵御不了烟魔的诱惑，她捡回床头的烟盒，打算趁着广告结束前好好吸上一支烟。由于天气炎热，房间里开着空调，通往阳台的门也紧闭着。拉开厚厚的窗帘，曹怡慧打开通往阳台的移门，走了出去。

曹怡慧下意识地眺望了一眼外面的庭院，石板小路两旁依稀排列着几个球形路灯，但只有其中的几个发出微弱的白光，与深邃的黑夜无力地对抗着。打火机的火光也比平常微弱了许多。点燃嘴里的香烟，曹怡慧深吸了一口，微闭着双目，静静地享受只属于她的这一瞬间。而在曹怡慧呼出烟雾的下一瞬间，一声形同女人尖叫的呐喊毫无征兆地响彻夜空。

“啊！”

这声音似乎比人类的尖叫声更刺耳，分贝更高，一时之间难以识别出它源自何处。

曹怡慧也下意识地跟着惊叫了一声，嘴里的香烟随之掉落在地。她被彻底吓坏了，恍惚不定的目光不知道该往哪里看。紧接着，远处的某只路灯开始一明一暗地闪烁，闪个不停的白光强行把曹怡慧的视线引向路灯边上那棵诡谲的老槐树。

正前方，在高度与曹怡慧的视线几乎持平的位置，一簇黑漆漆的树叶之间，两只红色的眼睛再一次出现，眼眸中的血红色光芒仿佛有一股魔力，使她根本无法移开视线。

忽然间，进一步引起曹怡慧注意的是悬吊在树上的一个正在晃动的物体……那好像是……是一个纤瘦的人影。在白色灯光划过人影的一刹那，曹怡慧似乎看见了黄楚熊的脸……

僵硬了几秒钟后，大惊失色的曹怡慧瘫坐在阳台的地上。与此同时，就像算准了时间一样，人影也脱离了大树，在重力的影响下瞬间掉落到地面。即使是平时无所畏惧的曹怡慧，此刻也像一只受惊的小鹿，全身被一股从骨髓深处散发出来的寒意紧紧包围，动弹不得。

终于，白色路灯停止了闪烁，一切又归于宁静。曹怡慧用冰冷的手掌撑起身体，从地上站了起来。那声恐怖的尖叫、发生异常的路灯，还有红色的眼睛……这里真的有天蛾人吗？天蛾人来袭击我们了？她开始后悔来到这个鬼地方，甚至后悔当初入职这家杂志社。她多么希望刚才看到的一切都只是一场梦。

稍稍冷静下来后，曹怡慧壮起胆，再次不死心地望了眼那棵独守黑夜的老槐树。因为树上的枝干太多，她无法辨别出刚才的人影挂在哪根树枝上。

那个人影……真的是黄楚熊吗？他为什么会被挂在树上……他，死了吗？

正当曹怡慧纠结这些问题的时候，她的视线停在了槐树下方的某处地面上。虽然光线十分微弱，但那里……的确趴着一个人影。

理智再次崩塌。曹怡慧惊慌失措地飞奔出房间，开始一扇扇地敲打同事房间的门。然而，却没有一个人回应。

怎么回事？到底发生了什么？天蛾人……天蛾人把他们都杀光了吗？不要……不要丢下我一个人。

她不停地敲打着每个人的房门，红肿的手掌发出刺痛，情绪也逐渐崩溃。正当曹怡慧即将陷入绝望之际，某扇房门打开了，夏时揉着惺忪的睡眼出现在房门口。

“怎么啦？”穿着小熊睡衣的夏时用迷迷糊糊的声音问道。

“天蛾人……出事了，小熊挂在树上！”曹怡慧完全语无伦次，此刻的她只感到一阵庆幸，至少不用孤身一人面对这一切。

敏感的夏时立刻察觉到了事情的异样，她打起精神，迅速穿上鞋子走出房间。

“到底怎么了？”

“你跟我来。”有了夏时这根救命稻草，曹怡慧终于鼓起勇气，决定带着她去庭院一探究竟。

夏时回到房间拿了一个手电筒，两人走下楼梯，从一楼正门来到庭院。没有人知道，此刻的庭院里潜伏着什么……

五、不可能的现场

“我在阳台抽烟，突然听到一声尖叫……”两人顺着石板小路走向老槐树，曹怡慧边走边向夏时简述了一遍事情的经过。

“你确定是小熊？”夏时拿着手电筒照着前方的路。

“不敢肯定……但看衣服和身形……应该是。”

老槐树在夜色下显得更为诡异。两人在槐树边停下，夏时把手电筒的光柱移到树下。灯光下，她们清楚地看到黄楚熊趴在树根旁的泥地上，一动不动。

“真的是小熊！”曹怡慧从石板路跨入泥地，奔到黄楚熊边上。她蹲下身子，用力摇了摇黄楚熊的身体，对方仍然没有反应。夏时也走了过来，她注意到黄楚熊的脖子上缠绕着一圈麻绳，绳圈紧紧陷入颈部，勒掐着气管。

夏时也蹲下身子，摸了摸黄楚熊的手腕，却没有感觉到脉搏。

“他死了。”夏时说出自己的结论。

“怎么会……”望着同伴的尸体，曹怡慧的泪水终于夺眶而出。这并不仅仅源自失去同事的悲伤，更多的是恐惧和绝望。

此时的夏时却表现出不同寻常的冷静，她仔细端详黄楚熊的尸体，发现脖子的绳圈后方还延伸出一截绳子，那截绳子的另一端绑着一根断裂的粗树枝。

夏时抬头向上望去，同时把手电筒的光打向槐树的高处。她发现，在离地大约 10 米高的树干上有半截断裂的树枝。

“他刚刚应该被吊在那根树枝上。”夏时指着槐树上的那半截树枝说，“树枝承受不住他的体重，发生了断裂，所以你刚才看到他从树上掉了下来。”

曹怡慧胆怯地顺着手电筒的光线望了望树干，她生怕再次看到那对恐怖的红色眼睛，于是马上移开视线，瞅了眼黄楚熊脖子上的绳圈，内心顿时冒出一个可怕的想法。

“这么说……是有人用绳子绑住小熊的脖子，把他吊在了槐树的树枝上……”曹怡慧顿时脸部紧绷，似乎意识到了什么，“可是……树这么高，他是怎么被吊上去的？难道是小熊自己爬到树上上吊自杀的？”

夏时用电筒射出的光圈扫了扫树干，说：“并没有攀爬的痕迹，而且那根树枝离地有三层楼的高度，也不是那么容易就能爬上去的。”

随后，夏时绕着槐树走了一圈，发现了更不可思议的地方。

“没有脚印……”她喃喃道。

“脚印？啊，对哦！”曹怡慧恍然大悟。

“嗯，这里的泥地非常干燥，只要稍稍踩上去，地上的泥块一定会发生干裂，形成一个明显的脚印。”夏时用电筒照着石板路和槐树之间的那片泥地，继续说，“但是，除了我们刚才走过来的两行脚印外，树的周围没有任何足迹……”

边上的石板路离槐树有差不多四五米的距离，树的四周没有脚印，就意味着先前没有任何人接近过这棵槐树。而现在，在离地三层楼高，又无人能够接近的槐树枝干上，却悬吊着一个人的尸体……这是何等的有悖逻辑和违反物理法则！除非……

曹怡慧感到脊背一阵发凉，这才意识到事情的可怕之处，她不断小声呢喃：“是天蛾人……会飞的天蛾人可以做到……”

夏时的脸上现出很难见到的困惑，但因为天实在太暗，目前她无法在现场收获更多的线索。

“报警吧，你带着手机吗？”

曹怡慧摇摇头：“在房间里。”

“那先把尸体抬到一楼大厅里吧，就算报了警，警察赶到这边估计也没那么快，不能把他一直晾在这儿。”夏时说完，示意曹怡慧和她一起抬走地上的黄楚熊。

于是，夏时抬着头部，曹怡慧抬着脚，两人一前一后将尸体搬进了一楼大厅，放到沙发上。虽然黄楚熊体重很轻，但在伸手不见五指的黑暗中，也费了两个女生不小的劲儿。

随后，夏时连忙回到房间，拿起手机，拨通了那个熟悉的号码。

此时，曹怡慧敲开了夏时的房门，露出一脸害怕的神情：“能……能让我在你这里待一会儿吗？”她今天是真受到惊吓了，目击可怕的妖怪，朝夕相处的同事被杀，抬着近在咫尺的尸体……之前一个小时的经历，或许会成为她人生中无法抹灭的阴影。

“你在我这儿睡吧。我已经报警了，警察一早就到，不用害怕。”夏时安慰地说。

“那你呢？”曹怡慧依然能感觉到自己的双手在颤抖。

“我要想一些事。”

相比以往，这个夜特别漫长。五个小时后，第一缕阳光终于驱走了黑暗，远处传来警车的鸣笛声，听上去却更像教堂里的丧钟。

六、双重广义密室

F县的王家毅警官从警车里一跃而下，沿着石板路奔跑到建筑物的大门外，看见门口那个娇小又熟悉的身影，他终于放下心来。

“夏时，你没事吧？”

“没事，怎么才来？”夏时的语气中带着一丝责备。

“这里夜路不好走，主干道被一棵倒下的树阻断了，折腾了半天……对不起啊，我来晚了。”王家毅主动承认自己的错误。

王家毅和夏时是在几年前的一次推理迷聚会上认识的。因为某个契机，夏时用她过人的洞察力帮助王家毅解决了一起密室杀人案。从此之后，夏时便成为了王家毅私底下的破案参谋，每当王家毅遇到难解的离奇案件，就会习惯性地求助于夏时，而夏时每次都能运用自己的智慧为他解开谜团。这早已成了两人之间的一种羁绊和默契。而最近一次由夏时参与破获的案件，是去年发生在废弃公园内的雪地分尸案，自那之后，两人见面的次数并不多。

因为有案件在身，两人并没有过多寒暄。夏时带领王家毅来到一楼大厅，黄楚熊的尸体还安静地躺在沙发上，脸上已经完全失去血色。

法医正小心翼翼地解开黄楚熊脖子上的麻绳，一条紫青色的勒痕显现在其颈部。

“王队，死因是条索状物压迫颈部呼吸道引起的机械性窒息，但除了直接致死的勒痕之外，颈部上方还有另一条死后造成的勒沟，凶器应该就是这根缠绕在死者脖子上的麻绳。另外，根据尸体的僵直状况，死者的死亡时间应该是在昨晚的 10 点到 12 点之间。”经过对尸体的初步检验，法医小陈报告了最初的验尸结果。

法医和几名警员将黄楚熊的尸体放进尸袋，运了出去。这时，曹怡慧披了一件外衣从大厅门口走了进来。看到一群警察，她似乎安心了一些，但脸上的气色仍旧很差。

“他们都被我叫醒了，一会儿下来。”曹怡慧对夏时说道。

之后，曹怡慧向王家毅复述了一遍昨晚从听到尖叫到和夏时一起发现尸体的整个经过，王家毅则认真地做着记录。这期间，夏时被一位警员带去进行血检和尿检。

“我们去看看那棵树吧。”做完记录后，王家毅让曹怡慧先坐在大厅里休息，自己则跟着夏时来到案发现场。

清晨的雾气让这棵槐树蒙上了一层神秘的面纱。几名鉴定人员正在现场拍照。槐树周围除了夏时和曹怡慧的脚印以及尸体的压痕外，的确没有什么可疑痕迹。两名技术人员正在树上安置安全绳，试图攀爬上去。

王家毅抬头凝视着树干高处的那截断枝，道："就是那根树枝吧？少说也有10米，这么高……要怎么把尸体挂上去呢？树的周围也没有可疑的脚印……这简直就是个双重广义密室！凶手要做到这一切，必须打破两道枷锁，第一道是接近槐树而不留下脚印，第二道是带着尸体爬到10米高的树干上……这不是普通人类能够做到的。"

夏时瞥了一眼沉浸在推理小说世界里的王家毅，道："你也觉得凶手是天蛾人吗？"

王家毅连忙摆摆手："怎么可能……那只是都市传说，我觉得凶手一定是用了什么超乎我们想象的诡计来实现这一切的，我们以前遇到的案子不都是这样吗？"

王家毅突然严肃起来，道："你觉得，会不会是曹怡慧在撒谎呢？她真的目击了黄楚熊从树上掉下来吗？"

"她应该没有撒谎。"夏时的回答言之凿凿。

"又是你的直觉？"

夏时并未回答，只是默不作声地注视着技术人员费力地系绑安全绳。

经过40多分钟的折腾，安全绳终于固定在了树干上。一名身手敏捷的鉴定人员自告奋勇地爬了上去，一边爬一边对着树干拍照，生怕遗漏了什么关键线索。

终于，这位勇敢的鉴定人员爬到了那根断裂的枝干上，那里的树叶相当茂密，勘查难度可想而知。鉴定人员仔细拍下了枝干断裂口的照片，接着用剪刀和镊子取下一些枝干的组织，小心地放到证物袋里。

完成现场鉴定后，鉴定人员从树上下来，开始进行各项比对工作。

10分钟后，鉴定人员拿着一份简易的报告递给了王家毅。

“王队，我们已经证实，系在尸体脖子上的那半截树枝，和槐树上的那截树枝，断口完全吻合，可以认定是同一根树枝。另外，树枝上除了绳子的吊痕之外，断口还有雷击印，这可能也是导致它变得容易断裂的原因。除此之外，树枝上没有其他可疑之处。还有，经过初步鉴定，槐树的树干上并没有攀爬的痕迹。”鉴定人员字正腔圆地报告着检查结果。

王家毅手托下巴思索了一会儿，提出一个假设：“有没有可能绳子一开始就用弓箭之类的射到了树枝上，然后再通过滑轮原理把尸体慢慢拉上去？”

鉴定人员摇摇头：“树枝上没有绳子摩擦的拉痕，而且树枝的表面十分粗糙，光滑度极低，要像滑轮那样把尸体拉到这么高的地方，几乎是不可能的。而且，绑在树枝上的绳子打的是一个死结，就算尸体能拉上去，凶手还是得亲自爬上去，把绳子扎死。”

“好吧……”王家毅向夏时投去求助的目光。

一旁的夏时并没有什么反应。于是，王家毅自言自语地整理了一遍目前了解到的案发经过：“也就是说，凶手先勒死了黄楚熊，再通过什么方法把尸体吊在了这棵槐树的树枝上。但因为那根树枝遭受过雷击，异常脆弱，最终因为承受不住尸体的重量，导致尸体连同断裂的半截树枝一起掉落了下来。而这一幕，正好被在对面阳台上抽烟的曹怡慧目击到了。”

“可是，凶手到底是怎么把尸体吊上去的呢？我实在想不出方法……”王家毅隐约感觉到，自己的理性，甚至是支撑整个世界的法则，正在被眼前的这棵老槐树一点点吞噬。

七、凶手在身边

曹怡慧、顾莼、朱淼和邹兴宇围坐在大厅的餐桌前，四个人都显得无精打采，每人面前都摆着一份简易的煎蛋早餐，这是顾莼刚才临时做的，但大家显然都没什么胃口。

“怎么会发生这种事……”邹兴宇的脸上现出诧异的神情，“太可怕了……”他从口袋里掏出一块手帕，不断擦拭着额头冒出的汗珠。

“不会真的有天蛾人吧……天哪，小熊怎么会被天蛾人……”顾莼的样子看上去十分害怕。一旁的曹怡慧搂住顾莼，安慰地拍了拍她的肩膀。

“话说，你们昨天怎么睡得那么死？我敲半天门都没反应。”曹怡慧抱怨道。

“说来也奇怪，我昨天睡得特别熟，根本没听到敲门声，刚才起床头还有点痛……”邹兴宇拍了拍自己的脑袋。

“我也是……”

“嗯，我也一样，一回房间就睡着了。”

朱淼和顾莼也如此说道。

“不会被下了安眠药吧……”邹兴宇露出警觉的目光。

顾莼瞥了一眼大厅内的某个警员，小声说：“有可能哦，刚才警察不是让我们做尿检了吗？应该马上就会出结果……”

朱淼清了清嗓子，撩了一下刘海，即使在这种时候，他也要努力表现出一副临危不乱的领导者架势：“好了，我们先冷静点，谁也不想这样的悲剧发生。不要瞎猜了，现在等警方的调查结果吧。”随即，他又环顾了一下四周，问：“夏时人呢？”

曹怡慧说：“夏时跟着那个警官去调查槐树了，她好像认识那个警察……”

“那个……”顾莼突然缩起身子，“小曹，你真的看见天蛾人了吗？”

在场的所有人都一怔，三双眼睛全都直直地望向曹怡慧。

昨晚那恐怖的一幕又清晰地浮现在曹怡慧的脑海中，她心有余悸地说：“我只看到了两只红色的眼睛，还听到了它的尖叫……喂！你们是不相信我吗？”

“没有没有，小曹你别多想，大家都冷静。”邹兴宇忙打圆场，“我们先理智地分析下这件事。如果杀害小熊的不是天蛾人……你们看哦，昨天我们都被人下了安眠药，小熊可能也是因为安眠药的作用才会完全失去抵抗之力。安眠药多半是下在我们昨天吃的饭菜和水里的。你们想呀，能有机会在我们的食物和水里下药的人……”

曹怡慧突然一惊：“你是说，凶手……就在我们之中？”

顿时，四个人都用狐疑的目光互相打量起来。

“只有我没有受到安眠药的影响，所以你们怀疑我是凶手咯？”昨晚不但经历了那样的遭遇，如今还要被同伴怀疑成杀人凶手，曹怡慧的语气明显十分不悦。

“哎呀，我不是这个意思……”邹兴宇试图用生硬的笑容掩饰尴尬，“我的意思是，这应该是一起谋杀案，和妖怪啊什么的没关系。”

“也说不定哦……”顾莼并不苟同，“去年就有个小女孩在这附近被天蛾人活活吓死了，这是真实发生过的事件。”

“那件事我也在新闻里看到过，小女孩的死亡是事实，但说她是被天蛾人活活吓死的，明显是网络上煽风点火、以讹传讹吧。”邹兴宇有些不屑地说。

“不，有人拍到了天蛾人的照片……”

“好了好了，”朱淼拍了拍桌子，示意大家都安静，“不要争了！我说了，这事交给警察处理吧，我们管好自己就行了。漫画家们再过几小时就要到了，等会儿录完口供，你们再休息会儿。”

“啊？朱总，活动不取消吗？”邹兴宇推了推老气的眼镜，一脸错愕。

“暂时不取消，我们也有我们的工作。”朱淼的回答斩钉截铁。

三个人同时摇摇头，他们实在不理解这位奇葩主编究竟是怎么想的。一个同事莫名其妙地被杀害了，主编居然还念念不忘这个活动。

随即，一旁的警员分别为四人录了口供。除了曹怡慧以外，其余三人都表示，他们吃完晚餐回到房间后没过多久就倒在床上睡着了，直到清晨被曹怡慧叫醒，其间一直处于无意识的状态，更没听到什么动静。因此，理所当然地，三人在黄楚熊的死亡时间范围内都没有明确的不在场证明。而根据尿检和血检结果，除了曹怡慧之外，夏时、顾莼、朱淼和邹兴宇体内均有残留的阿普唑伦，也就是安眠药成分。

八、真相之门

似乎想要逃离那棵扰乱思绪的老槐树，王家毅走得飞快，将充满不祥气息的槐树远远甩在了身后。勘查完现场之后，王家毅和夏时沿着西侧的石板路迈向庭院另一头的建筑。和庭院东侧的宿舍楼不同，这栋位于最西侧的建筑只有一层楼，南端的一扇铁门是唯一的入口。

“听说……你下学期要去法国留学？”王家毅摸了摸自己的后脑勺，他不确定现在问这个是不是合适，“那个什么芒果学院？”

“是法国勒芒美术学院啦。”夏时鄙夷地瞥了他一眼。

“哦……”王家毅放慢脚步，他希望在到达对面的建筑物前能跟夏时多聊一会儿，“那……你还会回来吗？”

夏时踌躇了几秒钟，微微一笑，道：“可能不会回来了。法国是艺术天堂，如果有机会的话……我希望能在那边发展，而且那里还有我喜欢的本格推理作家保罗·霍尔特。”

“哦……”王家毅难掩自己的失望之情，“说不定……这是我们一起侦破的最后一个案件了呢。”

“那就赶紧把它破了吧。”夏时像是在给自己打气，“留学的事，先跟我的同事保密哦。”

王家毅点点头：“我懂的。”

打开布满灰尘的铁门，里面和东侧的宿舍楼一样，也有一条黑乎乎的长廊。在长廊的右侧有四个房间，每个房间的门口都有一块标识牌，从南到北依次是仓库、配电室、杂物房和厕所，布局非常简单。这栋楼可以看作是天蛾馆的辅楼。

王家毅取出手电筒，首先打开了仓库的门。虽说是仓库，但其实也就十来平米，里面放了一个破旧的红木书架，上面全是乱七八糟的书籍，连推理小说都有。

而在书架边上，整个房间最惹人注意的是一个倚靠在墙角的金属折叠梯，它和边上布满尘土的书架不同，上面的灰尘并不多，明显最近被人使用过。

王家毅上前摸了摸梯子，接着拿出一根皮尺，量了下它的高度。

“才两米多高，即使凶手用这个梯子，也不可能把尸体挂到树上去……更何况槐树周围的泥地上并没有梯子的压痕。”王家毅失望地叹了口气。

而此时，夏时的目光却牢牢盯着这个折叠梯不放，直到王家毅把她叫了出去。

第二间房是配电室，墙上装着一排排电箱和电闸。因为常年无人维护，一捆捆电线从电箱里裸露出来，看上去就像彩色的面条。天蛾馆所有的电器设备都可以在这边操控。房间里还有两扇早已没有玻璃的窗户，可以清楚地看到外面庭院的景象，包括正对面的那棵槐树。王家毅顿时觉得，自己似乎受到了槐树的诅咒，永远无法把它从视线中甩开。

王家毅走到一个写有“地灯”的电闸前，拉了一下电闸，只见外面石板路上的球形路灯立刻灭了，他拉上电闸，路灯又重新发出白色的光芒。

虽然穿着连衣裙，但夏时仍然敏捷地绕过王家毅，走到窗前。窗户虽然没有玻璃，但几根牢固的铁栅栏将房间与外界阻隔开来。

“你过来看。”夏时像是发现了什么，两只眼睛专注地望着某根栅栏的底部，以至于都没有注意到自己的长发擦到了窗台上的灰尘。

“怎么啦？”王家毅凑上前来，他也注意到，栅栏的底部有几条很细的斜向擦痕。但此时，更引起他注意的是夏时头发散发出的淡淡清香，他羞赧地往后退了一步。

夏时转过身，注意到后方靠墙的位置有一个堆满各式电器零件和工具的铁架子。她蹲下身子，端详着铁架的下方，在铁架底部的某根支柱上，她也发现了同样的擦痕，这个擦痕和窗栅栏上的擦痕有一个明显的高度差。

看到两道擦痕之后，夏时开始沉默不语。王家毅看到她这个反应，知道此时夏时的大脑正在飞速运转，于是决定不去打扰她。

再往后，第三间杂物室是一间空房，第四间厕所可以正常使用，这两间房都没有发现什么有用的线索。

两人走出辅楼，夏时按捺不住内心深处的某股冲动，径直走向老槐树。王家毅紧紧跟在她的身后。他知道，现在，他们不得不面对这棵不祥之树。

就在此时，法医小陈兴冲冲地走了过来，想要报告进一步的验尸结果。

“王队，我们有新发现。”他捧着一份书面报告，露出兴奋的神情，“我们在尸体的腋下和前胸的位置发现了一条连贯的横向勒痕，应该是死者死后由细绳之类的物体直接在皮肤上勒压所造成的。”说完，他把报告递给王家毅，里面夹杂着几张尸体上身和腋下的清晰照片，上面的确能看到一条紫色的横向勒痕，“另外，尸体里也检测到残留的安眠药成分。除此之外，尸体上没有其他明显伤痕，衣物也没有破损迹象。”

王家毅向小陈点头示意了一下，旋即看见一旁的夏时正抬头凝视着树干某处。他顺着夏时的目光向槐树望去，那个位置只有一根离地四五米高的树枝，树枝本身也有四五米长，末端正好延伸到边上的石板路。也就是说，如果一个身高四五米的人走在石板路上，就可以轻易摸到这根树枝的末端。可是，这又意味着什么呢？

“夏时……”

王家毅话还没说出口，夏时就如离弦之箭般飞速跑向东侧的宿舍楼。然而，由于地面是斜坡，夏时没有注意到脚下，突然失去重心，摔了一跤。

王家毅连忙追了上去，将夏时小心翼翼地从地上扶起。所幸夏时及时用手撑住了身体，所以摔得并不重，只是扭伤了脚。

“你看你，这么不小心……”王家毅二话不说就将夏时抱了起来，“你要去哪儿？”

“没事儿，我可以自己走……”

“别逞强了。”

“那先去小曹的房间。”

王家毅抱着夏时走上三楼。此时，编辑部的众人还在大厅里，几名警员正在搜查众人的房间。

夏时被王家毅轻轻地放在曹怡慧的床上，他帮夏时脱下凉鞋。望着夏时白皙的脚，王家毅有些不好意思。他想帮夏时揉一揉红肿的脚踝，却又收住了手。

“好痛，帮我揉一下吧。”夏时泰然自若地对王家毅说。

“好……好……”王家毅用手掌轻轻揉压着夏时的脚踝，眼睛却不敢直视。

“好了，能扶我去阳台吗？”

王家毅搀着夏时一步步地走到阳台，夏时从阳台的位置平视着正前方。几秒钟后，她的脸上挂起自信的笑容。

“还要去哪里？”王家毅生怕夏时再次跌倒，始终紧紧拽着她的手。

“哎呀，你别抓这么紧！”夏时一脸怨念，“去他们的房间看看吧。”

“哦哦，走吧。”

王家毅带着夏时来到某人的房间，一名戴着白手套的警员正翻弄着房间里的物品。夏时在王家毅的搀扶下转了一圈，一张贴在房门背后的《七色鹦哥》海报引起了她的注意。让夏时在意的是，海报上有两个倒置的鞋印。回想前一晚，晚餐过后，某人回到自己房间时，这张贴在门上的海报还是干净的。这让夏时更加确信凶手的身份。

★挑战读者★

诚如读者诸君所见，至此，关于这起“天蛾人杀人事件”的基本资料已全部呈现在各位面前，通往真相的大门已经敞开。请读者诸君回答下面两个问题：

1. 尸体悬吊在离地10米高、周围又没有足迹的槐树枝上，这个广义密室的双重枷锁要如何解开？

2. 这一切的始作俑者——化身为恐怖“天蛾人”的凶手究竟是谁？

九、解锁

在一名警员的带领下，编辑部的所有成员都来到曹怡慧的房间。看到房间里的夏时正与负责调查案件的警官待在一起，大家都有些诧异。

这间房虽然不小，但要同时容纳下六个人，还是有点拥挤。三个女生依次坐在床上。曹怡慧从身后拽过一个枕头抱在胸前，看上去十分憔悴；顾莼把头靠在墙边，微微从嘴里吐出不安的气息；朱淼拉出电视机旁的椅子坐下，屏息静待着警察的发言；邹兴宇有气无力地站在朱淼身旁，不断地用手帕擦拭额头的汗珠。四双眼睛都有些恍惚不定。而站在阳台门边的王家毅则用狐疑的目光观察着每个人脸上的表情。

“把我们都叫到这里来，是……”朱淼撩拨了一下刘海，急不可待地问。

王家毅直截了当地说：“把你们叫来，是想告诉大家这起杀人事件的真相。”

四人同时发出一小声惊叹。

“凶手找到啦？”邹兴宇瞪大了眼睛，“小熊是谁杀的啊？”

这一刻，有三个人的目光都在房间里游移。

“是的，先不要着急，请听夏时一步步说明。”王家毅做了个手势，示意后面的事情交给这位女生。

“为什么是夏时来说明？”顾莼满脸困惑。在场的其他人也现出无法理解的神情。夏时跟这起案件有什么关系？跟这个警察又是什么关系？为什么杀人案要交给一个女生来说明？

“是夏时发现了真相，我们不妨来听一下。”看得出，王家毅对眼前的这位女生充满了信任。

夏时扶着床头，缓缓站起身来，扭伤的脚已经渐渐恢复，比刚才好多了。

“我们先来解释下，凶手是如何把小熊的尸体吊到10米高的树上的吧。”夏时跄踉地走到阳台前，“小曹，来下阳台。”

听到夏时呼唤自己，曹怡慧愣了一下，站起身向阳台走去。屋里的其他人也来到阳台。

“你当时是站在这个位置看见树上的尸体的，对吗？”夏时领着曹怡慧踏入阳台，站在靠中间的位置。

曹怡慧心神不宁地望了一眼正前方的老槐树，点了点头：“差不多。”

“那么，”夏时指着前方，“你现在能看到那根断裂的树枝吗？”

顺着夏时手指的方向，曹怡慧眯起双眼，努力找寻原先吊着尸体的树枝。可因为有树叶挡着，她无法看见那根树枝。昨晚，她也只是目击到吊着的尸体，并没有很清楚地看到尸体上方的树枝。

“我看不见……应该是在跟这里高度差不多的位置吧，我当时是平视前方的。”曹怡慧大概指了指正前方。

夏时微微一笑，道：“不对，其实那根断裂的树枝，在更上方的位置。”她将手臂向上抬高了一些，指着槐树的更高处。

“不可能啊……”曹怡慧立即摇头，“虽然晚上很暗，但大致的位置我还是可以判断出来的，尸体就吊在我视线平视的正前方。”

“你的判断没有错，”夏时走进阳台，从王家毅的手里接过一张纸，“尸体所在的高度，的确和你的视线持平。所以，我们可以得出一个结论，其实尸体当时并没有挂在那根断裂的树枝上，而是吊在下方的另一根矮枝上。”

“可是……”曹怡慧一头雾水，“不对啊，这里有三层楼高，当我们跑到槐树底下看的时候，那根断裂的树枝也在差不多三层楼高的位置，高度是一致的呀，尸体怎么可能吊在矮枝上呢？”

“你忘了一件事。”夏时摇摇头，气定神闲地从嘴里吐出两个字，“斜坡。”

随即，夏时将手里的纸摊开到桌子上，上面是她刚才临时画的一张简易说明图。

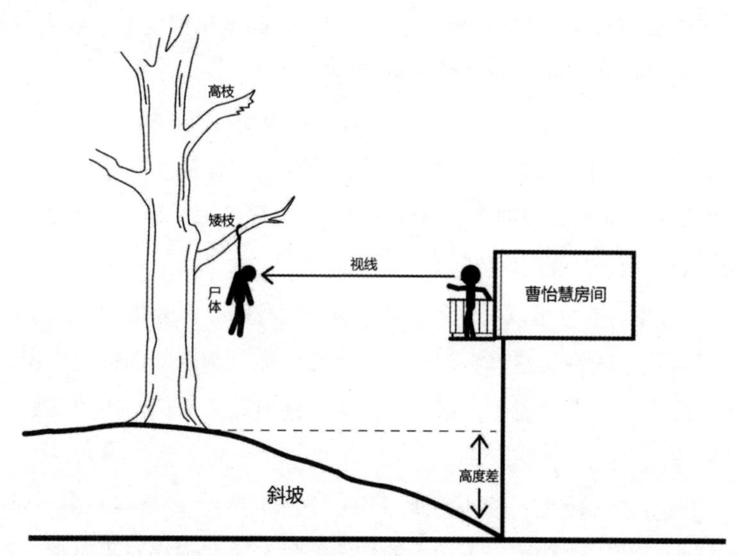

众人看到这张图，都发出不小的惊叹声。

夏时指着说明图，继续说：“你们看，由于庭院是一个西高东低的斜坡，所以，这栋宿舍楼所在的地面和老槐树所在的地面有一个明显的高度差。凶手就是利用这个高度差，给我们制造了错觉。

“看这张图。槐树上有两根树枝，一根离地四五米左右，姑且称它为‘矮枝’，还有一根断裂的树枝离地 10 米左右，就称为‘高枝’吧。案发当晚，尸体其实一直吊在矮枝上，但因为斜坡的关系，矮枝所在的高度正好和这边三楼阳台的高度一致，所以当小曹平视前方的时候，便理所当然地认为，尸体是吊在三层楼高的地方。三层楼的话，差不多就是 10 米高。

“之后，当我们跑到庭院中央的槐树底下，便顺其自然地往槐树10米高的地方看。恰巧在那个高度看见一截断枝，而尸体脖子上也绑着半截断枝。这一切，便让我们产生了先入为主的想法：尸体刚才就挂在那根高枝上，高枝发生了断裂，和尸体一起掉了下来。

“但是，我们忽略了很重要的一点，那就是当我们从宿舍楼跑到庭院中央的时候，其实已经走了一段上坡，高度早已发生了变化，矮枝才是尸体真正所在的‘绝对高度’。”

听到这里，王家毅非常配合地打开记录册，道：“根据验尸报告，尸体的衣服和身上都没有划痕，这说明当时尸体确实不是吊在高枝上的，因为那根高枝的下方有许多枝叶，如果从那个地方掉下来，身上一定会有枝叶的划痕。”

“哇塞，这也可以啊！”邹兴宇的语气有些故作夸张，“但是，即使是矮枝，凶手又是怎么把尸体吊上去的呢？树的周围可没有脚印哦。还有，小曹听见了天蛾人的叫声，还有路灯一闪一闪，又是怎么回事？”

夏时坐回床上，清了清嗓子说：“矮枝的话，可就容易多了哦。这样吧，我大致揣摩一下凶手的作案经过，看我说得对不对哦。反正凶手就在这个房间里。”

听到这句话，几道警惕的目光交错在房间里，让气氛变得颇为微妙。除了某个人之外，在场的所有人都屏息静待着夏时一步步揪出真凶。

“我想，凶手一定事先来过这里，当他（她）看到槐树下某根被雷劈断的树枝时，便萌生了整个天蛾人杀人计划。”夏时看了一眼在座的人，继续说，“凶手将断裂的树枝藏在天蛾馆的某处。昨天，我们一行来到这里。晚餐时，凶手在食物里下了安眠药，我猜多半是放在了番茄蘑菇汤里，因为小曹是不吃蘑菇的。当晚，凶手的原计划是想让小曹之外的所有人都睡着，而晚上必须看韩剧的小曹则是凶手选定的目击证人。因为只有西侧的第二间房有电视，小曹一定会住在那里。

“等到晚上 10 点过后，犯人潜入小熊的房间 —— 我想他（她）事先一定偷偷配了每个房间的钥匙。在安眠药的作用下，黄楚熊没有任何反抗，凶手用麻绳勒死了他，并把他的尸体搬到庭院里。这个时候，凶手就把事先藏起来的那截断枝牢牢地绑在尸体的脖子上，制造出尸体是从高枝上掉落下来的假象。之后，就是凶手如何把尸体吊在矮枝上的问题了……

“矮枝和那根高枝不同，长度足以延伸到外面的石板路上。凶手将西侧仓库里的折叠梯搬到槐树旁的石板路上，但因为地面是斜坡，折叠梯不是很稳，他（她）可能还用石块之类的东西稳住了梯脚。

“凶手事先准备了一根黑色的细长绳，将长绳从尸体的腋下穿过去后，通过石头之类的重物把绳子两端都抛到矮枝上。绳子越过矮枝后，凶手将两端慢慢往西侧拉，一直让绳子延伸到西侧建筑的配电室里。紧接着，凶手走进配电室，将绳子从窗外拉进来，绑在里面的一个铁架子上。你们仔细观察就会发现，小曹的房间、老槐树和西侧的配电室，几乎是在同一条直线上。

“固定好绳子后，凶手回到槐树旁，将已经穿在绳子上的尸体抱到折叠梯的顶端，然后使劲把尸体推向老槐树。在惯性的作用下，尸体从原先靠近石板路的位置荡到矮枝里侧。之后，凶手便收起折叠梯，回到配电室，解开细绳，再次拉动绳子，将尸体拉高。重新固定好绳子后，一切准备工作就都完成了。

“简而言之，尸体和配电室之间，一直有一根长绳连接着，而矮枝就相当于这根长绳中间的定滑轮。凶手就是这样，在不留下脚印的情况下，将小熊的尸体挂到了矮枝上。”

趁夏时停顿的间隙，王家毅补充道：“尸体的腋下确实有细绳的勒痕。”

“所以……”说话的是朱淼，“尸体被挂在矮枝上的时候，他的脖子上就已经绑上了那半截断裂的高枝？难道小曹当时没有看到吗？”

夏时继续说：“因为断枝是挂在尸体的背后，而小曹从这里看见的是尸体正面。而且，当时光线不好，加上路灯闪烁不停，再考虑到小曹受惊过度，没看见也完全正常。还有那根穿过尸体并一直延伸到配电室的长绳，我猜是黑色的。这样，绳子在漆黑的夜晚就不容易被发现。”

“我大概明白了……”曹怡慧现出明朗的神情，“凶手知道我看完一集韩剧一定会到阳台上抽烟，他（她）就一直躲在对面的配电室里，看到我出现在阳台后，就剪断绳子，让尸体掉落，让我看到这一幕。因为穿过尸体的其实是一个绳圈，所以凶手剪断绳子后，只要持续拉动绳子的一端，就可以在配电室里迅速回收长绳了。”

夏时对曹怡慧点头表示同意：“是的，凶手做好准备工作后，就一直待在配电室里。11点半之前，他（她）完全不担心自己在庭院里的一举一动会被人发现，因为小曹正在专心地看韩剧，而其他人都已经在安眠药的作用下睡着了。顺带说一下，为了不被怀疑，我想凶手在犯案后，自己也服用了一定剂量的安眠药吧。至于天蛾人的尖叫声，事先准备好录音，看准小曹来到阳台的时机放出来就好。还有闪烁的路灯，直接在配电室里操控电闸就可以做到闪烁的效果。凶手大概对天蛾人有一种很深的执念。”

“对了，夏时，”曹怡慧突然歪着头问，“我记得你也喝了番茄蘑菇汤，为什么你没有睡着？”

夏时耸了耸肩，说：“可能是我平时也一直吃安眠药，身体产生了一定的抗药性，汤里的剂量对我作用不大吧。其实，昨天我也睡着了，只是睡得不沉，听到你的敲门声就惊醒了。”

“这么说……那根断枝是很早之前就被雷劈断掉在地上的咯？

自始至终，犯人都没有爬到过那个高度？”反应慢半拍的邹兴宇这才豁然开朗。

“是的，”王家毅做出明确的回答，“所以，我们的鉴定人员爬上槐树后并未发现可疑痕迹。另外，黑色细绳、录音机之类的道具可能已经在西侧建筑楼的厕所里被凶手处理掉了，我会派人进一步搜索下水道。”

夏时点了点头，总结道：“这次的广义密室诡计，凶手主要利用了‘天时’和‘地利’两点。天时就是那根恰巧被雷劈断的树枝，地利则是地面斜坡产生的高度差。通过这两者让我们产生错误的判断，认为尸体一直被悬挂在槐树离地 10 米高的地方，从而实现了这起不可能犯罪。”

“布置这一切的凶手到底是谁呢？”曹怡慧迫不及待地追问。除了她之外，其他两人也同样向夏时投来迫切的目光。

“而利用天蛾人的传说来掩盖自己真凶身份的罪魁祸首……”夏时站起身，纤细的手指指着某个人的脸庞，目光牢牢地锁定在对方身上，“就是你吧。”

十、天蛾人的真身

五双眼睛齐刷刷地望向忐忑不安的真凶。还没等那人开口，夏时就自顾自地继续往下说：“配电室的窗栅栏和铁架支柱上，都有一道细绳的擦痕，那应该是凶手拉动吊着尸体的长绳时留下的痕迹吧。然而，两道擦痕都在很低的位置，这就表示，凶手的身高非常矮……

“刚才我目测了一下，即使是我这样的身高，拉动绳子的时候也不会擦碰到那个位置。而在天蛾馆里，唯一一个身高比我还矮的人……就只有你了，顾莼。”

听到自己的名字以凶手的身份被夏时念了出来，顾莼展露出阴郁的目光，双眼直勾勾地瞪着夏时。

“可是……”邹兴宇马上提出异议，“不可能啊，小顾这么矮小，怎么有力气把小熊的尸体搬上搬下？”

“人从来都不可貌相。”夏时反驳道，“平时在办公室里，男生不在的时候，小顾不总能轻而易举地搬起桶装水？这足以证明她的力气并不小。况且，小熊本身体重也很轻。搬运尸体的时候，只需让尸体的脚跟抵着地面拖行就可以了。而把尸体搬上折叠梯的时候，或许会比较吃力，但只要借助巧劲，借着台阶一点点把尸体往上拽，也不是完全做不到。”

这时，顾莼坐不住了，倏地从床边站起，怒斥夏时：“力气大就是我做的啊？个子矮就是凶手啊？你说话要有点依据好吧！”

旋即，顾莼又把矛头对准了王家毅：“警察同志，我不知道夏时跟你是什么关系，但从刚才开始，她就在那里滔滔不绝，这是在玩侦探游戏吗？你们警察破案不讲证据的吗？”

王家毅若无其事地摆了摆手，不紧不慢地说：“请你先坐下，冷静地听她说完。”

顾莼只得暂且压抑住自己的情绪，无奈地坐回床上。

夏时捋了捋长长的发丝，继续说道：“一开始我就觉得奇怪，从你平时的言论中不难看出，你一直很忌讳‘住在尽头的房间’这件事。可是昨天选房间的时候，你却抢着要走廊尽头的第一间房，这是为什么呢？

“我想，是因为那间房最靠近楼梯吧。当我和曹怡慧跑到庭院里查看尸体的时候，你就可以趁机从西侧的配电室溜出来，迅速绕过我们跑进东侧的宿舍楼，爬上楼梯，以最短的路线回到自己的房间。”

“你胡说！”顾莼再次发飙，“我吃完晚饭就一直待在房间里没出去过，直到早上被小曹叫醒！”

“确定吗？”

“废话！”

“那现在能去你的房间看一下吗？”夏时站起身，抚平连衣裙上的褶皱，走到了门口。

“好啊！”顾莼白了夏时一眼，气冲冲地打开门，走了出去。

来到对面顾莼的房间，待她打开门，夏时立马叫道：“停！”

跟在夏时身后的众人一头雾水，完全不知道夏时葫芦里卖的什么药。

“请看这张漫画海报。”夏时指着贴在门后的那张《七色鹦哥》的海报，随即看着朱淼问道，“朱主编，是你要求每个人都要在房间里贴一张动漫海报的，是吗？”

朱淼立即点点头，道：“对。”

夏时转而凝视着海报：“小顾的偶像是手冢治虫，因此，她在门上贴了这张《七色鹦哥》的海报，这是‘手冢治虫地下英雄三部曲’的第二部作品。你们仔细看海报，上面有两个倒置的脚印，这到底是怎么来的呢？”

众人的脸上依然是一片茫然，就连顾莼也不明白夏时想要说明什么。

“只有一种可能。”夏时竖起一根手指，语气坚定地说，“就是在某一刻，海报掉在了地上，然后有人从上面踩了过去，这才留下了脚印。那么，原本贴在门上的海报，是什么时候掉下来的呢？

“最大的可能，就是小曹昨晚使劲拍门的时候。当小曹看见小熊从树上掉下的一幕后，惊慌失措的她立即奔出房间，敲打我们每个人房间的门。就是在那个时候，门后的海报因为受到了拍击，从门上脱落，滑到了地上。

“海报的画面是七色鹦哥的人物半身像。因为海报是顺着门板滑落到地上的，所以，当海报掉在地上的时候，也是正面朝上，并且呈现‘人物头部朝房间外，身体朝房间内’的方向。在这之后，只要有人踏入房间，就会在海报上留下一个‘进入’的脚印，这个脚印一定是朝着‘人物身体’的方向。而海报再次被挂上去之后，脚印就变成‘倒置’的了。”

夏时注视着顾莼，道：“晚餐结束，我是和你一起上楼的。你回到房间时，我记得门后的海报上并没有脚印。而刚才你也一直待在大厅里，没有返回过房间吧？可是现在，海报上清楚地留下了一对你进入房间的脚印。这就是表示，昨晚小曹敲完门后，你从外面进来过一次。现在，你还有自信说自己晚餐后一直待在房间里没出去过吗？虽然你进入房间后马上发现了滑落在地的海报，并且立即把它贴回了门上，但你的脚印已经留在了上面，只是当时你并没有多想吧。只要比对一下你的鞋底……”

“黄楚熊该死！”还没等夏时说完，顾莼就在众目睽睽下暴露出最真实的一面，“他死有余辜。”

顾莼抬起头，紧咬着嘴唇，眼神中流露出难以言状的愤恨。天蛾人终于摘下了自己的面具，而隐藏在面具之下的，却是另一个“妖怪”。

十一、母爱与复仇

“去年，在这附近被天蛾人活活吓死的小女孩，是我的女儿。”和所有侦探故事的结局一样，顾莼坐在自己床上，开始诉说杀人动机。

“你居然有女儿……看不出啊。”边上的邹兴宇仍然是一副不在状态的样子。

顾莼并没有理会他，继续沉浸在自己的陈述中：“一年前的今天，我和几个同学带着女儿在这附近野营。女儿很小很顽皮，追着一只兔子跑到了树林深处，等我追过去的时候，已经看不到她的踪影了。我焦急地在树林里找了一天一夜。第二天，搜救队发现了她的尸体……”

顾莼的声音开始哽咽，包裹着仇恨的眼泪浸湿了她的裤子。

“我的女儿和我一样，有先天性心脏病，这是我们的家族遗传病，所以我不能喝咖啡，也不能吃辣。经过尸检，证实女儿是心脏病发作身亡的。后来，一直有传闻说我女儿是看见了天蛾人而被活活吓死的。一开始，这种网络上的谣传我也没太相信，直到我在某个论坛的帖子里看到了一张照片，照片里分明就是我女儿的背影，而站在她面前的，真的是天蛾人……

“之后通过各种途径，我调查到在那一天，《漫王》杂志社在这附近有个集会。事情怎么会那么巧？于是，我相信事有蹊跷，就以美术编辑的身份来杂志社应聘，成为杂志的员工，为的就是查清楚那次集会和我女儿的死亡有无关联。

“皇天不负有心人。我认识了《漫王》的主打漫画家小诺，他好像很喜欢我，对我无话不谈。有一次，他酒醉后告诉我，在去年的集会上，为了营造恐怖气氛，黄楚熊特意定做了一套天蛾人的服装，并穿着它跑到树林里瞎晃，还吓死了一个小女孩。那张照片就是小诺拍的，后来因意外流传到了网上……

“是黄楚熊杀死了我女儿。事后，为了隐瞒真相，他并没有站出来向警方自首。我想，朱主编也是知道这一切的吧，但为了杂志社的声誉，他也选择了缄默。”

朱淼撩拨刘海的手有些颤抖，他不敢与顾莼的目光对视，只能故作镇定地看着窗外。

“得知真相后，我一直没睡过好觉。我也想过向警方揭发黄楚熊的罪行，但根本没有证据。而且，只是逮捕他的话，真的太便宜他了……我必须用自己的方式，为女儿报仇！”伴随着时断时续的抽噎声，顾莼的情绪越来越激动，“我酝酿了这个天蛾人杀人计划。之所以让事件和天蛾人挂起钩来，主要是想以相同的手段报复黄楚熊。还有，我想让世人相信，天蛾人这种生物真的存在，请你们不要随便亵渎和模仿。我要人们都畏惧天蛾人，这样以后就再也没人敢穿着它的衣服去吓人了，我女儿的悲剧就不会再发生……”

王家毅记录着顾莼的自白，叹了口气：“你有心脏病还杀人，很危险啊。”

顾莼冷笑了一声：“为了女儿，这点危险算什么……”

“你有这份勇气和责任感，为什么当时不好好看管女儿呢？悲剧发生之后再去杀人，能弥补这一切吗？这算什么母爱？！”王家毅不知从哪里冒出来的怒气，劈头盖脸地对着顾莼呵斥了一番。

然而，顾莼只是深吸一口气，陷入深深的沉思。

门外的两名警员走进来，将顾莼带了出去。一旁的朱淼则不断摇头，烦恼着该如何收拾眼前的烂摊子。邹兴宇依旧用手帕擦着稚气未脱的脸蛋，连连叹息。

“等一下。”一直沉默不语的曹怡慧突然叫住了顾莼，“我昨天下午和晚上看到的红色眼睛，你是怎么弄出来的？”

顾莼的脸上却现出不像是假装的迷茫：“红色眼睛？我不知道啊，我只录了叫声，还有让路灯闪烁。”

这个回答让曹怡慧感到全身的毛孔都散发出凉意。

两周之后，《漫王》杂志在一片骂声中停刊。朱淼隐瞒一年前小女孩死亡事件真相的事实也被曝光，他只得回到台湾，后来改行开了家蚵仔煎店，编辑部就此解散。邹兴宇自己走上了漫画创作的道路，他准备以夏时为原型，创作一部以天才美少女侦探为主角的推理漫画；曹怡慧则去了一家清闲的图书公司，成了那里的文字编辑，然而，天蛾人事件在她心中却留下了深深的烙印，好几次，她都会在梦里见到那双冒着红光的眼睛……

十二、告别

S 市浦东国际机场，熙熙攘攘的人群，“回归”与“离别”都在这里发生。

再走几步就到了安检口，王家毅刻意放慢了脚步。

“好了，就送到这里吧。”走在前面的夏时回过头，露出一个美丽的微笑。

“好。”王家毅将手里的行李箱转交给夏时，“真的要提前走吗？”

夏时犹豫了一下，脸上的笑容依旧没有消失：“嗯，编辑部解散了，我的实习期也提前结束了。我想早点过去，先适应下那里的环境。”她看了一眼手里的登机牌，上面的目的地是法国巴黎。到了巴黎之后，她还得转乘火车去勒芒。这是一段遥远的旅途。

“路上小心。”

“嗯。”夏时捋了捋挡住眼睛的发丝，“你也保重。如果再遇到密室杀人案的话……你能自己解决吗？”

“放心吧！你还当我是几年前的那个菜鸟警官啊！”王家毅拍了拍胸脯，“而且，最近我还听同僚说，新华大学有个姓赫的物理硕士生，跟你一样，也是解决密室案件的高手，还经常协助市区警方破案呢，下次我可以找他。”

“那就好……”夏时放心地点了点头，“那……我走了啊。”

“你真的……不回来了吗？”王家毅望着夏时的背影，追问道。

夏时缓缓侧过头，只说了一句：“别想我哦，这是命令。”

望着夏时渐行渐远的背影，王家毅有些不知所措，电视剧里那些好听的告别台词，此刻他一句也想不出。从认识这个小女生开始，他的事业、他的生活，乃至他的人生都变得彻底不一样了。在石头屋的通风口找到蟒蛇鳞片的她；T大学网球场上那个专注于犯罪现场的她；昆虫研究所里那个努力理清头绪的她……这些身影不知从什么时候起，早已填满了王家毅的心房。

“夏时！”王家毅抬手叫住了下一秒就要闪进安检口的夏时。

夏时在王家毅的呼唤下停住了脚步，转过身，一步步走到他面前。

“怎么啦？”

“夏时……其实，我对你……”王家毅感觉到自己的心跳正在加速，各种词句在他脑袋里盘旋，却始终组织不出此刻能表达他心意的言语。

淡淡的发香扑鼻而来，嘴唇好像碰到了什么软软的东西……王家毅睁开眼睛，那是一个暖洋洋的吻。眼前的夏时，正踮起脚尖，为王家毅的嘴唇送上了一个轻轻的吻。这一刻，世间所有美好的东西，仿佛都汇聚在这个吻上。

夏时抹了抹湿润的眼角，用轻柔的声音说出最后那句“再见”，旋即转身离去。此时此刻，航站楼里有很多人，王家毅却感觉四周无比空寂，空气中似乎少了某种成分，让他沮丧万分。

或许，以后的一切，都需要他独自面对。未来，不管遇到什么样的难题，他都必须义无反顾地去直面和解决……这，应该就是王家毅从那个女生身上所学到的。

王家毅和夏时的故事结束了，但他们各自的人生都还在继续，这里并不是一个终点。

溺毙摩天轮

传说，一起坐摩天轮的恋人会以分手告终。

摩天轮的旋转象征着命运的轮回，由始至终，悲欢离合，起起落落。在命运的终点等待着的，是一如往常的平凡，是孤注一掷的逆袭，还是悄无声息的死亡？

一、星座摩天轮

今天，是我跟喻婷的第十一次约会，我带她来到了“欢乐岛”。

“欢乐岛”是S市松江地区的一处游乐园，离市中心非常远。“欢乐岛”建于90年代初，是S市最早的大型游乐园。开园初期，它以新奇有创意的游乐设施以及优美炫目的环境博得不少年轻人的喜爱，赚足了人气。但近些年，因为市区开设了另一家童话主题的新型游乐园，抢走了大量客源，再加上“欢乐岛”的游乐设施常年不更新换代，人们早已觉得无趣过时，导致其人气越来越低。

为了改变这种局面，两年前，“欢乐岛”的投资方对游乐园进行了一次大规模改建，不仅更换了部分老旧的游乐设施，还对整个园区环境做了修缮美化。其中一项工程，便是在园区中心地带建造一个大型人工湖，还在人工湖上造了一座别具特色的水上摩天轮。

至于喻婷——一个长着一张青涩脸的90后女孩，是我的女朋友。我和喻婷是通过一个共同的朋友介绍认识的，第二次见面时双方就互有了好感，一直到现在，我们已经不知不觉交往一个多月了。

今天喻婷穿着一件正面印有摇滚版"Hello Kitty"图案的黑色T恤，下身搭配一条黑色丝质短裙，脚上踏着一双军绿色罗马凉鞋，打扮得甚是可爱。因为天热的关系，喻婷把头发扎在脑后，脸上戴了一副黑框眼镜。雪白的肌肤在她的一身黑装下更显得光洁柔嫩。喻婷身上有一种清新脱俗的气质，却又给人实实在在的感觉，这正是她吸引我的地方。而比起她，我只是一个普普通通的"死宅"，虽有一份稳定的工作，但也没什么大作为，平时只靠写写推理小说打发时间。

为什么会喜欢这样一个我？我曾经无数次问自己，喻婷为什么会喜欢我。这个答案可能只有喻婷心里清楚。而我只知道，喻婷是二十六年来上天赐予我最大的礼物。

"我们去坐星座摩天轮，好不好？"喻婷挽着我的手，指着前方的水上摩天轮，说道。

"星座摩天轮？就是那个快拆掉的水上摩天轮吧？"我望着前方，说。

"欸？为什么要拆啊？"喻婷投来好奇的目光。

"这个星座摩天轮是两年前游乐园改建时新建的设施，因为是以星座为主题，所以摩天轮一共只有十二个座舱，每个座舱对应一个星座。但没想到，这个小型摩天轮却吸引了大量的游客，每天都有一大群人排队，可总共才这么十二个座舱，根本无法满足大批量游客。于是呢，最近园方就决定，把这个小型摩天轮拆了，重新造一个更高更大的水上摩天轮，还是保留原来的星座主题，只是每个星座多设几个座舱。"

"原来是这样啊。那我们今天必须要坐一下，不然以后没机会了！”喻婷语气坚定地说。但她马上又被边上的“雪山飞龙”过山车吸引了过去，兴奋地喊道：“哇！这个好刺激，我们先坐这个吧！”

由于喻婷这种纠结又善变的性格，我们折腾了一下午，直到天色暗下来临近闭园时，她才拉着我的手奔向人工湖边的摩天轮站台。

“玩完这个就回家吧。”来到站台口的售票点，喻婷朝我微微一笑。

我犹豫了几秒，最终还是掏出皮夹，买了两张票。此时，太阳早已落山，天空吝啬地收走了所有光芒。站台上已经没有游客。我朝人工湖的方向望了过去，广阔的湖面在下方 LED 水下灯的照射下透出微微蓝光，星座摩天轮像一个浮在水面上的风火轮。与圆形支架相连的每一个座舱上，都有一个发出火红色灯光的星座符号，十二个闪着火光的座舱在平静的湖面上格外耀眼。

牵着喻婷的手走向站台时，我听见后方又有一位游客来买票。我回头望了一眼，果然瞧见一个身材高挑、穿着牛仔裤的长发女人站在售票口。

通过检票闸机，拐弯后再向前走了一段距离，一个体型瘦弱的男人出现在眼前。借着摩天轮的灯光，我打量着他。男人小眼高鼻，相貌有几分英俊，身穿一件深色格子衬衫，敞开的领口处露出脖子上戴的一根银色项链。男人看见我们，便做了个请的手势，微笑着道：“请上摩天轮，你们应该是今天最后两位游客了，摩天轮将运行最后一圈。”这人应该是负责乘客上下摩天轮的工作人员。

“好像后面还有一个人。”我转头看了看后方，那位长发女游客此时正走向这边，她走路的样子看上去有些蹒跚。

“好的，没关系，你们先上去。”男人催促道，随即为我们打开正好驶来的金牛座的座舱。

如果把摩天轮的圆形轮廓看成一个时钟，那么这个站台就在其 4 点钟的位置。也就是说，进入摩天轮后，座舱会先缓缓下降到整个摩天轮靠近水面的最低处，再慢慢升起，最后旋转至原来站台的位置，这样轮回一圈。

我跟喻婷匆匆踏上座舱。座舱的舱门内侧有一根竖直的扶手，由于座舱离地面有较高的距离，喻婷必须拉住扶手，同时将腿高高抬起才能跨得上去。此时，她白皙的腿部就在我眼前晃过，让我有些分神，致使我跨进座舱时差点扯坏裤子。然而，进入座舱后，我们的目光就立刻被内部别具一格的景象吸引了。

“哇，你看你看，天花板和地板都是透明的哎！”喻婷按捺不住兴奋，激动地叫道。

的确，这就是星座摩天轮的特别之处。在类似于长灯笼的圆柱形座舱内，除了一排环绕在四周的透明窗户外，座舱的顶部和底部也都是透明玻璃。也就是说，我的视线能够上下贯穿，如果站在座舱中央，就仿佛身躯悬浮于半空中，随着摩天轮的上升而缓缓升起。这种感觉玄妙极了。

然而，更别出心裁的是，座舱顶部的透明玻璃上，一张由点和线组成的金牛座星座分布图散发出耀眼的荧光绿。只要一抬头，便能看见在夜空中闪闪发光的金牛座图像。这真是一幅奇特的光景。

“好美啊，你看你看，会发光哎，就像真的在看夜空中的星星一样！”喻婷像是看见了什么不得了的东西，目不转睛地盯着座舱顶部。

“确实很美，这应该是用荧光涂料画上去的吧。而且每个座舱都不同，真想看看天蝎座的星座图啊。”因为自己是天蝎座，我便这样说道。

“我想看射手座！”喻婷鼓了鼓嘴，随后终于安分地坐到我身旁，搂着我的手腕。

“对啊，你是射手座，我是天蝎座，我们偏偏坐进了金牛座的座舱，可惜可惜。”我摇摇头，同时搂住喻婷的肩膀，“等会儿升到顶端，上面没有遮挡物了，看起来会更美。”

“嗯嗯！”

这时，座舱已缓缓下降到最低处，这里是最靠近湖面的位置。向下望去，感觉水面就在自己脚下。出乎意料的是，这里的湖水清澈见底，即使是晚上，借着水下的灯光，平坦的湖底依旧能在朦朦胧胧中现出原形。目测这里的水深应该有三四米。就在我和喻婷想进一步观察水下的景象时，座舱已开始上升，湖面渐渐与我们拉开距离。

因为只有十二个座舱，星座摩天轮大概也就七八层楼高，直径20多米，所以即使旋转得非常缓慢，转完一圈应该也仅需几分钟的时间，很快座舱就会升到顶端。此时，我的心脏也随着座舱的上升而加快了跳动的频率，全身的血液似乎都被心脏这个泵输送到了头顶，我感到自己的脸在发烫。

在座舱到达顶端的那一刻，我要做一件事 —— 一件非做不可的事。

二、凭空消失的人

据说，一起坐摩天轮的情侣最终都会分手……这便是我刚才买票时犹豫的原因。虽然作为一个理性主义者，我并不会把这种事太当真，但是也有一句话叫“好的不灵坏的灵”……

幸好，这句话还有下文：*但是，只要在摩天轮到达最高点时，如果能与恋人亲吻，两人就会永远在一起。*

恋爱一个多月，我都没有吻过喻婷，我对自己的唯唯诺诺感到失望。所以，今天正好借着这个传说，就当给自己一个动力。我要吻她 —— 就在摩天轮到达顶端之时。

我的心扑通扑通狂跳。我人生中最紧张的两个时刻：一次是小学二年级上课时不小心把鼻屎弹到了我们班主任的衣服上，担心被她发现；另一次就是现在。

等会儿要怎么吻？是先抱住她？不不，是应该搂住她吧？搂住肩膀还是哪里？我的目光在喻婷身上扫来扫去。

“看什么呀你？”喻婷似乎注意到了我的奇怪举动。

“啊？没有啊，我看上面的星座图很美。”我立即将视线移到天花板上。

这时，外面突然传来一阵噼里啪啦的声音，我和喻婷同时向窗外望去，原来是湖对岸在放烟花。因为距离有些远，我便掏出特意备着的一个小型望远镜举到眼前，镜片将距离拉近后，我清楚地看见许多人坐在对岸的草坪上，欣赏着火药在夜空中绽放的场景。而比起对岸，这里似乎要冷清得多。

“对了，这里不是人气很高吗？下午还有很多人排队，为什么这个点儿一个人也没有？明明星座图晚上对着夜空看才更美吧，白天有啥看头？”喻婷不解地问。

“嘿嘿，这个你就不知道了吧。”我收起望远镜，切换到最自然的状态说道，“这个摩天轮当初确实是以‘夜晚的游乐项目’为目的建造的，以前晚上的人气比白天更高。但是，自从出了那件事之后……”

“什么事呀？”喻婷露出期待我说下去的神情。

“就在去年十月，有个男人独自坐在天蝎座的座舱里服毒自杀了。”

“真的啊？为什么要服毒啊？哎呀，怎么有这种事你不早说啊？好吓人！”喻婷将身子往我这边靠了靠。

“你不看社会新闻的吗？这事去年在微博上传得可热闹了。据说，自杀的是当初星座摩天轮的开发人员之一，自杀的原因不明。蹊跷的是，男人自杀的那天是 10 月 30 日，正是他的生日，他的星座正好也是天蝎座。”

“幸好刚才没坐天蝎座，死过人的啊！”喻婷微微颤抖了一下。

“那件事之后，关于星座摩天轮的诡异传言就越来越多了。有人说，夜晚乘坐摩天轮到达顶端时，会看见正下方的座舱里有蓝色的幽灵飘来飘去；还有传言说晚上坐进摩天轮里会凭空消失，接着第二天尸体在别的地方出现……”

“好啦好啦，不要说啦！你不知道我最怕这种幽灵传说啊？坏蛋！”喻婷用力打了一下我的手臂。

“总之，这类灵异怪谈变得一发不可收拾，在网上闹得沸沸扬扬，后来晚上就没有什么游客来坐摩天轮了。这也正是这座摩天轮要拆掉重建的另一个原因。”

“我突然没心思看夜空了……我要下去。”喻婷露出沮丧的表情。

我赶忙搂住她的肩，安慰道：“没事的，这些只是传言，不要太相信。再说，有我在，怕什么？”

“都怪你跟我说这些！”

“不是你自己要问为什么晚上人这么少嘛……”

“滚！”

眼看着我们的座舱就快接近最高点，我越来越紧张，额头不断冒出汗珠。

不要慌不要慌……不就亲一下自己的女朋友吗？会死啊？对对，不要慌……要有自信，要自信。能让我展现自信的东西是什么呢？对了，我好歹是写推理小说的，就在喻婷面前秀一下我出色的推理能力吧，这样就能树立自信了。

“小婷……我考考你哦，你知道刚才那个工作人员的生日是几月几号吗？”

“关我什么事？”喻婷漠不关心地回了我一句。

"你猜呀。"

"不知道，几号？"

"是 6 月 6 号。"我自信满满地说。

"哦。"

"你怎么不问为什么？"

"不就是他戴的项链嘛，当我傻啊？"

"啊？你也看到啦？"喻婷的回答出乎我的意料，"不愧是小婷！他胸前的那根银色项链是最近网上很流行的生日项链哦，我看到项链的垂饰是两个精致的数字'6'，没想到你也注意到了。"

"嘁，那你知道他的生日是哪一年吗？"喻婷反问道。

"啊？我不知道，你知道？"

"是 1990 年。"

"为什么？"

"你没看到他手腕上戴着红绳，还有腰上系着红腰带吗？说明今年是他的本命年，也就是属马，目测他的年纪应该在 20 到 30 之间，所以一定是 24 岁啦。"喻婷不紧不慢地说道。

"哇塞，你好厉害！"虽然这段推理并非滴水不漏，但我还是由衷地佩服起喻婷的观察力。话说回来，喻婷除了观察力惊人之外，好奇心也是重得可怕，任何事情只要是她感兴趣的，非得打破砂锅问到底为止，这种性格还真适合做侦探呢。

本来还想靠耍点小聪明建立自信的，现在看来是班门弄斧了。眼看着再过十几秒钟座舱就会升到最高点。

怎么办？算了，豁出去了！

"哇，果然升到顶看是最美的。"喻婷凝视着上方的星座图，感叹道。

这时，我悄悄将手臂搭在她的肩上，慢慢将她的身子转过来，同时深吸一口气。就在我将脸凑过去的那一刻，喻婷下意识地往下看了一眼，随即发出一声尖叫。

完了，彻底完了！看来她不想被我亲，这下尴尬了。

“你看，下面……有个人。”喻婷指着座舱正下方，惊恐地说。

我这才回过神来，低头向下看去，视线透过玻璃地面贯穿到正下方的座舱。按照位置来推算，此刻在正下方，也就是在摩天轮最底端的，应该是天蝎座的座舱。透过顶部玻璃板上的蝎子图案，视线直接进入座舱内部——的确有个人影躺倒在座舱里。我定睛一看，仰面躺着的是一个穿着牛仔裤的长发女人。难道就是在我们后面买票的那名游客？因为距离比较远，女人的身姿显得有些模糊，脸也看不清。

可现在没有闲暇管这些了，我还有更重要的事要做。

一把抱住喻婷，我什么也不想就将脸凑过去，用力吻住她的嘴唇。

终于……赶上了，千钧一发！

喻婷的嘴唇湿湿软软的，这是我从来没体会过的感觉。就这样，我双目紧闭，完全看不见喻婷脸上的表情。也不知道过了多久，我才将嘴移开。亲吻喻婷的时候，我对时间是没有概念的。环顾四周，这才发现座舱已运行到 3 点钟位置，马上就要转完一圈到达站台了。

结束了，就在这个夜空下，在星座摩天轮的最高点，我的初吻没了。

“马上到了……”喻婷像什么也没发生过似的，轻轻抹了抹嘴唇，两颊露出微微的红晕。

“嗯……”

我感到此刻的气氛有点尴尬。就在这时，喻婷扑到我怀里，将头埋在我的胸口，一句话也没说，只是脸上挂着微笑。

我刚想揉揉她的头发配合她，她却马上直起身子，一脸紧张地道：“对了，刚才那个女人，你看到了吗？”

我回过神来，直点头："啊，看到了，就在下面的座舱里，不知道什么情况。"由于刚才完全沉浸在激动的情绪中，差点把这事给忘了。我急忙往外边看了一眼，天蝎座跟我们相隔五个座舱，此刻差不多在我们正对面，和我们保持水平的位置。我再次掏出望远镜向对面望去，而这时前端的一块凸透镜突然松脱了，镜片掉在地上碎了一地，我便只得收起这质量不过关的破玩意儿。不过即使使用望远镜，从这个角度也无法观察到座舱底部的环境，因此看不见躺在座舱地上的女人。

"为什么会躺在里面啊……会不会出了什么事情？我想到你刚才说的那些……现在一身鸡皮疙瘩。"喻婷担忧地说。

"不知道，先下去再说吧，跟工作人员说一下。"

金牛座座舱完成一个周期的旋转，徐徐靠近站台，外面的工作人员拉开舱门的插销，引导我们走下来。

"天蝎座的座舱里是不是有人？"一下摩天轮，我就对那名工作人员问道。

喻婷也急匆匆地说明情况："刚才我们转到顶点的时候，看见下面的天蝎座座舱里有个女人躺在里面。"

我望了一眼喻婷，补充道："应该就是在我们后面的那个女的，穿着牛仔裤，长头发，我记得很清楚。"

男人先是愣了一下，然后语气肯定地说："对啊，你们后面的女游客，确实上了天蝎座的座舱。怎么会躺在里面？"

"可是好奇怪……"喻婷一脸疑惑，"她明明就在我们后面，照理说乘上的应该是金牛座后面的那个座舱，即使迟一些，也不会和我们相隔五个座舱那么多吧？"

"是她执意要坐天蝎座的，我也没办法。"男人两手一摊，无奈地道，"原则上，我们不会让游客选择乘坐哪个星座，都是按排队顺序轮到哪个是哪个。但那女游客很固执，一定要坐天蝎座，可能她特别喜欢这个星座吧。我看现在也没什么人，想想算了，就答应了她的要求。所以在你们上去后，她等摩天轮转了半圈才坐上去。”

“原来是这样……早知道我也要求乘坐射手座了。”喻婷有些失望地说。

之后，我们三人都有些不安地望着天蝎座的座舱，等待着它回到站台。就在座舱靠近站台时，我们从座舱底部向内望去，然而不可思议的是——女人根本不在里面。

这是怎么回事？

天蝎座座舱驶进站台，工作人员关上摩天轮的运行开关，水面上的摩天轮停止了转动，时间仿佛也在这一刻停止了流动。

拉开插销，打开舱门，空荡荡的座舱内部展现在我们面前。

“人呢？”工作人员一脸茫然。

“刚才明明看见她躺在里面啊。”喻婷同样满脸疑惑。

我迅速跨进座舱，检查了一遍座舱内部。四周的玻璃窗和上下玻璃板都是嵌死的，无法打开。座椅紧贴座舱内壁环绕了一圈，只在舱门这边留了个空当，而座椅底部是实心的，没有机关，也不能藏人。结果就是座舱里真的什么都没有。此时，座舱顶部的天蝎座图案正散发出诡异的绿光，让我有些不寒而栗。

一个女人，就这样在密闭的摩天轮座舱中，凭空消失了。

三、溺亡

第二天，我的懒觉被一阵敲门声惊醒。打开门，站在外边的是我表哥田晨凡，以及一位穿着刑警制服的年轻男人。

“哥，什么事啊？”我揉了揉双眼，道。

“欢乐岛游乐园出事情了，你知道吗？”他边说边走进屋子。

“啊？出什么事了？”

表哥和年轻刑警在茶几前的两张椅子上坐下，年轻刑警翻开一本记录簿，正要写什么。

“就是你和你女朋友昨天去坐的那个星座摩天轮，今天一早发现有个女人死在里面。”表哥的语气非常官方，“我今天是以刑警的身份来调查这件事情的，你要配合我。”

我表哥目前是S市松江区刑警队的一名警官。当警察是他从小的志愿，如今梦想成真，我很为他高兴。表哥从小就是个正义感很强的人，每次我被人欺负，他都会为我出头，但如果我做了坏事，他也会毫不犹豫地指责我。表哥心目中的理想警察是那种动作片里的警界英雄，因此，比起错综复杂的谋杀案，他更喜欢简单粗暴的案子，享受亲手擒获犯人的那种快感。对表哥来说，他宁可在大街上追捕抢劫犯，也不想去跟一个心思缜密的谋杀犯拼智力。也正因此，每当表哥遇到一些扑朔迷离的案件，他都会将案件资料带到我这里，与我共同讨论案件细节，希望借我这个推理作家的头脑给他一点帮助。

“好的，一定配合。”我一本正经地回答。

“我从摩天轮的工作人员那里了解到，昨天最后一个目击到死者的是你和你女朋友，你们看见她躺在摩天轮的座舱里？”表哥发问道。

“啊？你是说那个长头发、穿牛仔裤的女人？”

“是的，死者叫王琼，今天早晨被人发现陈尸于天蝎座座舱内，死因是溺毙。”

“溺毙？”

表哥点点头，继续说：“你说说昨天目击到死者的具体情况吧，尽量不要漏掉任何细节。”

于是，我把昨晚与喻婷在金牛座座舱里目击到下方天蝎座座舱里女人的经过详细叙述了一遍，表哥边上的警员迅速做着记录。

“你是说，那女的就这样消失了？”听完我的叙述，表哥皱起双眉，“会不会你们搞错了座舱的位置？”

“不可能，金牛座正下方的确就是天蝎座的座舱，后面我们检查的，也是天蝎座的座舱，舱门上的天蝎座符号是不会看错的。”我言之凿凿。

“嗯，我们也问了那位叫叶俊浩的工作人员，他表示死者坐上天蝎座时，他的确插上了舱门的插销，转完一圈之后，拉开插销的也是他。这期间，死者一直待在密闭的座舱里，然而她却在半途中消失不见了，这事儿还真邪乎。”表哥用一种不太符合其刑警身份的语气说道。

“然后第二天，你们又在同一个座舱里发现了她溺毙的尸体……”我补充了一句，顿时让这起事件笼罩上一层诡异的色彩。

“你们应该不认识死者吧？她是一名芭蕾舞教师，现年30岁。”

“当然不认识，只是昨天偶然看见她在我们后面买票而已。”

“嗯，站台的售票员和闸机口的管理人员也都说，只看到死者买票进站，没有看到她出来，只看见你们两个是最后离开的，然后他们就下班了。”表哥陈述道。

我思索了一会儿，突然灵光一现，道：“对了，会不会在摩天轮运行的途中，有人打开了舱门，把死者给掳走了？”

“不可能，摩天轮一直在半空中运转，掳他的人要怎么做呢？”表哥马上摇头。

我微微一笑，继续说：“不是一直在半空哦，当死者进入天蝎座后，座舱会先从站台下降到最接近水面的位置，如果犯人事先埋伏在人工湖上，或者潜在水里的话……只要等待天蝎座座舱最靠近水面的那一刻，迅速拉开插销，打开舱门，将死者拖下来，再关好门，重新插好插销，这件事不就解释得通了吗？”

“似乎有这个可能性……但是，当天蝎座下降到最低点的时候，你们不是正好在上方看着吗？你们看见有人把她拖下去了吗？”

“呃……那个……”我瞬间语塞，“其实，我们没有一直看着……”

“啊？那你们在干什么？通常看到下面的座舱里有个躺着的女人，会觉得很不寻常吧，难道不应该一直看着，直到搞清楚究竟是怎么回事为止吗？尤其像你这种好奇心重的人……”表哥露出狐疑的目光。

“没有……当时，那个……”我吞吞吐吐起来。

“哦，我晓得了！”表哥斜睨着我，嘴角露出一丝弧度，“你小子……禽兽不如啊。”

我尴尬地笑了笑，表哥边上的警员则装作什么都没听到的样子，继续做着记录。

“这么说，你们看见下方座舱里的女人，实际上的目击时间只有几秒钟而已咯？你刚才怎么不早说啊！”

“那你也没问我啊……差不多吧，虽然时间很短，但绝对不可能看错。而那之后的瞬间，潜伏在湖中的凶手可能就将她拖了下去，我们并没有看到那一幕。”我做出这番假设。

“嗯，好的，我会朝着这个方向查。”说完，表哥站起身，“那就先到这里，我现在要去拿法医的验尸报告，然后下午我想找你女朋友再了解下情况，你把她叫出来吧。”

“哦，好的。”目送他们离开后，我将身体埋进沙发，心却始终无法平静下来。作为一个推理作者，在现实中遇到这样的离奇案件，我的每一个细胞都兴奋了起来。

我马上拨通了喻婷的电话。

四、尸体上的“♏”

下午，我和喻婷坐在一家甜品店内等表哥，喻婷漫不经心地喝着一杯柠檬可乐，我则因为体重的关系，喻婷只允许我喝水。

下午 2 点多，表哥走进甜品店，他和上午来我家时一样，还是穿着一件白衬衫，俗气的打扮反倒体现出他的干净清爽。

“你好。”表哥看见喻婷，笑着打招呼，“我弟弟给你添了不少麻烦吧？他呀就缺人管，你要好好管管他，不用对他客气。”

“去去去。”我向表哥甩甩手。喻婷则微微一笑道：“我会的。”

“好了，进入正题。”点了一杯西瓜汁后，表哥将手中的一沓卷宗摊开在桌上，“上午去你家，有我下属在，不方便透露太多，现在我详细跟你说下这个案子吧，你毕竟是这件案子的目击证人，也帮我参谋参谋。不过要注意保密啊！唉，碰到这种案子，我真心头痛。”

“乐意效劳！”我将卷宗移到面前，里面是这起案件的详细调查资料，包括尸体和现场的照片等。

“在此之前，我还想问喻婷几个问题。”表哥翻开记录簿，望着喻婷，说，“首先是想问一下，死者躺在座舱里的具体姿势是什么？当时我弟弟脑子在发昏，所以这些细节必须问你。”

喻婷回忆了一下，道：“姿势？就是仰躺在地上，双手摊开在两边，一条腿伸直，另一条腿微微弯曲。”

“头朝哪个方向？”

“头正对座舱的门，脚朝门的对面。”

“看清脸了吗？”

“没看清，距离太远了，而且有天蝎座图案的遮挡。还有，可能是透过两层玻璃看到的景象，感觉有点模糊。”喻婷想了想说。

“这么说，当时无法确定死者是死是活吧？”表哥抿了口西瓜汁，眼神暗淡了下来。

“是的，不能确定。”

“你说下死者当时的服装，越具体越好。”

“上身好像是一件淡色的T恤衫，下身是牛仔长裤，其他的看不清。”喻婷抬起头，努力回忆当时的那一幕。

“这个确实和摩天轮的工作人员们所陈述的死者着装一致，基本可以确定你们当时看到的就是死者。”表哥下结论道，“接下来，我先说说发现尸体的情况。”

我向表哥投去期待的目光。

“死者的身份上午跟你说过了，我不再赘述。”表哥抽出卷宗里的一份侦讯报告，继续说，“今天早上8点，在进行开园前的准备工作时，星座摩天轮的工作人员叶俊浩和一名保洁员来到摩天轮站台。在打开天蝎座的舱门时，两人发现死者王琼躺在座舱地板上，身体像被水淋过般浑身湿透。奇怪的是，除了尸体外，座舱内部也像曾被灌满水似的，从顶部到内壁再到地板，完全湿透。”

“完全湿透？不会是把死者关在灌满水的座舱里淹死的吧？”我的脑中浮现出许多推理小说中的奇异场景。

“不，你先听我说完。”表哥又拿出验尸报告，“经法医检验，王琼是溺水身亡，但在尸体的脖子上有两处瘀痕，尸体曾在水中浸泡过一段时间，并且，从尸斑情况判断有移尸的迹象。法医推断，死者可能是先被人掐住脖子致失去抵抗力，再被推入水中溺亡。之后，犯人又将尸体搬运到天蝎座座舱里，所以那里并不是第一现场。不过，这的确是一起不折不扣的谋杀案。”

“难得跟你出来玩一次，还碰到谋杀案，唉……”一旁的喻婷叹了口气，吐槽道。

“死亡时间在昨晚 8 点到 10 点间，尸体肺里的水以及座舱内的水，经检验都属于人工湖里的水。座舱里则因为湿透的关系检测不出任何指纹。另外，尸体身上最诡异的一点……”说到这儿，表哥将三张尸体照片举到我眼前，边上的喻婷立马别过头去。

照片里呈现了尸体的三个部位，分别是死者的额头和左右手掌。从照片中可以清楚地看到，两个手掌和额头的正中央都被人用刀刻了一个“♏”，淡淡的血痕在皮肤上勾勒出这个诡异的符号。

“这是……天蝎座的符号？”我抬头望着表哥。

“没错，伤痕没有活体反应，说明凶手是在死者死亡后刻上去的，他为什么要这么做呢？”

“像某种宗教仪式……在尸体身上留下三个天蝎座符号，这意味着什么呢？是凶手想传达某种信息吗？”我从记忆库中搜寻相关信息，但最终一无所获。

“我会查查有关星座的资料，当然也可能只是犯人心理变态，纯粹满足自身的猎奇心理而已。”表哥的思维总是喜欢走捷径，当然我也无法排除他说的这种可能性。

“太离奇了，去年刚刚在天蝎座的座舱里死过人，现在又死了一个，尸体身上还留下天蝎座的符号，什么都跟天蝎座有关，是这个星座被诅咒了吗？”我用略带自嘲的语气说道。

五、不可解的谋杀

“说到去年死的那个人，我也稍微调查了一下，结果有惊人的发现。”可能是说得口渴了，表哥一口气喝完西瓜汁，接着将卷宗翻到某一页，展现在我面前，“你看。”

我望着卷宗上的文字，一阵诧异涌上心头：“死者是他姐姐？”

表哥点点头，从口袋里拿出一根电子烟抽了起来，道："嗯，去年在摩天轮里服毒自杀的人名叫王叶，是王琼的弟弟。关于王叶自杀的原因，我也查了一下。王叶当时是游乐项目开发部的一员，据说，星座摩天轮的设计方案当初是他先提出的，但后来同事剽窃了他的方案，最终以同事的名义提交了上去，抢了他的功劳。当然，这只是王叶的一面之词，没有实质证据可以证明方案的原设计者是他。"

"姐弟俩居然死在一个地方……真是细思极恐。"我望着卷宗里两姐弟生前的照片，感到背脊一阵发凉。

"什么细思极恐？"一直没说话的喻婷突然向我投来不解的目光。

"网络词语，就是'仔细想想，觉得恐怖至极'的意思，一看你平时就不太上网。"我向喻婷撇撇嘴。

"我又不是宅男。"她嘲讽我道。

"好啦，说正事。直觉告诉我，王叶的自杀和这次的谋杀案一定存在某种联系。"我将脸转向表哥。

"这我也知道，所以目前还在调查。"表哥呼出一口不带焦油的烟雾道，"对了，关于你上午提出的假设，我刚才也去调查了一下。"

"怎么说？有没有可能是凶手埋伏在人工湖里？"

"'欢乐岛'的管理人员证实，为了防止游客擅自下水游泳，园方在人工湖河岸栏杆两米之外的地方设有红外线网，一旦有人跨出栏杆两米之外，警报就会响。红外线网的启动时间是早上开园的9点至晚上闭园的8点半，在这期间并没有警报响起，说明并没有人潜入到湖中，并且人工湖上也不设有游船。所以，你假设的这种情况是不可能发生的。"表哥说明道。

"那么……要是凶手在开园前就躲在湖里呢？"我突然脑洞大开。

"不愧是推理作家啊，可这也不可能。你别忘了，人工湖的湖水清澈见底，要是凶手在湖里躲一天，能保证不被任何人看到吗？”表哥马上否定了我这个异想天开的想法。

“那死者到底是怎么从摩天轮里消失的呢？奇了怪了。会不会是自己爬出来的？”

“舱门外的插销一直插着，怎么爬出来？”

“也许叶俊浩在说谎，这一切都是他和死者配合导演的一场戏。不不不，说不定叶俊浩就是凶手，一般发生在摩天轮上的案件，第一个被怀疑的不都应该是工作人员吗？会不会王琼进入天蝎座座舱后，叶俊浩并没有插上插销？等到天蝎座接近水面，王琼先让我们目击到自己，然后迅速打开舱门，跳到水里。等到闭园之后，红外线网关闭，王琼再从湖里游上岸，跟叶俊浩会面，这时叶俊浩再将她杀死。”我干脆直接一口气指出凶手。

“漏洞百出。”表哥摇摇头，叹了口气，“首先，他俩是要导演这场戏给谁看？你们目击到下方的王琼只是偶然，况且之后你们因为接吻没有继续盯着下方座舱，这无法事先预料，她怎么保证跳下水的一幕不会被你们看到？还有，天蝎座回到站台后，你们两个都看见插销是插着的。死者跳下水的同时又怎么关上舱门再插上插销？实际上，我上午又让人测量了座舱到达最低点时舱门的插销与水面的距离，结果证实，插销其实离水面很高。即使死者跳到湖里，她也够不着插销，无法重新将插销插上。如果叶俊浩真是凶手，他又要怎么让一个人在摩天轮中凭空消失呢？”

听到“接吻”两个字，喻婷先是白了我一眼，旋即脸颊变得通红。

我忙朝她摇摇手：“不是我故意告诉他的……是他猜到的。”

“咳咳……不好意思，我一激动说得太直接了，不要介意。”表哥为自己的失言而道歉，毕竟喻婷在场，还是要顾及一下女孩子的颜面。

我将杯中的白开水一饮而尽，一脸苦恼地说：“那只可能是水鬼干的了……不是一直有传言说摩天轮里有幽灵吗？”

“啊呀，你不要讲这个了！”喻婷生气地拍了一下我的手，她虽然好奇心重，但胆子真的很小，尤其害怕幽灵鬼怪这些玩意儿。

关于这个消失之谜，在被表哥否定了我能想到的所有可能性后，我感觉到，一块厚厚的铁壁正阻挡在我的思绪前。

六、重返现场

由于坐在甜品店里也讨论不出什么头绪，我要求表哥再带我到“欢乐岛”的案发现场看看。喻婷表示要回家，于是表哥决定先送她回去，再和我一起去“欢乐岛”。

坐在表哥的车里，我翻看着卷宗，继续装模作样地研究案情。坐在我边上的喻婷则是一副百无聊赖的样子，将头靠着我的肩膀打瞌睡。

“王琼的膝盖怎么啦？”我望着其中一张尸体照片问。照片中，王琼的左腿膝盖处贴着一张类似膏药的东西。

前方的表哥一边掌控着方向盘一边说：“哦，王琼不是经常跳芭蕾舞嘛，最近患上了关节僵硬，昨天她还去医院检查了，这点我们在调查死者行踪的时候已经向医院证实了，医生说她的病情这几天越发严重，左腿已经无法大幅度弯曲，所以给她开了药。”

“是这样啊……我还以为跟手掌上的符号一样，是凶手贴的膏药呢。”我想起昨天王琼进站时确实有些步履蹒跚。

“不要想太多，你虽然是个推理作家，想象力很丰富，但办案还得排除各种不相关的信息，这样真相才能更明朗。”表哥开始教育我。

“是是……你们的效率还真高啊，才一天不到就把死者的行踪查清楚了。那她的行踪有什么可疑的地方吗？王琼为什么会到‘欢乐岛’来？是想特意坐一次摩天轮的天蝎座座舱，缅怀一下死亡的弟弟？”

“死者目前独居在普陀区的一幢老式居民楼里，父母早年因一起交通意外不幸去世，这些年和弟弟王叶两个人相依为命。自从王叶去年服毒自杀后，王琼就一直一个人生活。所以你说的这个‘为了缅怀弟弟特意来坐一次摩天轮’的理由是完全成立的。哎哟喂……”表哥因为没把注意力集中在开车上，转过路口的时候差点撞到一辆自行车。

“你小心开车……”我吓出一身冷汗，“那么，她为什么特意选昨天去呢？现在离弟弟的忌日还早呢，明明这几天腿脚不方便，还大老远跑过去，有点奇怪啊。”

“这有什么奇怪的……也许突然间想念弟弟了，女人情绪上来了挡也挡不住。”表哥不以为然地说。

我继续翻看照片，后面几张照片是死者随身携带的一些物品。警方在死者牛仔裤的右口袋找到一包零食和一张摩天轮的票，左口袋放着钱和钥匙，手机则插在后侧口袋。因为泡过水的关系，手机已经损坏，技术人员正在努力恢复其中的数据。

这时，半睡半醒的喻婷似乎瞄到了我手中的照片，她连忙抬起头，一把夺过照片，仔细看了起来。

喻婷端详的是那张零食的照片。那只是一小包膨化食品，透明包装袋里装满了一块块内部中空的三角形薯脆，有点类似我平时爱吃的“妙脆角”，是死者乘坐摩天轮之前在边上的超市买的，并没有什么奇怪之处。

“小田哥哥，死者口袋里的那包零食，你拆开来看过吗？”喻婷突然问了个奇怪的问题。

“零食？我同事应该拆开来看过吧，就是普通的膨化食品，怎么啦？”

“能不能帮我问一下你同事，包装袋里的薯脆有没有碎掉的？”喻婷的问题越来越让人摸不着头脑。

“问这个干什么？”表哥和我都十分不解。

“可能是个关键。”喻婷只是轻描淡写地回答道。

“好吧，我等会儿问一下。”

“小田哥哥，还有，这包零食和死者身上的摩天轮票子，有检查过指纹吗？”喻婷又来了这么一句。除了零食，还要检查票子？摩天轮票子实际上是一张硬质磁卡，用它扫过站台口的检票闸机便可进入乘坐摩天轮的平台。而票子最终并不会被回收，游客可以留着做纪念。因此，王琼的口袋里出现摩天轮票子再正常不过，喻婷为什么会如此在意呢？

“啊？指纹？”表哥也十分吃惊，“虽然尸体在水里泡过，不过幸好死者牛仔裤的口袋比较紧，水并没有彻底洗掉零食包装袋和票子上的指纹。

“零食包装袋上的指纹比较杂乱，有死者的也有超市营业员的，还有一些不明身份人员的，很多都看不清。

“至于摩天轮的票子，倒是在正反两面各找到一枚死者食指和拇指的指纹，指纹上还检测到死者先前吃面包时留在手上的油脂。对了，零食包装袋上也有一些面包油脂，应该是死者吃完面包后触碰包装袋留下的。票子上的指纹虽然不是很清晰，但基本可以确认是死者的无误。此外，还有两枚售票员的指纹。你为什么问这个？”

“票子上没有其他人的指纹了吗？死者的指纹只有两枚？”

“是的，因为这批磁卡是昨天新到的，刚投入使用，所以并没有其他人的指纹。”

问完这些问题，喻婷又从卷宗里抽出几张尸体的照片看了看，她这个突如其来的大胆行为让我非常讶异。

此时，汽车就快开到喻婷家了，但喻婷却突然要求跟我们一起去“欢乐岛”。无奈之下，表哥只得掉转车头，从另一条小马路穿过去。幸好，喻婷家和“欢乐岛”在大方向上还算顺道，我们没走太多冤枉路。

40分钟后，汽车停在了“欢乐岛”门口。因为今天是周日，游乐园里人声鼎沸，我们三人一进入这里就被欢快的音乐节奏和游客的嬉笑声包围。

而当我们乘坐游览车来到星座摩天轮底下时，这里的景象却跟游乐园欢愉热闹的气氛完全脱节，死气沉沉的。原本昨天还排着长长队伍的摩天轮前，如今则拦着一条警戒线，一个游客都没有。

摩天轮什么时候能够开放还要等警方通知，因此叶俊浩和几名工作人员此刻都坐在售票厅里待命。

表哥要我们先等在这里，他似乎还有一些问题要问工作人员。这时，喻婷仰起头对表哥说：“小田哥哥，能不能帮我问问昨天的售票人员和检票闸机口的工作人员，死者进入站台时，她的手上有没有拿着东西？”

虽然我和表哥都对喻婷的问题不明所以，但我的直觉告诉我，喻婷似乎掌握了什么关键线索，表哥可能跟我是一样的想法，他没有多问，只是点点头，道：“好的，我明白了。”

表哥进入售票厅后，我和喻婷就在周围到处逛了逛。此时，我们看见人工湖边的管理人员正在劝阻一名打算将鱼倒入湖里放生的游客。

“这个湖里是不养鱼的吧？”喻婷问道。

“是的，这里的湖水应该无法养殖鱼类。不过，大多数放生的人，追求的只是一种心理上的安心感，至于鱼放生之后怎么样，他们才不管那么多。这里的人工湖经常有人来放生，以前每隔一段时间都能捞出一堆死鱼。”我无奈地摇摇头，说。

“现在都出事了还有人来放生啊？真不合时宜。”喻婷嘟囔了一句。

刚才在车上，我用手机看了下微博，这起案件已经在网上传开了。有一些迷信的人说，这一切都是水鬼作祟，水鬼潜藏在人工湖里，一到晚上就从摩天轮里寻找替死鬼，找到合适的就拖走。去年服毒自杀的王叶和昨天溺死的王琼，都是水鬼抓走的替死鬼。因此，今天来放生的游客或许是想用小鱼小虾来祭水鬼，希望以此安抚它们？

我望了眼喻婷那张稚气未脱的脸，要是把水鬼作祟的说法告诉她，她绝对又要吓傻。于是我忍住没有说出来。

随后，我跟着喻婷来到附近的一间小超市，这里就是王琼购买那包零食的地方。警方的调查记录显示，王琼在乘坐摩天轮前曾来这里买过一个面包和一包薯脆，营业员给了她一个塑料袋。王琼将东西装进袋子后离开了超市，后来营业员看到她坐在门口的椅子上吃面包。

喻婷买了一包和死者口袋里一模一样的三角形薯脆，拆开包装，一个人吃了起来。

“好像很好吃嘛，给我吃点。”望着一个个鼓鼓囊囊的诱人薯脆，我忍不住把手伸了过去，却瞬间被喻婷一掌拍掉。

“走开，这东西热量高，你不能吃。”

“悲剧……”我露出失望的神情，随即一脸茫然地问道，“这包零食到底哪里有问题了？”

这时，我的手机响了，是表哥打来的电话。接起电话，表哥告诉我问话已经结束，另外，喻婷的那些问题也有了答案。

结束通话后，我挂掉手机，对喻婷说：“表哥说，售票人员和闸机口的工作人员都只看到死者手里拿着票，没有拿其他东西；还有，表哥刚才也问了那位拆开零食的鉴定人员，他说包装袋里的薯脆只碎了一两个，其他大部分都完好无损。”

听完我的话，喻婷的表情突然变得振奋起来：“叶俊浩果然在撒谎。”

“啊？他撒了什么谎？”我完全一头雾水。

“从头到尾都在撒谎。”

“何以见得？”

“就凭这包零食。”喻婷将吃到一半的薯脆举到我眼前，斩钉截铁地说道。

七、破绽

我、喻婷还有表哥坐在湖边的遮阳伞下，喻婷大口大口地吃着面前的蓝莓果酱冰激凌，我和表哥则各点了一杯冰柠檬水。

我一口气将大半杯柠檬水喝下，身上的暑气全消。放下杯子，我将目光投向喻婷，期待着她的发言。

“我说说我的想法哦。”喻婷将金属勺子插入杯中，抬起头，推了推鼻梁上的眼镜，开始解说，“首先，我们已经知道，王琼昨天在乘坐摩天轮之前去了趟边上的超市，她在超市里买了面包和一包薯脆，是吗？”

我和表哥都点头表示没有异议。

“通过营业员的目击证词，以及法医对死者胃部的检验，证实死者吃掉了面包。而剩下的那包薯脆，可能因为吃不下或暂时不想吃，总之王琼最终没有拆开来吃。王琼并没有带包，只拎着一个购物时超市给的塑料袋。面包吃完后，她可能觉得拿着袋子碍事，于是扔掉了塑料袋，将薯脆放进了自己的裤子口袋。因为左侧口袋放着钥匙和钱，后侧口袋放着手机，所以薯脆自然而然地会被放进右侧口袋。而实际上，你们确实也在裤子右侧口袋找到了这包薯脆。”喻婷拿起勺子，在杯子边缘刮下一块果酱送入嘴里，接着说道，“好了，那之后，死者便来到摩天轮站台买票，因为磁卡是新的，票子上除了售票员的指纹之外，只有死者食指和拇指的指纹。这证明了两件事。

“第一，王琼从售票员手里接过票，来到闸机口，用票扫过闸机，进入闸机，最后将票放入口袋，在这整个过程中，王琼一直是保持用食指和拇指捏住票的动作，期间没有松开，也没有移动过手指。”喻婷边说边拿出口袋里的交通卡，做出用食指和拇指捏住卡的动作演示给我们看，“第二，在票放入口袋之后，一直到王琼被杀，她始终没有把票从口袋里取出来过。这样才能解释，为什么票上只有两枚死者的指纹。到这里都没有问题吧？”

“有问题啊！”我像抢着答题的小学生般举起手，“有两枚指纹不代表只碰过一次啊，可以用手指的侧边把卡夹出来，也可以握着卡的边缘把卡拿出来，这样就不会留下指纹了。”

表哥却立即说：“不，我补充一下，现在只在两枚指纹上发现了面包油脂，油脂是死者吃面包时沾到手上的，卡上的其他地方都没有。这就表示，不管用什么方式，死者都没有第二次用手碰过那张票。”

表哥说完，喻婷跟着点了点头。

“好吧。”我暂时没有什么异议了。

“不过我还是不明白，这又能证明什么？”表哥不解地摇摇头，他啜了一口饮料，等待喻婷继续说下去。

“好，现在我们证明了票一直放在口袋里，没有拿出来过。”喻婷撩了撩发丝接着说，“接着再来看那包零食。买票和进闸机时，两名工作人员都没有看到王琼手里拿着票以外的东西。因此我们可以合理地认为，零食那时候确实已经放进了死者的口袋，直到死者进入闸机，零食也一直在她的口袋里。

“也就是说，当死者把票放进右侧口袋的时候，口袋里已经有了一包零食。事实上，警方也确实在口袋里找到了放在一起的票和零食。到这里 OK 吗？”喻婷观察着我和表哥的反应。

“OK，OK，继续。”我连连点头催促。表哥也是一脸“你快说呀”的表情。

“那我继续咯。”喻婷清了清嗓子，继续说，“好了，再来看死者的牛仔裤。这条紧身牛仔裤的口袋本身就比较窄，放进一包满满当当的膨化食品，口袋就会更紧，这时候还要再插进一张票。我想死者也是无奈，因为这时候左侧口袋和后侧口袋都放满了东西，票塞哪儿都是一样，于是她便直接顺手放进了右侧口袋。那么，在死者将票放进口袋之后，那包薯脆有没有被拿出来过呢？

“我们生活中都有这样的经验，如果要从一个很紧的口袋里取出一样大件的东西，很容易将同放在口袋里的其他小物件一起带出来，尤其像卡片这种，很容易被带出来掉到地上。那么，为了防止这种情况发生，我们一般会将小物件先拿出来，或将大小物件一起拿出来后，再将小物件塞回口袋。

“这对王琼来说也是一样的。如果要从口袋里拿出零食，一般情况下，她一定会先抽出放在口袋里的票，或将零食连同票一起拿出来，再放回票子，要不然票子就容易掉到地上。然而现在已经知道，票子上只有两枚指纹，表示在进入闸机后，王琼并没有拿出过票子。既然票没有拿出来过，那么顺理成章地，表示零食也没有拿出来过。”说完这一段，喻婷又停顿了一下，或许是想给我们一点时间来理解她的推理。

“那又怎么样？我还是听不懂哎……”我和表哥仍然处于云里雾里的状态。

喻婷又吃了几口冰激凌，继续说：“死者被杀前，零食始终放在口袋里——刚才得到了这样一个结论。进一步说，王琼在乘上摩天轮的时候，零食也应该在她的口袋里。冯文，我们跨上摩天轮座舱的时候，座舱位置是不是离站台地面很高？”喻婷直呼我的大名让我有些不太习惯，可毕竟表哥在这里，她也不可能像平时那样叫我……

“啊，是啊……这里的座舱确实离站台很高，跨上去的时候我还差点扯坏裤子。”我回忆起昨晚喻婷跨上座舱时，吃力地将腿高高抬起的情景。

“王琼虽然身材高挑，但要跨上天蝎座的座舱，势必要将腿高高抬起，并且腿部会大幅度弯曲，这个时候牛仔裤就会出现严重的皱褶，而原本就很紧且又塞满了东西的口袋就会受到挤压，内部空间变得更狭小。”说到这里，喻婷将刚才买的薯脆放到桌子上，然后将手掌压在上面，慢慢用力。不一会儿，手掌下传来碎裂声，喻婷将手拿开后，包装袋里的薯脆大部分都已经碎了。“明白了吗？”她莞尔一笑，问。

我恍然大悟：“对啊！这种薯脆，内部是空心的，很容易压碎。如果王琼跨上座舱，口袋里的薯脆受到牛仔裤的挤压，一定会碎得很严重！不可能像鉴定人员看见的那样只碎了几块啊。”

“聪明！”喻婷对我竖了个大拇指，“根据之前的结论，至少在王琼被害前，这包薯脆始终在她的右侧口袋里，这表示在跨上座舱的时候，王琼并没有将薯脆取出来拿在手中。那么，为什么这时候口袋里的薯脆没有被挤碎呢？”

“有漏洞。”一直不发言的表哥突然插话道，“零食是放在右侧口袋的，如果死者跨进座舱时抬的是右腿，零食确实会被压碎，但如果死者抬的是左腿……啊啊，我忘了死者左腿有关节僵硬，无法大幅度弯曲。”表哥说到一半，马上意识到自己的错误，及时纠正过来。

“对，死者左腿有问题，如果只是走走楼梯或许还勉强可以，但要跨上这么高的摩天轮座舱，恐怕做不到。”喻婷补充完毕后总结道，“如果抬右腿，零食就会碎掉；如果抬左腿，生理上不可能。所以，王琼根本无法跨上摩天轮座舱，至少她无法以正常状态走进摩天轮。而我更倾向于这个结论——她压根没登上摩天轮。”

八、新发现

“你是说，王琼从一开始就没坐上摩天轮？那么你们怎么会看到她躺在天蝎座座舱里的？见鬼了？”表哥向喻婷投去疑惑的目光。

“现在想想，其实有很多可疑的地方。”可能是说得嘴巴干了，喻婷抢过我面前的水杯，猛喝了几口柠檬水，然后继续说，“我目击到的死者，一条腿伸得笔直，另一条腿也只是稍稍弯曲，而整个身子则是直直地躺着。死者身材高挑，但座舱的直径其实并不是很宽，除去座椅的宽度就更小了。然而我却能同时看见死者的头部和脚，如果死者是头朝里，脚朝舱门的话还勉强可以做到，可我目击到的是头朝舱门、脚朝里的方向，这就有点匪夷所思了。”

“这有什么区别吗？”这次发问的是我。

“笨蛋，你别忘了，舱门的里侧有一根竖直的扶手哦。如果头部正对着舱门躺在地上，身体又要完全伸展开的话，头顶一定会被扶手卡住。因此，死者是无法保持那样的姿势躺在座舱地板上的，不管那时她是死是活。”

“那你们看到的……”表哥脸色凝重地皱起双眉。

“我们看到的，可能是由某种诡计引起的错觉或幻象。其实那个时候，王琼根本不在天蝎座座舱里面。”喻婷说出了自己的结论。

“是什么诡计？”

“我还不知道……总之，现在可以确定的是，在天蝎座驶离站台前，凶手就已经对死者下手了。而那时除了死者之外，在站台上只有一个人。所以，凶手就是叶俊浩。”

“果然没什么悬念啊……”作为一个推理迷，对一个没有意外性的凶手被揭露，我还是感到很失望，但转念一想，即使认定叶俊浩是凶手，依然有很多谜团无法解开。“小婷，在找出叶俊浩是用了什么方法让我们目击到天蝎座里的死者，又是用了什么方法让她消失前，我们还是无法洞悉他的犯罪细节和这起事件的全貌啊。”

“嗯，最大的疑团还没有解开。”喻婷吃完最后一口冰激凌，放下勺子，站起身，朝我一挥手道，“走，我们再去天蝎座看看。”说完，她一个人走在前面，向星座摩天轮的站台方向迈开步子。

走在后面的表哥搭住我的肩膀，悄悄对我说：“你妹子比你厉害啊，以后我找她帮我破案算了。”

“都是我培养得好！”我不甘心地瞥了他一眼。

来到摩天轮底下，表哥和一个同僚打了声招呼，就带我们越过警戒线。爬上一段金属阶梯，进入站台，继续走几步后，我们来到人工湖上方的乘坐平台。已经停运的摩天轮就伫立在我们面前，此时，它就像一台报废的机器，完全失去了功能。白天的摩天轮缺少灯光的点缀及夜色的衬托，显得苍白暗淡，毫无活力。

此刻，悬停在站台的就是天蝎座的座舱，死过人的座舱更像是一具涂成红色的棺材，让人不寒而栗。喻婷走上前，观察着这个陈尸现场。

“里面果然湿漉漉的。”喻婷稍稍用手触碰了一下座舱内壁，里面还没有完全变干，地面的玻璃板上也散布着零星的水滴，“凶手到底是出于什么目的要把水浇进座舱呢？只是纯粹想强调死者是溺死的吗？还是想布置成死者是在摩天轮里溺死的假象？”

“还是先想想凶手为什么要在死者额头和手心刻上天蝎座符号吧。”我边说边思考着，转而对表哥问道：“表哥，星座的资料查得怎么样了？有什么发现吗？”

“已经让下属去查了，目前没什么发现，只知道星座符号最早源于古希腊。”表哥沮丧地摇摇头。

“我觉得哦，无论在座舱里浇满水，还是在尸体上刻符号，一定有某种目的，一定有某个合理的解释。”喻婷嘟起小嘴，一只手托着下巴，默默沉思着。

“射手座果然是好奇宝宝，刨根问底啊……”表哥在我耳边悄悄说。

“咦？”喻婷突然注意到了什么，她抬头凝视着座舱的顶部，“明明顶上是透明玻璃，为什么感觉照射进来的太阳光没这么强烈呢？”

“哦，这是因为上面的玻璃板有阻挡紫外线的功能，不然白天阳光直射进座舱的话，游客会被晒伤的。”我不紧不慢地解释道，暗自高兴又可以在喻婷面前表现一下自己的博学。

片刻后，喻婷突然抢过我的单肩包，弯下腰，将它放在座舱下方站台的地面上。随后她立即跨跳进座舱，蹲在玻璃板上，低头俯视着下方。

喻婷这一系列奇怪的举动让我和表哥都陷入茫然。而当我们还未回过神时，喻婷已经跳下座舱，用急切的语气对表哥说：“小田哥哥，叶俊浩呢？”

表哥愣了一下才答道：“啊，他在售票厅里，我已经派人监视他了，今天是他最后一天在这里上班，不能让他逃了。”

“能把他叫来吗？”喻婷捋了捋额头的发丝，双目有神地说，“我终于知道王琼是怎么在密闭的摩天轮中消失的啦。”

九、光学魔术

“什么事啊田警官？”一身韩式装扮的叶俊浩迎面走来，笑嘻嘻地问道。今天他的穿着还是充满了时尚感，只是脖子处的项链换成了一根普通银链。

表哥清了清嗓子说：“哦，是这样的，我想请你和我们一起乘坐一次摩天轮，看是否能还原一下昨天的事发经过。”

“好呀，没问题，我一定配合。”叶俊浩很有礼貌地点了下头。

命鉴定人员擦干天蝎座座舱内部后，表哥拿起手中的对讲机说道：“可以开始了。”

星座摩天轮启动，支架与转轴的摩擦声在耳边响起。运转了半圈之后，金牛座座舱移动到站台，我们四人依次踏了上去。

我和喻婷坐在一侧，表哥和叶俊浩坐在我们对面。金牛座先是下降到水面，人工湖水下的景色一目了然，没过多久，座舱又缓缓升起，向着顶端进发。

“昨天的情况是这样的。”喻婷首先说，“当金牛座升到顶端时，我们目击到底端天蝎座的座舱里有个女人躺在里面，而当我们回到站台，打开天蝎座的舱门时，里面的女人却消失不见了。我们的目击证词和之后的确认结果产生了严重矛盾，才最终导致出现了这个‘活人凭空消失’的不可思议现象。

“如果要给这个现象找到一个不违背物理学定律的解释，唯有重新审视形成这个现象的条件。也就是说，不是我们的目击证词出错了，就是之后的确认结果出错了，只要其中有一个条件崩塌，那么这个离奇现象也自然就不复存在。

“可是，到底是哪个条件错了呢？我们的确认结果有破绽吗？当时检查的，的确是天蝎座的座舱无疑，无论是金牛座与天蝎座相隔的座舱数，还是舱门上的灯光符号，我们都不可能轻易判断错。对舱内的检查结果也是在三双眼睛近距离的注视下进行的，当时天蝎座的座舱内确实没有人。

“那么，是我和冯文的目击证词错了？现在想来，确实有很大的可能性。我们从金牛座的高度向下看，的确目击到了一个躺着的女人。但是，我们凭什么能够确认这个女人是躺在天蝎座的座舱里的？是不是因为我们下方只有天蝎座的座舱这么一个‘适合躺人的地方’，我们才会先入为主地以为这个女人就在天蝎座里？

“而实际上，女人确实躺着，但这个时候，女人或许并不是躺在天蝎座里，而是躺在座舱外面，确切地说，是躺在座舱正下方的水底。”

“不对啊……”表哥刚要插嘴，却马上被喻婷制止。

“听我说完，小田哥哥。”喻婷咽了咽口水继续说，“所有座舱的顶部和地面都是一块透明玻璃板，因此，坐在金牛座内的我们，实际上能够透过金牛座的地面、天蝎座的顶部和地面，直接看到人工湖的湖底。你们别忘了，人工湖的湖水也是清澈见底的，所以，我们的视线能够突破所有这些透明介质，直接贯穿到湖底。”

“汗……我以为你要说什么呢。”我忍不住对喻婷的推论嗤之以鼻，“其实，我之前也想过这个假设。本来我是觉得，犯人是用什么方法把死者隔着玻璃地面贴在座舱外部，再想办法在某一时刻让死者‘脱落’，掉进水中。但我想了想，当时我目击到的死者，头发并不是下垂的，这说明她的头部下方有抵挡物，并非空的。也就是说，死者当时的确是躺在什么东西上面，而非贴在玻璃板下面。于是我就排除了这个想法。

“后来我就立刻想到，死者会不会当时就躺在水底？这就跟你刚才的假设一样。但是，小婷你别忘了很重要的一点，人工湖其实有一定的深度，如果死者当时躺在湖底的话，从金牛座向下看去，死者实际上会离我们更远，而身形也会显得更小。这时，我们的眼睛会告诉我们，她是在离我们更下方的地方，而不会认为是躺在天蝎座里。”反驳完后，我观察起喻婷的表情。

而此时，喻婷对我的话却完全置之不理，脸上反而挂起自信的笑容。少顷，她抬起头，注视着上方说：“稍微等一下，马上就到顶端了。”随后她将充满神采的眼睛对着我，道：“接下来，才是整个诡计的高潮部分。”

"高……高潮？"我不知道何言以对，只得在时间的流逝中默默等待。

当金牛座座舱到达星座摩天轮的最高点时，摩天轮突然停了下来，我们就这样被困在半空中，上下不得。这时，表哥朝着对讲机喊道："好了，让潜水员尽量趴在水底不要动。"

我的目光不由自主地向下方移去。此时，我看到一个穿着潜水服的人，静静地趴在下方——从距离上来判断，他看起来的确是趴在天蝎座里。

"那个潜水员现在趴在水底？可……可是这个是怎么回事？"我完全一头雾水。

"你刚才说，因为距离太远，所以不可能会弄错，是吗？"喻婷朝我莞尔一笑，"但是，你别忘了，这个世界上有一样东西，可以改变景象在我们眼中的距离。"

"难道是……望远镜？"我顿时醍醐灌顶。

"聪明。"

"可是……哪来的望远镜啊？"

"真不该夸你……"喻婷摊开双手，朝我无力地笑笑，"笨蛋，这个摩天轮就是一个望远镜啊。"

"什么？"

这时，喻婷蹲了下来，指着自己脚下的那块玻璃板，说："仔细看，这块平面玻璃下面，其实是一个凸透镜。"

"啊？"我惊讶地蹲下身子，仔细观察起地面，"好像真的是哎！这地板，其实是由两块平面玻璃和夹在中间的一块凸透镜所组成的。所以你刚才把我的背包放在下面……"

"对，"喻婷将食指和拇指组成一个圆圈放在眼前，"我们平时用的放大镜，实际上就是一块凸透镜，凸透镜通过对光线的聚焦起到放大物体的视效。刚才我把你的背包放在玻璃板下方，结果透过玻璃板，你的包看上去变大了，也就证实了这底下是一块凸透镜。”

“可是，你说的望远镜……”我再一次恍然大悟，“啊！中学物理就教过，两块凸透镜就能组成一个简易的望远镜。”

“是的，最原始的单筒望远镜都是由两块凸透镜组成的，对着眼睛的这一块称作目镜，对着景物的这一块称作物镜。而根据放大倍数的要求，目镜通常会比物镜小一些。通过两块透镜对光线的折射放大，远处的景物就会拉近。”为了照顾理科成绩不太好的表哥，喻婷继续耐心地解释，“金牛座的地面是一块凸透镜，天蝎座的地面同样是一块凸透镜。应该说，这里每个座舱的地面都是凸透镜。因此，只要两个座舱在最高点和最低点形成一条直线，透过两块凸透镜，就能形成一个‘天然’望远镜。”

“太神奇了……原来星座摩天轮还有这奥妙……”我连连感叹。这时，我瞥见叶俊浩的脸色有些苍白，脸颊似乎也在微微抽搐。

“继续回到昨天晚上的状况。”喻婷接着说，“当金牛座达到最高点时，金牛座的地板相当于目镜，而天蝎座的地板就变成了物镜。透过这个‘望远镜’，实际上躺在湖底的死者在我们视线中的距离被拉近了。而这个被拉近的距离感，正好和‘一个人躺在天蝎座里’的距离感是一致的，因此我们便产生了‘女人躺在天蝎座里’的错觉。

“这样也解释了我之前的疑惑。首先，为什么座舱这么窄，我却能同时看到死者的头部和脚部？那是因为死者实际上在座舱之外更远的地方，我的视野便能够容纳进死者从头到脚的整个身躯。其次，为什么舱门的扶手没有卡住头部？那也是因为死者实际上并不在座舱里。此外，我们透过两块凸透镜看到的景象和实际的物体是颠倒的。所以在水里的死者，应该是头正对着里侧，脚对着舱门。

“夜晚，人工湖的水下有蓝色灯光，所以我们才能看见死者。但同时，透过两块透镜看到的景象，除了处在精准焦距上的死者之外，其周围的景色都会显得模糊不清，这就是我看到的时候会有模糊感

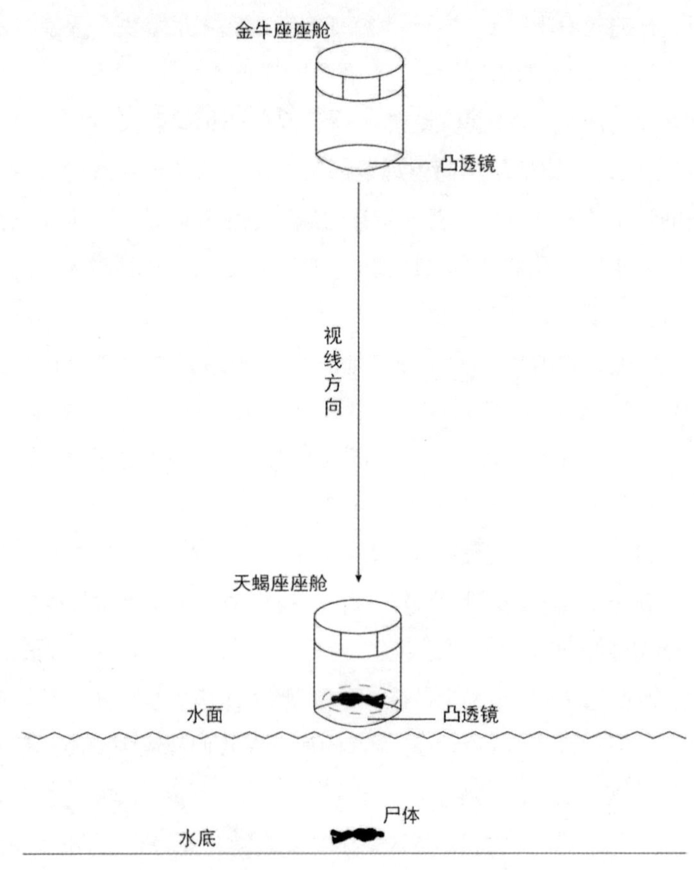

的原因。不过幸好，我们的目击时间只有短短几秒，并没有来得及发现破绽。但如果我们那时一直注视着下方，随着摩天轮的转动，焦距发生偏移，死者的身体也同样会变得模糊起来。或许那时，真相就会立刻被看穿。说实话，我昨天乘上摩天轮的时候，其实只要仔细看看地面，应该也能发现这是凸透镜，因为下方的任何景物都会变大。但由于是夜晚，再加上我们的主要注意力都集中在顶部的星座图案上，所以并没有及时发现地面是凸透镜这个事实。

“另外，网上不是有谣言说，在底部座舱里能看见蓝色幽灵吗？

我想，所谓的幽灵，实际上只是水里的鱼吧。以前这里经常有人来放生鱼。夜晚，水底的鱼在蓝色灯光的照射下，通过这个望远镜被顶端座舱里的人目击到。因为焦距没对准，水中游动的鱼看上去就像在座舱里飘忽不定的幽灵。当然，这些鱼最终也活不长。所以，这其实并不是什么灵异事件啦，没什么好怕的呀。

“对了，还有座舱顶部安装了能够阻挡紫外线的玻璃板，实际上也是为了防止凸透镜将强烈的太阳光聚焦而引发火灾或伤害事故吧？我想，底部的两块平面玻璃可能也有阻挡紫外线的功能。再具创意的游乐设施也要保证安全第一，这个星座摩天轮，应该费了设计者不少苦心。

“我想，星座摩天轮当初的设计理念是结合人工湖的水下景观而衍生的吧——让游客乘坐摩天轮到达最高点时，能同时看到头顶的‘星空’与下方的水下世界这种水天相接的别样欣赏效果，使最高点成为最美、最令人期待的一瞬间。设计者精确测量焦距、水深，最终制造出这个‘星座望远镜’。即使在最低点，游客也能通过‘放大镜’近距离观赏水下的景致。然而，可能因为经费等原因，人工湖的水下景观项目并没有推进下去，甚至连一条鱼都没有养，导致目前人工湖只是光秃秃的一片。也因此，摩天轮的这个水下望远镜并没有发挥出它该有的功能，反而演变成一些幽灵传说。”

“似乎扯远了。”喻婷长篇大论地解释完消失之谜后，深吸一口气，总结道，“总之，所谓的凭空消失现象，只是我们的错觉。王琼自始至终都没有进入过摩天轮，她在来到站台后就立刻被推下了水。死者挣扎时身体移动到底端座舱的正下方，最终躺在水底身亡。所以，我们那个时候目击到的已经是她的尸体了。正因为死者是从这里的站台掉下湖的，才没有触碰到岸边的红外线网。我说得对吗，叶先生？”

十、天蝎座的意义

始终沉默不语的叶俊浩微微抬起头，用冷峻的眼神望着喻婷，他想要说什么却欲言又止。

这时，表哥对对讲机那头说："小张，可以了，让摩天轮继续转吧。"

摩天轮再次启动，座舱缓缓远离最高点。此时，我思绪前方的那道铁壁已经倒塌，脑中顿时清澈无比。喻婷的推理就像一阵狂风，彻底吹散了我眼前的重重迷雾。一瞬间，我觉得仿佛已经看清了事件的全貌。

"叶先生，你昨天那根生日项链哪儿去了？"我直视着叶俊浩的眼睛问道。接下来，该轮到我表现了！

叶俊浩的下巴微微一颤，下意识地看了看自己的脖子，随即支支吾吾道："那个……今天没带，放家了。"

我无视他的辩解，继续说："凶手在死者身上刻上天蝎座符号，把死者搬到天蝎座座舱里，还在座舱里浇满水，仿佛一切都要跟天蝎座扯上关系。先前，我完全不知道凶手做这些的目的。但是现在，已经确认凶手就是叶先生你之后，这些怪诞行为背后的意义也就逐渐明朗了。"

喻婷瞪大眼睛望着我，似乎很期待我的表现。对面的表哥也是一副听得很认真的样子。

"我不清楚你杀死王琼的动机，也不了解你们之间到底有什么渊源。不过，我大致可以推测出你的犯案经过。

"昨天晚上，死者王琼在我们之后来到星座摩天轮，因为某些原因，她跟你起了争执。一怒之下，你掐住她的脖子，并且把她从站台推落。这个站台的栏杆很低，要将一个女人推下去对你来说并非难事。而就在死者被你推落的瞬间，她抓住了你脖子上的项链，将两个数字‘6’的挂坠扯了下来，握在手中。旋即，死者落入水中。当时我们并没有听到落水的声音，是因为被河对岸的烟花声盖住了，这是你的幸运。

“那个时候，你很苦恼。虽然那时摩天轮上只有我们两名乘客，而售票口和你的位置又需要拐一个弯，所以没有人目击到你杀死王琼的经过。但是，售票口的售票员和闸机旁的工作人员都看见死者进入了站台，但他们并没有看见死者出站。所以，一旦王琼的尸体被发现，那么你无疑就将成为最大的嫌疑人。而你也知道王琼的脖子上有掐痕，无法用‘死者意外落水’来搪塞过去。

“这时，我和小婷意外目击到了躺在水底的死者，并以为那时她就在天蝎座的座舱里。小婷刚才也说过，所谓的凭空消失之谜只是个任何人都没预料到的意外插曲。当我们从摩天轮出来后，马上跟你说了目击到有人躺在座舱里的事情。你当时肯定先是一愣，但就在这短短几十秒里，你灵机一动，决定将计就计，顺着我们的目击证词撒谎，说死者确实坐上了天蝎座座舱。与其使自己成为嫌疑最大的人，还不如让人以为，死者是乘上摩天轮之后先凭空消失，随后才被人杀害的。至少，事后警方来调查的话，有我和小婷两个人的目击证词，可信度能大大提高。这样的话，虽然无法彻底排除自己的嫌疑，但至少比起‘自己是唯一嫌疑人’的状况，不利因素要少许多。顺带一说，幸好那时候我们没仔细往湖里看，不然的话，即使是夜晚，或许也能察觉到水中的异样。我想你那时肯定紧张得要命。幸好湖中的水下灯在摩天轮停止运转不久后就关闭了，你这才暂时松了一口气。

“但如果就这样让尸体沉在水底，对你来说有两个致命的危害。第一，尸体的手中握有你项链的挂坠，这个要是被警方发现，你肯定就完了。所以在闭园后，等到人都走光了，你不得不回到这里，跳进湖中，游到摩天轮下方的位置将尸体捞上来。我想，你在听到我们的目击证词后，就已经猜到我们是把水下的尸体看成在座舱里的了，所以你能马上知道尸体的确切位置。但你应该不知道望远镜的机关，仅仅认为我们纯粹只是看错了。

“将尸体捞上岸后，你掰开尸体的手指，将挂坠拿走。但这时候你发现了一个严重的问题：因为握得非常紧，尸体的手掌上留下了挂件部分的轮廓印子。”说到这里，我做了一个手掌弯曲的动作，“你们看，死者当时应该是这样抓住挂件的，两个数字‘6’的下部对着手心的下侧。因此当手掌握紧时，受到挂坠的挤压，手掌下部会留下两个数字‘6’下方的半圆轮廓。

“如果警方看到这个压痕，又知道你有一根6月6日的生日项链，应该马上会联想到一起。怎么办呢？把手砍掉？太麻烦。这时你马上又想到一个主意。死者是在天蝎座的座舱里凭空消失的，而天蝎座的符号是个类似字母‘m’的符号，它的上方正好也有两个半圆形轮廓。于是，你就将天蝎座符号刻在死者的手掌上，正好掩盖掉两个数字‘6’的压印。但是，只在这只手掌上刻上符号，目的太容易暴露。于是你藏叶于林，在死者额头和另一只手掌上也同样刻上符号，将这起事件蒙上一层诡异色彩的同时，把警方的注意力转向天蝎座，以达到隐藏自己行为真正的目的。对了，还有一点，当我和小婷从摩天轮出来的时候，你已经扣上了领口的扣子，为的就是不让我们察觉到那时候项链的挂坠已经被扯走了。

“除了挂坠之外，还有一个致命危害，那就是天蝎座的座舱里并没有死者的指纹，这样马上就会暴露其实死者并没有登上摩天轮的事实。而这个时候，死者死亡已经有一段时间，身体里的油脂早已停止分泌，加上在水里泡过，根本无法再用死者的手指在座舱里按上清晰的指纹。于是你又想到，干脆把湿漉漉的尸体搬进天蝎座座舱里，再用湖里捞出来的水冲一遍座舱，反正死者本来就是溺死的，座舱里有水也不奇怪。而你真正的目的，是为了把座舱弄湿，这样即使在座舱里检测不到死者指纹，也能解释成是‘因为被水冲干净了’。也就是说，将一具溺死的尸体搬进座舱，是为了将警方的注意力从‘座舱里的水’上面移开，而‘座舱里的水’又掩盖了‘没有指纹’这一点。我不得不说，在当时的环境下，你的这招的确高明。

“这就是凶手不寻常行为背后真正的意义所在。”我胸有成竹地述说完自己的推理后，金牛座座舱也徐徐回到了站台。在这一刻，再次停止运转的星座摩天轮似乎也预示着这起事件的终结。

十一、罪孽根源

一周后，天气变得更加炎热，阳光穿过树叶的间隙洒在身上，让我和喻婷这样的怕热之人都汗流不止。可即使这样，我跟喻婷还是走进了岳阳路上的“洋房火锅”。作为一个吃货，火锅可是喻婷的最爱。即使是夏天，这个“最爱”也不会有丝毫折扣。

店里非常安静，装修气派又充满私密性，感觉上这里并不像一家餐厅，反倒像一户人家。我们在服务员的带领下走上楼梯，来到靠窗的一张餐桌前。表哥看到我们，马上起身相迎：“噢哟，来啦，等你们好久了，快坐。”

“干吗带我们来吃这么贵的火锅啊？”我嘴上客气地说，心里却已经在盘算着等会儿要点哪些东西了。

“小田哥哥好。”喻婷笑着跟表哥打招呼。

“别客气，坐坐。”表哥将两份餐单递给我和喻婷，“我要谢谢你们帮我破了案，今天这顿我请，要吃什么随便点！”

“哈哈，小菜一碟。那我就随便点点，我不能吃太多。”于是我点了霜降牛肉、雪花牛肉、黑毛和牛、羔羊卷、潮州牛丸、日式蟹柳、和牛粒、黑猪肉、斑节虾、小鲍鱼、象拔蚌、红毛蟹……

表哥在桌子下面踢了我一脚，旋即抢过我的餐单，对服务员说："就先这些吧……太多了吃不掉，浪费就不好了。"

等待上菜之际，我们聊起了那件案子的后续。好奇心最重的喻婷先问道："摩天轮的案子结了，小田哥哥？"

"嗯，结了。"表哥爽快地点了点头，"叶俊浩已经承认了全部罪行，跟你们之前的推理没有多大出入。你们俩真给力，我们以后搞个破案三人组算了，哈哈哈。"

"叶俊浩和死者王琼到底是什么关系？"我迫不及待地问。

"是这样的。"表哥又掏出电子烟吸了起来，感觉这家餐厅的气氛一下子没了，"还记得我说过，王叶曾声称自己的设计成果被同事剽窃了吗？我们深入调查后了解到，那个同事叫戴毅，是一个'中二青年'，他老爸是个没什么文化的暴发户，家里算有点闲钱。

"当时，叶俊浩是游乐园规划管理部的一员，他和王叶呢，是大学旧友。据叶俊浩交代，所有的事情都由他而起。那个时候，他沉迷赌球，输了好几十万，欠了一屁股债。当他得知在游乐设施开发部的老同学正在设计一个全新的摩天轮方案时，就动起了歪脑筋。正是叶俊浩从王叶那里偷走了他的设计方案，然后转卖给了一心想升迁的戴毅。

"事成之后，叶俊浩得到了戴毅的一笔酬金，过了一段逍遥日子。而被老同学出卖又百口莫辩的王叶则心灰意冷、痛苦不堪。最终，于自己生日那天，他选择了在自己设计的摩天轮内服毒自杀，终结一生。

"叶俊浩仍然死性不改，继续沉迷赌博，后来因为行为不端及消极怠工，不久之后被园方降职到了服务层，最终阴差阳错地成了摩天轮的一名工作人员。

“接下来就是王叶的姐姐王琼。下面我说的这些，都是根据叶俊浩的证词对王琼的心理和行为所做的揣测。某天，王琼不知通过什么途径，得知了弟弟被叶俊浩出卖一事。失去唯一亲人而心疼万分的王琼，此时对叶俊浩恨意满满。最终，恨意转变成杀意。王琼决定，在叶俊浩辞职前的最后几天，一定要在弟弟自杀的摩天轮前亲手将叶俊浩杀死，为弟弟报仇。于是，王琼才忍着腿上的病痛，在叶俊浩辞职的前两天，一个人来到‘欢乐岛’。之所以要等快闭园的时候才来，是因为那时候边上没什么人，比较容易下手。

“那天，王琼在你们后面进入站台，她见到叶俊浩后，先是一声不吭，随后王琼表明了自己的身份并控诉叶俊浩所做的一切，但叶俊浩完全不想理她。于是，王琼就立刻从口袋里掏出一把折叠式小刀，刺向叶俊浩。但女人的力量毕竟有限，叶俊浩打掉了王琼手里的刀，并做出反击，一怒之下掐住了她的脖子，最终把她推落站台。

“叶俊浩说，那个时候他对王琼并没有杀意，只是王琼不停地打骂他，让他觉得很烦。他那时只是想让王琼快点闭嘴才掐住她的脖子，最后也不知道怎么就把她推到了湖里。回过神来的时候，他才意识到自己闯了祸，杀了人，一切都已无法挽回。但让他庆幸的是，自己和王琼的争执声都被对岸的烟花声盖住了，谁也没有看到这一切。于是，一个掩盖罪行的阴谋诞生了。当然，掉在地上的那把小刀也立刻被他处理掉了。”

表哥刚述说完案件背后的动机，服务员也端上了松茸清汤锅底。热气腾腾的香汤彻底勾起了我们的食欲。我急不可耐地舀了一勺热汤送入嘴里，美味顿时扩散到整个口腔。不一会儿，顶级霜降牛肉也上桌了，服务员帮我们把油脂如霜般分布的牛肉片放进锅里，阵阵肉香扑鼻而来。

“来来，边吃边说。”表哥将一片牛肉夹到碗里继续说，“关于‘望远镜’的设计，虽然偷走设计方案的是叶俊浩，但他并没有仔细看过方案，身为设计外行的他也对这些毫无兴趣。因此，他并不知道星座摩天轮还有这般奥妙。并且，因为水下景观项目的搁置，这个‘望远镜’的玄机并没有对外宣传过，所以知道这件事的只有开发部的那些成员。可真没想到，小婷居然看穿了这个玄机，你真是找了个不得了的女朋友啊。”

“听见没？”喻婷得意地一笑，将两片牛肉同时塞进嘴里，这是她最真实的吃相。“欸，小田哥哥，”这时她突然想到什么，咀嚼着牛肉口齿不清地说，“那个戴毅后来怎么样了？”

“戴毅在王叶自杀的一个月后，因一次意外去世了。”表哥摇摇头回答，“不然的话，我想他也无法逃过王琼的复仇。”

“什么意外啊？”

“吃饭呛到气管，送医院送晚了，可怜啊……”表哥的表情有些哭笑不得。

“感觉这是王叶冥冥之中的复仇啊。”我边吃着爽滑味鲜的蟹柳边感慨道，“包括这次的案件也是，破案的关键不正是王叶设计的摩天轮吗？他在用自己的方式向叶俊浩复仇。”

“那冥冥之中，他怎么可能让姐姐为他去死？”喻婷不屑地说。

“不一定哦，”我马上提出反对意见，“姐姐爱弟弟，可以为了弟弟去杀人，但反过来，弟弟不一定爱姐姐，也许弟弟就是希望姐姐能为自己去报仇。不然你想，姐姐怎么知道弟弟是被叶俊浩出卖这件事的呢？会不会是弟弟故意写在日记里，想着有一天能被姐姐发现？”

“人性这东西，说不准，也不是不可能啊。”表哥并不否认我的观点，“也许，这就是弟弟真正的复仇方式。”

“你们天蝎座果然腹黑，就知道复仇。”喻婷白了我一眼，随后自顾自地吃起牛肉来。

“你不喜欢吗？”我搂住喻婷的肩膀，却被她一掌拍开。这时，因为想到一件事，我突然恢复到正儿八经的样子对表哥说："对了，我刚才就想说，你刚才说折叠小刀是放在王琼口袋里的……"

还没等我说完，喻婷就接过我的话："我想，王琼一开始是把小刀放在右侧口袋里的，等她买完薯脆之后，发现两个口袋都装不下，于是便把小刀放进了左边口袋，留出右边口袋塞薯脆。之后的行动就和我上次说的一样，进入站台后，她便从左边口袋拿出小刀刺杀叶俊浩。而即使经历了落水、运尸，死者右侧口袋里的薯脆也仍然只碎了一两块。总之，这和我先前的推理没有矛盾。"

"哈哈哈，你不要紧张，我不是质疑你……我只是想弄清所有细节。"我摸摸她的头辩解说。

"好了，你今天不许吃肉了！"喻婷这句话就像一根钢针直插入我的心脏……

望着满满一桌已经上齐的菜，我欲哭无泪。

尾 声

我牵着喻婷的手，漫步在回家途中一条林荫小道上。

星座摩天轮事件到这里总算是圆满落幕了。我回忆着摩天轮上发生的一切，在最高点的那一刻，我做到了那件事……我和喻婷会永远在一起吗？

"永远"这个词太宽太广，我无法预见未来。我只知道，现在的我一点都不想放开喻婷的手，我想牵着她，一直走下去。即使摩天轮有回到原点的那一刻，我也希望，那又是一个崭新的开始。

夜色因爱而美丽。

蜘蛛之咒

一、初遇

我叫潘登，父母给我起了一个如此励志的名字，我却并没有像他们期盼的那样“登上高峰”，而只是成了一名平平无奇的杂志社记者——还是实习的。我所在的杂志社发行了一本叫《奇闻异事》的月刊，上面记载着世界各地的奇闻异事，销量还算过得去。今天，我奉主编之命前往S市市郊的蜘蛛村挖掘新闻题材，这也是我第一次出外勤，感觉相当刺激。

在出发之前，我在网上搜集了不少有关蜘蛛村的信息。听说，这个小村落从古至今都信奉蜘蛛为神，每年还都要举行祭祀大典。这究竟是一座怎样的村庄呢？我怀着十二分的好奇踏上了这趟旅程，却不曾想到，即将迎接我的竟是有生以来最恐怖的一次经历。

从颠簸的巴士上下来后，我随意啃了一个面包充饥。从地图上看，只要穿过前方的树林，就能抵达蜘蛛村。

“这路真难走。”一个小时后，我仍然徘徊于树木间。脚下的路的确很不好走——所谓的“路”根本不存在，地上不是坚硬的石块就是泥泞的土坑。无论怎么行进，四周的景色似乎都没发生变化。我不禁开始担心自己是否迷了路。环视周围，白色薄雾像给一切罩上了一层毛玻璃，连正午的阳光都无法穿透眼前的朦胧。身旁那些叫不出名字的奇怪植物仿若让我置身异世界，就差眼前再出现一个小精灵了……

“哎哟！”正在此时，一个精灵般的女声恰如其分地从附近传来。

循声望去，十米开外的草丛中伏着一个娇小的身影。我小心翼翼地走过去，扒开草丛，出现在眼前的当然不是什么小精灵，而是一个年轻的女孩。她身着蓝色羽绒服、牛仔裤，脖子上系着紫色围巾，纤细的手此刻正捂住穿着白色运动鞋的脚踝，脸上的表情显得有些痛苦。

“你没事吧？脚扭了？”我伸出手准备扶她。

“啊，没事，刚刚不小心被石头绊了一下，谢谢你。”对方的声音轻柔而甜美，用“精灵般的声音”来形容一点都不夸张。女孩拉住我的手，借力站起来，旋即拍拍裤腿上的灰尘。

我仔细打量了她一番。女孩有一张标准的瓜子脸，齐肩的长发乌黑油亮，圆圆的双眸充满神采。此刻，女孩正将下巴埋在围巾里，目光有些警惕地望着我，似乎也在观察我，样子甚是可爱。

“你好，我叫潘登。”我主动打招呼。

她继续看了我一会儿，脱口而出：“你是个记者？”

我目瞪口呆：“你怎么知道？”

“我猜的，你带着这个啊。”她笑了笑，随后用细长的手指指着我的相机包。

“那万一我只是摄影爱好者呢？”

“摄影爱好者不会到这种穷山僻壤来拍几棵树吧？而且你还随身带着笔和记事本哦。”她的视线停在我衣服口袋外那露出半截的圆珠笔和记事本上，“所以我想你是记者的可能性很大，而且……多半是去这里唯一的村庄——蜘蛛村查访的。”

“你好厉害啊！”我对女孩的观察力表示惊叹。

而对方只是冲我微微一笑，粉嫩的脸颊上露出两个小酒窝。

“哦，忘了自我介绍，我叫慕小影，是去蜘蛛村看我爷爷的。”她有些正式地说道。

“木小影？木头的‘木’？”

“你才是木头呢！是爱慕的‘慕’。”她边说边在半空中快速比画了一个“慕”字。

“这个姓倒挺特别的。你说你也是去蜘蛛村的，那我们顺路咯。”一阵欣喜跃上心头，没想到在这种地方竟能偶遇这样的美少女结伴而行。

“喂，叔叔，别用色眯眯的眼神盯着我。”女孩突然像看坏人一样斜睨着我，“我会功夫的哦！”

“我……我没有啊。”我感到自己的脸有些发烫，“你怎么叫我叔叔？你才多大啊？”

“本小姐今年二十，是S市理工大学数学系一年级的学生。”

“原来是高材生，但我也只比你大两岁啊，怎么能叫我叔叔呢？”

“我高兴。”她耸了耸肩，带着脚伤一瘸一拐地向前走去，“想去蜘蛛村，就好好跟着我，这里很容易迷路。”

“好……好的。”我赶忙追了上去，与慕小影并肩同行。

二、蜘蛛村

在慕小影的带领下，我们很快走出了树林。继续沿着一条小土路步行十分钟左右，一座刻着“蜘蛛村”三个字的巨大石碑赫然出现在眼前。走近一瞧，石碑上竟还趴着一只黑色蜘蛛，它舞动着前腿，正在石碑和树枝间结网，伺机等待猎物的到来。

“哇！蜘蛛！”从小就害怕昆虫的我差点跳了起来。虽然严格来说蜘蛛属于节肢动物，并不算昆虫，但在我眼里和突然出现在厨房的蟑螂没什么两样。

“别紧张，这里的环境很适合蜘蛛生长，所以蜘蛛特别多。”慕小影泰然自若地说。

越过石碑，意味着我们正式踏入蜘蛛村的领地。眼前是一片荒芜的景象，布满尘埃的黄土地上零星排列着一座座砖瓦房，远处的油菜花田若隐若现，宛如虚幻的海市蜃楼。

“你……你就让你爷爷住这里吗？”

慕小影叹了口气：“我和爸妈早就想把爷爷接到城里住了，可他说自己从小在村里长大，不习惯城市生活，我们也拿他没办法。”

“你知道村长家在哪儿吗？”

“找刘村长？他正好住我爷爷家隔壁，我带你去吧。”

于是，慕小影带着我往村子西边走，最后驻足在一座目测是村中最大的二层砖房前。

“这就是村长家，我带你进去吧。”

“哦，谢谢。”此时，我脑中已经准备好了一大堆要问村长的问题。

慕小影敲了敲涂着红漆的木门，问：“刘爷爷在吗？”

门“嘎吱”一声从内侧打开，一个六岁小女孩的身影映入眼帘。“你们是谁？”她好奇地瞪大双眼，用稚嫩的童声询问。

“你好。”慕小影弯下腰，向小女孩打招呼，“你是小花，对吧？”

“是小影啊？”这时从屋内传出一个老人沙哑的声音。

“爷爷！原来你在村长家啊！”慕小影雀跃地冲进屋里，一头栽进一个七十多岁的白胡子老人怀里。

坐在竹椅上的白胡子老人正是慕小影的爷爷，他也一把抱住慕小影，露出慈祥的笑容。慕爷爷的边上还坐着另一个年龄相仿的老人，此人身着一件整齐的中山装，眉毛粗浓，却秃了大半个头，脸上则布满岁月的刻痕。

“刘爷爷，不好意思啊，我爷爷老来打扰你。”慕小影双手合十，对中山装老者鞠了一躬。想必这位就是慕小影先前说的刘村长。

“哪里的话，我正好缺人唠嗑呢，哈哈哈……”刘村长咧开嘴笑了起来，一排光洁的假牙暴露在外。

“好久不见，我们家小影真是越来越漂亮了啊。”慕爷爷疼爱地握住自己孙女的手。

“爷爷，你又笑我。”慕小影的脸上泛起红晕，“爸爸妈妈这几天比较忙，可能要晚点才能过来看您。”

“没事，年轻人忙点好啊。”慕爷爷乐呵呵地说，“小影，今晚你就住下吧，晚上放开了吃一顿，你刘爷爷准备了不少好吃的。”

“是啊是啊，鸡鸭鱼肉样样有，绝对比你在大城市吃的什么三文鱼好吃！”刘村长附和道。

“那我就不客气啦！”慕小影高举双手欢呼。

“小花，快过来叫姐姐。”刘村长向还愣在门口有些怕生的小女孩招招手。

“姐姐。”小女孩慢慢走过来，看着慕小影，害羞地叫了一声。

“小花乖！已经长这么大啦！”慕小影轻轻捏了捏小女孩红润的脸蛋。

站在门口的我颇为尴尬：“那个……你们好……”

这时，众人才注意到我这个不速之客。

“这位是？”村长疑惑地朝我眨眨眼。

“哦哦，他是杂志社的潘登记者，路上遇到的，想来了解蜘蛛村的习俗。”慕小影看了我一眼，终于想起向大家介绍我了。

“你们好，打扰了。”我从包里掏出两张名片，分别递给刘村长和慕爷爷。

“这是我爷爷，这是蜘蛛村的村长，这个是村长的外孙女小花。”慕小影言简意赅地向我介绍屋里的人。

“是记者啊，欢迎欢迎！我们这儿好久没有外人来访了，你先坐你先坐。”村长接过名片，眯起眼睛，似乎怎么也看不清上面的文字。

“我还以为他是你男朋友呢。”慕爷爷在慕小影耳边轻声说。

“爷爷，您别开玩笑了。”

由于久别未见，慕小影和爷爷有着说不完的话，两人开心地唠起了家常。我则趁机坐下来和村长谈起蜘蛛村的事。

“你好，刘村长，我们《奇闻异事》杂志计划对蜘蛛村的传说及包括祭祀大典在内的相关习俗做一个全面的报导，因此想对您做一个采访。”我拿出记事本和笔，一秒切换成工作状态，“首先，我想请问一下，这个村子为什么要叫蜘蛛村？”

“哦哟，你搞这么正式，我还有点紧张呢，哈哈哈。”

“别紧张别紧张，就当和平时聊天一样就行了。”我笑着安慰道，试图让采访气氛变轻松一点。

“行。”村长正襟危坐，“蜘蛛村名字的由来和这里的一个传说有关。其实，在很久以前，这个村子叫宁安村，村民们过着安居乐业的生活，耕种的耕种，打渔的打渔。但突然有一天，一只巨大的蜘蛛闯入村庄肆虐，毁坏庄稼，吞食牲畜，甚至见人就吃，村民们拿它一点办法都没有。后来，为了让村子恢复安宁，村里的长者只得和蜘蛛谈判，答应每年的正月初一将两名童男童女作为贡品敬献给蜘蛛，并奉它为蜘蛛大神，只求它在这一年中不要作乱。久而久之，这个习俗就延续至今，连村子的名字都改成了蜘蛛村。现在，每年都还要烧纸糊的童男童女敬献给蜘蛛大神，保佑村子的平安。”

“我从小就觉得这种事很迷信！”慕小影凑过来加入我们的谈话。

“也不能说迷信，只是种习俗而已嘛。”村长挠了挠脸颊，“总之这个村子呢，是一直信奉蜘蛛的。为了这个，五年前，我们还特地在村子北边盖了个‘祭祀屋’呢，每年正月初一都要在那里举办祭祀大典，敬献纸童男童女，还要请法师作法。”

“还有一座祭祀屋？”我很诧异。

“是啊，我就是保管祭祀屋钥匙的人。”慕爷爷接过话，从衣领内侧掏出挂在脖子上的一把金属钥匙，“每天早晨6点，我都要去祭祀屋那边开门，让村里人自由祭拜蜘蛛大神，到了夜里12点，我再过去把门锁上，防止村外人进去捣乱。不过啊，现在也没什么人去祭拜了。”

“您辛苦了。”我点点头，“那么，后天就是正月初一了，能让我参观一下你们的祭祀大典吗？”

“恐怕不行了。”村长却摇摇头。

“为什么？”

“因为从今年开始，我决定取消祭祀大典了。”他一语惊人。

“啊？为什么要突然取消呢？”

“唉，蜘蛛大神什么的，人们早就厌倦了，这种习俗已经落伍了。每年还请人作法，费钱又费力。你来的时候也看到了，就这么个荒村，一点生气都没有。和村里的几位长老商量后，我们决定到年底，就把祭祀屋给拆了，在那边盖一间养鸡场，为村民们增加点收益，然后把渔业也搞上去。”村长像个公司领导，憧憬着村子的远大未来。

“这样很好啊。”慕小影表示同意，“破除封建迷信，踏踏实实劳动。”

“只要是为了村里好，我也不反对。”慕爷爷也很赞同。

“那村民们都同意吗？”

“这些日子都征求过意见了，大部分人都同意，只有极个别的老人表示反对，还说这么做会触怒蜘蛛大神，遭到报应……”村长无奈地叹了口气，“嗨，反正我都这把老骨头了，还怕啥报应啊，有什么报应尽管来吧。”

这么看来，蜘蛛村里，包括村长和慕爷爷在内的村民还是比较开明的，并没有想象中那般守旧陈腐。

我在记事本上写上这样一段感想后，提出了新的请求：“那么，能麻烦带我去看看祭祀屋吗？”

三、祭祀屋

“可以啊，我叫我女婿带你去，在拆掉之前，你给它拍几张照片吧。”村长爽快地答应了，旋即抬头向通往二楼的楼梯喊道，“文林，文林！”

“来了！”一个声音从楼上传来，紧接着是一阵急促的脚步声。

不一会儿，一个身材高大的中年男人从楼梯口窜出，走到我们面前。

“这是我女婿王文林。”村长向我介绍。

皮肤黝黑的王文林长着一张国字脸，看上去憨厚纯朴。

“你好，我是《奇闻异事》的记者，姓潘。”我和他握了握手。他的掌心非常粗糙，一看就是常年干农活的。

“王叔叔！”慕小影笑着向他打招呼。

“你好小影，你回来看爷爷啦？”王文林朝慕小影挥挥手，然后走过去抱起在一边玩花生米的小花，亲了一下她的小脸，“小花，晚上想吃什么啊？”

“爸爸，我要吃鱼。”小花奶声奶气地回答。

“好，爸爸等会儿去给你做，你妈妈还在睡午觉哩。”

看到这般父女情深的画面，老村长满脸欣慰。他转过头悄悄对我说：“别看我们家文林现在五大三粗的，以前也读过四年大学呢，因为太爱我女儿，才跑到这个小村子里来的。”

“您女儿一定既温柔又漂亮。”

“文林啊，”村长用长辈的口吻向王文林发话，“这位记者是来了解我们村习俗的，你带他去祭祀屋参观参观。”

“好的呀。”王文林热情地答应。

“我也要去看！”一旁的慕小影兴奋地嚷道。

于是，我背起相机包，和慕小影一同跟着王文林在黄土地上走了二十分钟的路。越过数个矮坡后，我们来到村子北面的一座灰色砖房前。在见到那座砖房的瞬间，我感到震撼不已。说实话，这是我第一次在农村看到这样的奇特建筑：那是一座足足有二十多米高的砖房。与其说这是一间房屋，倒不如说是一座伫立在黄土上的高塔，仿若一根细长的铁针倒插在地上，与周围的景象极不相称。

“这就是祭祀屋啊？怎么这么高？有好几层吧？”我抬起头，欣赏着房屋的外观。它的灰色外壁上有好几处裂纹，感觉随时都会倒塌的样子。

“我也是第一次见到呢，简直像烟囱一样。”已经好多年没回来的慕小影也发出感叹。

我们的面前有一道斑驳的木门，此刻正敞开着。

“这里就是祭祀屋，你们进去吧。”王文林指了指房屋的入口，它更像一个幽暗的盘丝洞洞口。

跟在王文林身后，我小心翼翼地踏入房门。一走进去，一股浓重的霉味和食物腐烂的气味就扑鼻而来，阴冷的空气不禁让我哆嗦了一下，鞋底踩到枯叶时发出的沙沙声把身旁的慕小影也吓了一跳。屋内比我想象中更昏暗。我从包里翻出一支手电筒，打开光源，扫了扫正前方。

屋子的面积大概有十多平方。入口对面的位置修缮了一个做工粗糙的祭坛，上面的油漆斑驳不堪，扩散的裂纹组成如同皮下青筋般的诡异图案。一只香炉摆在祭坛上方，炉里插着数根断香。左右两侧各竖着两盏未打开的电子蜡烛，在手电筒光圈扫到它们的瞬间，烛头仿佛变成了两只红色眼睛，朝我狠狠怒视着。祭坛四周胡乱丢着几盘烂掉的水果，盘子上覆盖着厚厚的蛛网。一幅巨大的蜘蛛画像挂在墙壁上，画像中，一只体型硕大的黑蜘蛛正露出狰狞的面孔，它的八只眼睛在头部排列成四行，四对布满触毛的腿爪向周围撑开，令人不寒而栗。

不可思议的是，我并没有在屋子里找到通往上层的楼梯。走到屋子中央，我猛一抬头，将手电筒向上照去，惊得差点合不拢嘴——我竟能直接看到离地二十多米高的天花板。也就是说，这个屋子只有一层，它的内部是完全中空的，屋顶和地面之间没有任何隔断。与此同时，我才注意到屋子里一扇窗户都没有。如果将手电筒关上，天花板就会变得漆黑一片，头顶上就像打开了一个深邃的黑洞。

“王叔叔，这个祭祀屋为什么要造这么高啊？”慕小影比我抢先一步提出这个疑问。

“哦，那是因为传说蜘蛛大神是从高处沿着蛛丝降下来拿取村民敬献的贡品的，而且蜘蛛喜欢在高处结网。”

王文林回答完后，我再也不敢抬头仰望天花板了。

参观完祭祀屋，一场瓢泼大雨席卷了这片黄土地，但很快就停了。望着阴沉沉的天空，我的心头涌起一股莫名的不安。那个祭祀屋真的太阴森了，总感觉在那黑漆漆的天花板上潜伏着什么可怕的东西。

回到村长家时，天色渐晚，村长客气地邀我在他家住一晚，我有些不好意思，但还是欣然答应了。晚饭当然也是在村长家里吃的。饭桌上，我见到了村长的女儿刘芬，也就是王文林的妻子、小花的妈妈。刘芬风韵犹存，有一种不属于她这个年纪的妩媚。村长准备了许多农家美食，炖土鸡香嫩可口，蒸刀鱼更是鲜美异常。王文林知道小花爱吃鱼，于是不停地往她碗里夹大块的鱼肉。细心的村长和刘芬则忙前忙后地帮小花剔除掉鱼刺。

晚饭过后，我留在村长家，慕小影和她爷爷则回到隔壁自己家去了。村长将我安置在二楼拐角处的一间小空房内。因为白天过度劳累，一钻进棉被里，我就迷迷糊糊地进入了梦乡。

四、肢解

安顿好孙女后，慕保成回到自己房间。想到孙女小影大老远跑到村里来看望自己，慕保成就不自觉地露出傻笑。马上就要过年了，明后天还有很多事情要张罗，慕保成想早点上床休息，但在此之前，他还有一件“例行公事”要做。

柜子上的老式座钟发出“当”的一声，指针指向11点半。

“差不多了。”慕保成摸了摸胸口的钥匙。

此刻，整个蜘蛛村深藏在夜色之下，气温比白天降低不少。刚踏出房门的慕保成又回房给自己添了一件大衣。半小时后，他迈着蹒跚的步伐来到祭祀屋门口。

慕保成打开手电筒，向屋内探进半个身子。电筒的光柱拨开黑暗，照到破败的祭坛上，那张蜘蛛画像依旧静静地贴在墙上。慕保成确认屋内没有什么异常后，便把木门关上，旋即拿出口袋里的一把青铜挂锁，将门扣住并锁紧。推门确认了一下木门打不开后，慕保成便安然离去。

回家途中，慕保成隐隐产生了一丝担忧，他总觉得刚才祭祀屋里有一股若隐若现的气味，但具体是什么气味他也说不上来。黑暗中，慕保成的思绪胡乱游走着。某个老村民说过的话又浮现在脑中：拆掉祭祀屋会触怒蜘蛛大神，它会带来诅咒，所有人都会遭到报应。

真的会有报应吗？

难道……还会有人失踪？慕保成回想起五年前，在祭祀屋正要盖起来的时候，有个叫孙雄的村民曾对蜘蛛大神出言不逊，结果第二天就离奇失踪了。孙雄的失踪难道也是蜘蛛大神的诅咒和报应？

想到这里，慕保成觉得脑子一片混乱。他想抽根烟，可摸了摸衣服口袋，却怎么也找不到原本放在那里的香烟。

回到家时，穿着卡通睡衣的慕小影正在客厅里找水喝。

“爷爷，你去祭祀屋锁门了？”慕小影望向这边。

“是啊小影，你还不睡啊？”

“我喝口水就睡。”慕小影举起玻璃杯咕嘟咕嘟地将半杯水灌入喉咙。

“对了小影，你有看见我的香烟吗？”

“没有啊，找不到了？”

“是啊，明明放在衣服口袋里的，真是奇怪了。”慕保成又不甘心地摸了一遍口袋。

“爷爷，吸烟有害健康，晚上就别抽了，快睡吧。”

“哈哈哈，那好，听我孙女的。”

在慕小影的劝说下，慕保成只得暂时忍住烟瘾，回房睡觉去了。

这一觉，慕保成睡得很不踏实，漫漫长夜仿若人生一世。

翌日清晨还不到6点，一阵鸟鸣比闹钟更早地将慕保成唤醒。简单洗漱一番后，他又来到北面的祭祀屋。走到木门前，慕保成掰了掰完好无损的青铜挂锁，旋即从衣服内侧掏出始终挂在脖子上的钥匙，把锁打开。

就在木门开启的一刹那，一股浓烈的血腥味直冲鼻腔。借着晨曦，慕保成看到了触目惊心的画面：祭祀屋的地板上散落着数个块状物，它们被白色丝线和绷带之类的东西紧紧缠绕着，就如同被蜘蛛丝裹住的猎物。定睛一看，那些块状物的断面均呈暗红色——这是人的胳膊、大腿以及身体其他部分。最令人毛骨悚然的，是祭坛上那颗小女孩的人头。头颅此刻正对房门，失去血色的脸上双眼圆睁，目光空洞，宛如一个刚被顽皮的小孩从塑料娃娃身上掰下来随意丢弃在一边的娃娃脑袋。

慕保成感到一阵眩晕——他认出那是小花的人头。

五、密室杀人

我在树林里拼命奔跑，体力已经严重透支了，身后那只八条腿的庞然大物仍然紧追不舍，怪物头上那四对恐怖的眼睛上下蠕动着。下一秒，我就会变成它的盘中大餐……

“快起来！”

我睁开眼睛，模糊的视线中出现了慕小影的脸——原来刚才只是一场梦。

“快起来，出事了！”慕小影的声音很急促。

“出什么事了？”我擦了擦额头的汗，半梦半醒地问。

“小花被杀了！”

看来我还在梦里啊，我继续闭上眼睛。

“醒醒！”慕小影猛地把我从床上揪起来。

在她连扇了我两个巴掌后，我才意识到自己正身处现实之中，便立即直起身子：“什么？小花被杀了？怎么被杀的？什么时候？”

“我爷爷在祭祀屋发现了她的尸体。凶手好残忍，还把她……”慕小影低下头，没有再说下去，她的眼角有些红肿。

“怎么会发生这种事啊？”我不敢相信自己的耳朵。

“村长刚刚报警了，警察应该已经来了，我们也过去吧。”

我以最快的速度穿好衣裤，和慕小影一同赶往祭祀屋。一路上，她把慕爷爷发现尸体的经过告诉了我。

跑到祭祀屋时，四辆顶灯闪烁的警车已经停在门口了。几名穿着“刑事勘查”制服的警员穿梭于祭祀屋内外。这番忙碌的景象与这个村庄长久以来的荒芜格格不入。村长一家都站在屋子前面。此时的村长神色呆滞，难以接受小花被杀害分尸的事实。刘芬和王文林则趴在地上哭天喊地。几分钟后，两人都因痛失爱女而双双昏了过去。边上的慕爷爷正在被一个警察问话，他看上去受惊过度，身体微微颤抖着。慕小影连忙上前搀扶住自己的爷爷。

上了年纪的老法医从祭祀屋走出来，向一个四十来岁领导模样的警察报告验尸结果："陈队，初步判断，女孩是被扼死的，颈部留有凶手的指印。死亡时间在昨晚10点左右。尸体被钢锯之类的利器肢解成七块，包括头颅、四肢、胸部和腹部。血液都被放干了，胸腔和腹腔的内脏也被掏空了。"

我看了眼祭祀屋里的狼藉景象，不忍地转过脸去，心中顿时涌起一股愤恨。昨天小花还在我面前活蹦乱跳的，如今却……究竟是谁如此残忍地杀害了一个六岁的小女孩？

"为什么要这样对小花？"慕小影的眼角再次涌出泪珠。

"另外，尸块上被绑了普通的医用绷带，还缠绕着几根韧性较好的钓鱼线，不知有何寓意。"结合技侦人员的鉴定，法医补充道。

这时，一个拄着拐杖的老太婆从人群中挤出来，用尖锐的嗓音朝村长大喊："诅咒！这是蜘蛛大神的诅咒！我就说不能取消祭祀大典吧，你看看！现在好了，惹怒了蜘蛛大神，蜘蛛大神亲自抓童女来了，是它把小花咬碎后用蜘蛛丝包起来的……这、这是你的报应啊！蜘蛛大神还会继续狩猎，还会再吃人，接下来所有村民都会死，谁都躲不过！是你，是你连累了全村人！"

老太婆口中的"报应"两字响彻云霄。警察将疯老太拉走的同时，围观的村民一片哗然，村长在大家的指指点点下几近崩溃。

"难道真是蜘蛛的诅咒？"连我都觉得此事太过不可思议。

"各位，这不是什么诅咒，嫌疑人就在这里。"那个被称为陈队的男刑警突然发话道。

所有人的目光都汇聚到陈队身上。

“嫌疑人是谁？”慕小影有些不安地问道。

那位警察亮出自己的证件，道:“我是S市Q区刑侦支队的支队长陈寒，负责调查这起恶性案件。大概情况我刚才已经了解了，依照目前的状况，现在嫌疑最大的只有一个人。”说罢，他指着慕爷爷，“就是唯一拥有这间祭祀屋钥匙的慕保成。”

众人全都露出吃惊的表情。

“不是我！我怎么可能杀小花！”慕爷爷当即否认。

“祭祀屋的钥匙只有一把，钥匙一直是你保管的。技侦人员说这种钥匙采用了明代特殊工艺，很难复制。”陈警官胸有成竹地分析道，“根据你自己的供词，每晚12点你都会将祭祀屋锁上，昨晚也不例外。而在昨晚上锁前，屋子里根本没有尸体，但在今天早晨6点打开门后，尸体却惊现其中。如果从昨晚12点至今晨6点间，祭祀屋一直是锁住的，那么尸体又是如何被放进去的呢？除了唯一拥有钥匙的你之外，凶手不可能是其他人。”

“不是，我爷爷不是凶手！”慕小影突然以娇小的身躯挡在陈寒面前。

“小丫头，你是嫌疑人的孙女？”陈警官的眼神中透着轻蔑。

“我爷爷绝不是凶手。”慕小影理直气壮地重复了一遍自己的话，“如果我爷爷是凶手，怎么会做出如此对自己不利的证词？你刚才的推论也完全是建立在我爷爷本人的供词上的吧？如果他真的是凶手，必定会想方设法洗脱嫌疑，压根就不会把尸体丢在祭祀屋里，更不会把你们警方的怀疑引向‘凶手只可能是自己’的结论。”

“小姑娘可以啊。”陈警官脸上的神情从不屑转变为吃惊，“但如果凶手不是你爷爷，我们就假设你爷爷说的都是实话，那真凶又是如何把尸体放进上锁的房间里的呢？祭祀屋只有屋门一个出入口，没有窗户也没有机关密道。难不成凶手会穿墙术？”

“真的是诅咒啊……”

"蜘蛛大神来索命来啦，快逃啊！"

"快举办祭祀大典吧！"

胆战心惊的村民们个个脸色煞白，现场混乱不堪。

"这不是诅咒！这是一宗密室杀人案！"慕小影的目光前所未有地坚毅。

她转而向身旁的爷爷询问道："爷爷，你能确保钥匙一直在你身上吗？这几天有没有谁问你借过钥匙？"

"没人借过，钥匙我一直挂在脖子上，不会丢，昨晚我睡得也很浅，如果有人偷偷从我身上拿走钥匙，我不可能没发现。"慕保成坚定不移地说。

"那么，你发现小花尸体的时候，有没有看到屋子里有别人呢？或者有看到什么奇怪的东西吗？"

"这屋子就这么点大，不可能有别人，不过……"慕爷爷似乎突然想起了什么，"早晨我打开门的时候，地上好像有几个白色布袋，也可能是我看错了……"

"白色布袋……"慕小影若有所思地看了一眼祭祀屋内部，但那里面除了小花的尸体外，根本没有什么布袋。

陈警官走到慕小影跟前："钥匙的问题的确有疑点，但就目前的情况来看，我只能说你爷爷的嫌疑最大，我要暂扣他。"

"你……"

于是，慕爷爷被警方带走了。天空又飘起了雨。

六、讨论与思考

当天下午，我们会集在村长家。门口站了一个警察，不知是为了保护我们还是监视我们。屋里的气氛异常沉重。小花的父母相互依偎在一起，眼泪似乎早已哭干。刘村长坐在饭桌前，一副失魂落魄的样子，口中还喃喃地道：“为什么？为什么？为什么是小花？为什么……”

“我觉得事情没那么简单，我要找出杀害小花的凶手，还爷爷一个清白。”慕小影擦了擦眼泪，语气坚定。

“村长,你能把早上的经过说一下吗？”我被慕小影的气魄打动，决定助她一臂之力。

“唉……”老村长缓缓抬起头，深陷的眼窝像两个大窟窿，“我刚才都和警察说过了，早上 6 点半左右，老慕跑到家里来通知我这个噩耗，我赶忙叫起小芬，让她去田里找文林。然后我就打电话报警，报完警就赶去祭祀屋了。”

“嗯……是的。”披着长发的刘芬接过话，“文林早上 5 点就去田里干活了，爹爹告诉我这个事后，我眼前一黑，差点昏过去。我马上去田里找到文林，和她一起去小花被杀的地方。”

说到这里，刘芬哽咽了一下，语气变得越发哀婉。边上的丈夫抚了抚她的肩膀，自己也在一旁小声啜泣。

“那你们一家子昨天晚上就没发现小花不见了吗？”慕小影的神情极为严肃，“她 10 点就被杀害了呀。”

面对这个略带指控性质的质疑，我不禁感到一阵自责，因为昨天晚上我也住在这里，却睡得异常熟，根本没听到什么奇怪的动静。

王文林狠狠抽了自己一个耳光：“我真该死！小花昨晚 9 点左右就上床睡觉了，后来我们就没进过她房间，连她出事了也不知道。”

“昨晚我也不知怎么就是特别累，很早就睡着了，早上醒来还落枕了……我、我也有责任。”刘芬揉了揉自己的脖子。

“这么小的孩子就让她单独睡一间房？”我提出自己的疑惑。

刘村长摇摇头：“本来是想让小孩从小养成独立的习惯嘛，谁知道……”

“那小花房间的门窗都锁好了吗？”

“她房间在二楼，有个阳台，阳台门的插销被刀子从门缝撬开了，警察已经来调查过了。”

“那就是说，昨天晚上10点左右，凶手从外面爬进阳台，撬开门，进屋掐死小花，再把她的尸体抱走，肢解后扔进了祭祀屋。”我自顾自地讲着，却没有顾及在场死者家属的情绪，于是又急忙道歉，“对不起，我失言了。”

“警察也是这样推论的。”村长补充道，“他们在后边的树林里找到了分尸现场。”

慕小影扫了一圈在场的人，追问道：“你们晚上真的都没听到任何动静吗？”

包括我在内的所有人都摇摇头。

“我也不相信老慕是凶手，但那个房子确实是锁住的呀，一般人要怎么办到呢？”村长皱起粗重的眉头，“难道真的是蜘蛛大神……”

“不，这一切都是人为的。在尸体上绑上绷带也好，缠上线也好，都是故意模仿成蜘蛛的诅咒，我一定会揭穿凶手的诡计！”慕小影再次展现出揭开真相的巨大决心。

“我们的小花真惨，死也不给留个全尸。”刘芬的情绪再度崩溃。

“凶手真他妈变态！”王文林愤怒地拍了一下桌子，一个陶瓷壶盖被震了下来，“要是让我逮到他，我也要在他身上绑满绷带和钓鱼线，把他慢慢弄死，以牙还牙！”

越讨论到后面，大家的情绪越失控，我便示意所有人都冷静几分钟。此刻的空气中只剩下安静。

两分钟后，村长有些憋不住，便偷偷拿出一根烟抽了起来。

此时的慕小影，突然入神地望着这烟雾缭绕的一幕。

“刘爷爷，小花的体重是多少？”她冷不丁地问了这么一句。

“14公斤左右吧，怎么了？”

慕小影连忙走到我面前，用命令的口吻说："给我纸和笔！"

我不知道慕小影的葫芦里卖的什么药，一头雾水地从记事本上撕下一张白纸，和圆珠笔一起递给她。

她接过纸笔后一言不发地在桌上写着什么，我凑近一看，似乎都是难懂的物理公式。

"你是不是发现什么了？"我试探性地问。

慕小影放下笔，前额的头发遮住了她的双眸，我无法看见她此刻的目光，但她的嘴角却突现一抹冷峻的笑容。

"我解开密室手法了，也知道凶手是谁了。"她缓缓站起身，"白色布袋，钓鱼线和绷带，失踪的香烟，小花的体重，肢解的理由，放干的血，掏空的内脏，祭祀屋的构造，答案全在这些线索里面！"

所有人都向慕小影投去惊诧的目光。

慕小影走到门口，对那个守卫的警察说："麻烦你叫陈警官到这里来。"

七、死角

半小时后，陈寒警官带着另外两名刑警来到村长家，用目光搜寻到慕小影后没好气地说："你这个小丫头又搞什么鬼？"

"我知道尸体是如何进入密室的了。"慕小影开门见山。

"哦哟？推理动画片看多了吧？当自己是名侦探啊？"陈警官发出一声讥笑，"那我倒要听听看，那间祭祀屋只有一个出入口，除了唯一拥有钥匙的慕保成能把尸体放进去之外，还有什么其他办法？"

"当然有。"慕小影言之凿凿，"其实，尸体并非在昨晚 12 点至今晨 6 点间被放进祭祀屋的，而是早在 12 点锁门之前，尸体就已经在里面了。"

我、村长、小花的父母都愣了一下。

“你失忆了吧？”陈警官笑得更离谱了，“是你爷爷亲口说的，锁门的时候根本没看见什么尸体，难道尸体隐形了？”

“爷爷当时只是站在门口粗略地朝屋内看了看，之所以没有看见尸体，是因为那时尸体隐藏在祭祀屋的某个死角中。”

“死角？什么死角？”

“别忘了，那个祭祀屋可有二十多米高，屋子的天花板难道不是最佳的藏尸之所？”慕小影一语道破天机。

“哈？我没听错吧？你说尸体在天花板上？”陈警官满脸问号。

“对！确切地说，是‘飘浮’在天花板上。”

“我越来越糊涂了，尸体能飘起来？请你讲讲清楚。”

我们和陈警官的反应一样，全都不知所以然地竖起耳朵，屏息静待慕小影接下来的话。

“尸体当然不会飘起来，但如果利用某个小学生都知道的道具，就有可能——那就是氢气球。”慕小影清了清嗓子，“诡计是这样的。凶手先将小花的尸体肢解以分散重量，然后给每块尸块都系上氢气球，使之浮上祭祀屋的天花板。昨晚爷爷去锁门的时候，由于屋子的顶很高，他并不会特意抬头往上看，自然也就没发现当时已经飘在天花板处的尸块了。

“当然，凶手事先并未将气球的口扎得太紧，这样气球便会慢慢漏气。到了早上6点，爷爷来开门之前，氢气已经漏光，尸块连同气球一起落下，散布在祭祀屋的地上，而头颅恰巧掉在祭坛上，增添了诡异感。”

“但是，凶手要怎么在你爷爷打开门之前处理掉气球呢？”

“不用急着处理。你们仔细想想现场的陈尸情况。凶手为什么要大费周章地在尸块上缠上钓鱼线和绷带？表面看是为了布置成蜘蛛大神的诅咒，但其实他真正的目的是为了用诅咒来掩盖密室手法的痕迹。当爷爷看见地上的尸块时，尸块上的钓鱼线很好地掩饰了吊气球的线，而白色绷带也在视觉上掩饰了瘪掉的白色氢气球。然而爷爷还是依稀记得打开门的时候看见了类似白色布袋的东西，那其实就是掉在尸块旁的气球。后来，凶手趁爷爷离开之际，又溜进祭祀屋，拿走了现场的气球。”

陈警官一时语塞，愣在原地，良久之后才缓缓吐出一句话：“可这……用气球把尸体吊上去，这真的办得到吗？”

“能办到。”慕小影从桌上拿起刚才那张写满公式的纸，“小花的体重是 14 公斤，凶手放掉血、掏空内脏都是为了尽可能地减轻重量。血液占人体比重大约 7%，内脏占 10%，14 公斤去掉 17% 后大约还剩下 11.6 公斤。尸体被肢解成 7 块，平均每块尸块就是 1.7 公斤左右。要让尸块浮起来，则需要提供至少 17 牛的浮力。

“氢气密度很小，相对于大气密度来说可以忽略不计。当然，如果采用最轻薄的橡皮充当氢气球的原材料，气球本身的重量也可以忽略不计。根据浮力公式 $F=\rho Vg$，ρ 就是大气密度，也就是 $1.3kg/m^3$，把数据代入后得出 $V=1.3m^3$。也就是说，若要让尸块浮在大气中，氢气球的体积要在 1.3 立方米以上。”

“不愧是学霸啊……”我由衷地敬佩起慕小影的知识储备和运算能力。

“这只是最基本的初中物理学知识。”慕小影气定神闲地说，“由此得出最终结论，凶手为了实现这个密室诡计，准备了七个大型气球和大量氢气。”

包括陈警官在内的所有人都瞠目结舌。

“你是通过尸体上的钓鱼线和绷带看破诡计的？”

“不光如此。”慕小影摇摇头，“昨天晚上，爷爷的香烟不见了，这其实也是凶手干的。”

“凶手为什么要偷走你爷爷的烟？”

“我们都知道氢气是可燃气体，如果接触到点燃的烟头，一定会爆炸。我爷爷有烟瘾，如果他昨天晚上去祭祀屋的时候正好在抽烟，屋内的微量氢气就有被点燃的风险，那这个诡计马上就会被拆穿。凶手为了消除这个隐患，索性事先偷走了爷爷的烟。”

“原来是这样。”陈警官看慕小影的眼神完全变了。

八、真凶

“那么，凶手到底是谁呢？”

“凶手就在在座各位当中。”慕小影瞪视着其中一人，“王叔叔，杀害小花的凶手，就是你！”

众人又是一惊。今天之内，我已经数不清自己震惊过多少次了。

“小影，你疯了吗？”王文林从椅子上跳起来，“我杀了自己女儿？”

“你坐下！”陈警官把王文林按了回去，转而让慕小影继续说下去。

“王叔叔，还记得刚才讨论案情的时候，你说你也要在凶手身上绑上钓鱼线以牙还牙，是不是？”

“那又怎么样？”

“问题是，你怎么知道小花尸体上缠着的是钓鱼线呢？这个讯息只有凶手和警方才知道吧？”慕小影用直勾勾的目光紧锁住表情僵硬的王文林。

“是上午……上午法医跟那位警官报告的时候，有提到过小花尸体上绑着钓鱼线！我在旁边听到了！”王文林做着最后的挣扎。

“那就更奇怪了，当时你不是已经晕倒失去意识了吗？如果你在那时听到了法医的报告，那就说明你的晕倒是假装的，你那‘痛失爱女的悲伤'全都是虚假的表演！"慕小影一针见血地指出犯人的破绽。

"我……我……"

"让我来还原你的作案经过吧。"慕小影打算步步为营地击溃凶手的防线，"昨天吃晚饭的时候，你先从我爷爷的衣服口袋里偷走香烟。到了晚上，你在水里下了安眠药，以至于包括潘登在内的所有人都迅速进入睡熟状态。夜里10点左右，你潜入小花的房间掐死她，再故意撬坏阳台门的插销，布置成外人入侵的样子。之后你把小花的尸体偷偷抱去树林里进行肢解，再把尸块运到祭祀屋。你用事先藏在树林里的氢气罐充好气球，系在尸体上，让尸块浮上天花板。这些事都在12点之前完成。由于这个祭祀屋目前已经没什么人来祭拜了，特别是晚上更不会有人来，所以一切都做得神不知鬼不觉。

"今天早上5点，你假装去田里干活，实际上是到祭祀屋旁边守着，待爷爷开门发现尸体后，你就进去处理掉没气的气球，再匆匆赶去田里，若无其事地等刘阿姨来叫你。

"那些气罐、打气机、气球残骸大概都被你埋到树林某处去了吧。相信以警方的搜索能力，应该不难找到，兴许还能在上面检测出你的指纹和毛发。"

"可……可小花是我女儿啊，我为什么要杀她？"王文林像疯子一样大喊大叫。

旁边的村长和刘芬则已经用狐疑的目光望着他。

"你不是小花的爸爸！"慕小影又是一语惊醒梦中人，这也是她给凶手的最后一击，"昨天吃晚饭的时候，你总往小花的碗里夹大块的鱼肉，但那可是鱼刺多得吓死人的刀鱼啊……你居然完全不把鱼刺剔掉，也不提醒小花当心鱼骨头。刘阿姨和刘爷爷倒是一再帮小花挑走鱼刺。从这个小细节就足以看出，你的内心深处根本没把小花当自己女儿，所有的关心都是表面文章。"

“小影，我没想到你这么细心。”王文林闭上眼睛，深吸一口气，恶魔的真面目就此展露，“我早就知道小花不是我的亲生女儿，是你刘阿姨和别的男人生的野种。”

“你……你在瞎说什么呀？”刘芬激动地站起来。

“别辩解了。我去医院检查过，医生说我那方面不行，所以我跟你不可能有孩子。小花是你和孙雄生的吧？”

刘芬的嘴巴微微颤抖着。

王文林的脸上突露青筋：“每当看到小花的脸，我心里就有一团火，她越长大，就越像孙雄那个小白脸。我实在无法忍受这样的屈辱，所以我要杀掉她。”

“就为了这个？杀死一个六岁小女孩？”陈警官难以克制自己的愤怒，一把抓住王文林的衣领。

“还有另一个原因。”王文林的表情出奇平静，“五年前，我知道孙雄搞了我老婆后，就用镰刀把他给砍死了。那时候，村子北边的祭祀屋正在打地基，我就一不做二不休，把孙雄的尸体埋在了祭祀屋底下。但今年，爸爸突然说要取消祭祀大典，还要把祭祀屋拆了。如果真的如他所愿，孙雄的尸体很可能会被挖出来，我的罪行也将曝光。杀了小花，把她的死伪装成蜘蛛大神的诅咒，则会惹怒反对拆屋的村民。这样，爸爸在舆论的压力之下，就会把祭祀大典延续下去。这样就可以永远守住祭祀屋和我的秘密了。”

“啪！”

慕小影的左手顺势而下，狠狠地扇了王文林一个耳光。我这才发现，慕小影是左撇子，之前写字的时候用的也是左手。

“你不是人！”丢下这句话后，慕小影低着头，移步到陈警官面前，一字一句地道，“放了我爷爷。”随即，她从大门口走了出去，身影逐渐消失在绵绵细雨中。

“杀千刀的畜生，我跟你拼了！”

“畜生！你还我女儿，还我女儿啊……”

屋子里只剩下村长的怒斥声，以及刘芬撕心裂肺的叫喊声。

尾声

我的蜘蛛村之行便以这样的结局收场了。离奇的密室分尸案画上了休止符。村长最终还是拆掉了祭祀屋，并在山中选了一块最好的风水宝地，为小花立了一块墓碑。

回来后，我把案件经过写成故事稿，刊登在了《奇闻异事》杂志上。那一期的杂志销量猛增，我终于从实习记者转正成为一名正式记者，薪资翻了两倍。

虽然升了职加了薪，但我并不想再经历相同的悲剧事件了。小花的死，大概会成为我一辈子的阴影。

至于慕小影这个神一般的女孩，离开蜘蛛村后，我就再也没见过她了。她的观察力和推理能力绝对是超越常人的，如果有机会，我还想给她做一个专访。也许在未来的某个场合，我们还会再见面吧。

物理学密室

序

电子钟上血红色的数字安静地转换成了“01:00”。

房间里的空气似乎也在深夜停止了流动。屋子一角摆放着一张与书架相连的写字台。借着台灯发出的昏暗光线，隐约能看清书桌上堆放着几本理工专业的书籍。

一个人影坐在写字台前哆嗦着，直勾勾地盯着面前一本摊开的《工业物理学》。

“已经做过实验了，应该不会有问题了……”那人低下头自言自语。

窗外偶然有一辆车驶过，车灯的亮光扫进室内，扫过那双布满血丝的眼睛。

“绝不放过他！”

一、现场

初夏的大学校园绿意盎然、充满活力。四处可见着装随意的学生和打领带穿衬衫的教授，或者结伴而行或者独自匆匆赶路，偶尔有一辆载着帅气年轻人的自行车从身边经过，留下清脆的铃声在耳边回荡。

一年级的吴越赶着去上早晨的物理课，她今天穿着一件粉红色的T恤，牛仔裤加白色运动鞋。这位长发美女浑身上下散发出的青春气息，足以驱散任何一个男同学脸上残留的睡意。

当经过物理准备室窗外的时候，她习惯性地侧目朝里面张望了一下。吴越作为班上的物理课代表，常常需要帮助副教授叶骏做一些辅助工作，如统计成绩、登记数据之类。她同时也是班上唯一能跟着叶老师一起进入物理准备室的学生。顺便提一下，吴越的物理考试成绩自然不俗。

然而，今天准备室内的景象却和往日有所不同。除了那些大小器械之外，地面上似乎有什么东西。吴越停下脚步，睁大眼睛努力辨认了一番，喉咙里随即发出一声惊恐的喊叫，撒腿跑开了，引得附近的人纷纷侧目。

化学教师陈琳瑄刚刚到办公室不久，就被慌张闯入的吴越吓了一跳。

“陈老师，物理准备室里好像出事了！”

“什么？出什么事啦？”

“我看到叶老师，他……他好像倒在里面……”吴越说话有些语无伦次。

还没将气理顺，她就被陈琳瑄拉着往外跑去。

所谓“物理准备室”，是与物理实验室相连的用来存放一般物理实验所需的各项器械与材料的房间。和宽敞的实验室相比，大约20平方米左右的准备室就要小多了。再加上室内摆放着各式的器械，使得房内空间愈加狭窄。而那扇高而窄的合成材料防盗门摸上去的感觉就像凝固的牛奶。

陈琳瑄和吴越来到乳白色的门前，却发现门把手拧不动。

“这门进不去，怎么办啊。”陈琳瑄说话已经带着哭腔。

“锁住了，我去拿备用钥匙！就在门卫室！”吴越快速离开了。

由于门卫室距离不远，从吴越跑开到带着备用钥匙返回，一共只花了不到十分钟。

陈琳瑄着急地用钥匙打开了准备室的门，顿觉一股寒气扑面而来。她第一个扑进房间。屋子中间的地板上趴着一个男人，一动也不动，就像某种器材一样，让人感觉似乎和周围的环境融为了一体，只因没有收拾而扔在了地上。陈琳瑄把那人的上半身翻转过来，展现在她面前的是叶骏那张已经扭曲的脸，他的脖子上似乎还缠绕着白色的细绳。显然，叶老师已经死了，在他的尸体边上还掉落了一把钥匙。站在门口始终没有进屋的吴越捂住嘴：“我去报警！”说完便急忙转身离去。

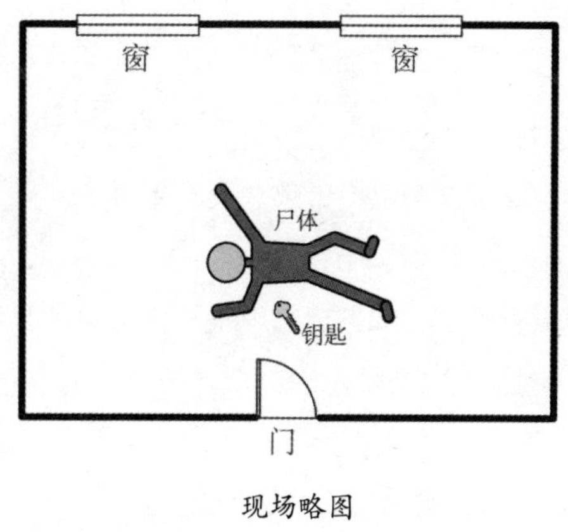

现场略图

二、全封闭

“死者是该校物理系副教授叶骏，25 岁，是被遗留在现场的白色尼龙绳勒死的，死亡时间大约为昨晚 22 点至 0 点。”

听完报告，负责该案的陈警官打量着凶器，眉头紧锁：“那么年轻就已经是副教授啦？太可惜了！”

在隔壁的空教室内，陈琳瑄和吴越正呆坐在椅子上。陈琳瑄看到陈警官走进来，努力克制住了哭泣。陈警官向两人询问了发现尸体的过程，在对话当中得知死者与陈琳瑄是恋爱关系。攀谈一番后，陈警官并未发现有什么可疑之处，便让两人自行离开了。

回到现场，陈警官在屋内四处打量着，希望能发现什么线索。他之前注意到尸体边上掉落了一把钥匙，便从警员手中接过装有那把遗留在现场的钥匙的证物袋，询问一旁的学校保安："这是这个房间的钥匙吗？"

"是的，看上去就是这个房间的钥匙。和刚才从我这里拿走的备用钥匙是一样的。"

保安说着，掏出之前吴越跑来要求领取并打开准备室门的那把钥匙，交给了陈警官。陈警官将它和证物袋里的钥匙比对了一下，果然一模一样。

"这把备用钥匙一直存放在门卫室，之前没有人领取过吧？"

"是的，一直存放在门卫室，很久没有用过了。"

"还有第三把这样的钥匙吗？"

"没有了，只有两把。一把放门卫室，一把给了叶老师。"

"那么，这钥匙会不会被复制呢？"

这时，一旁的学校有关领导开口说话了："警官，这间物理准备室里的实验器械都比较贵重，而且容易造成危险，所以这锁和两把钥匙都是我们学校从国外特别定制的，一般来说很难复制。"

陈警官望了望房间内的两扇窗户——外面装着致密的铁丝网和防盗铁栏——叹了口气。既然备用钥匙一直躺在门卫室，另一把钥匙又落在尸体旁边，那么凶手是怎么在离开后又将门上锁的呢？如果说凶手先在房间里锁好门，那他又是怎么离开房间的呢？陈警官拿起证物袋举到眼前，里面那把铜质的钥匙闪烁着寒光。但是，他的目光很快被吸引开了，引起他注意的是屋子另一面墙的上端两个正在旋转的排风扇。它们安静地工作着，就像两只眼睛，观察着室内的一切动静。

“请问为什么这么小的房间需要安装两个排风扇？”陈警官询问一旁的校领导。

“噢，警官，是这样的，您看到这个液氮罐了吗？”校领导走近一个外层包着塑胶的大罐子，边解释边打开罐盖，“这里面盛放的是 -196℃的液态氮，用于物理实验教学。”

陈警官站在稍远处，看到的是类似于打开冰箱冷冻室时的情形，许多白色的雾气从罐中散发出来，但是罐内的情形就好像被层层云雾所遮盖，看不清。他凑近脸想朝里张望，却顿时感觉被人用冰块塞满了脸一样，冰冻而窒息，赶紧后退几步逃开了。

“好冷！这东西岂不是很危险？”

“氮对人体没有危害，您放心，只是它的温度非常非常低。”校领导将盖子盖上，重新密封，“一般情况下，只有受过专门安全训练的教师才可以动用这只液氮储存罐。”

“那和排风扇有什么关系？”

“是这样，虽然氮气无毒，但不能帮助呼吸。液氮在被提取、转移的过程中，会有一部分蒸发至空气中，这样周围空气的含氧量将在短时间内大大下降，容易造成窒息，特别是像这样的小房间。所以，盛放有液氮的房间必须非常注意通风。我们安装两个排风扇，也是为了安全的考虑。”

“原来是这么回事。”陈警官再次望向那两个排风扇。它们高高在上，高个子跳起来也不一定摸得到，而且内外两侧也都安装了铁丝网。这让他摇了摇头。

“锁有没有被撬过的痕迹？”陈警官走到半开的门边蹲下来检查门锁。

“锁具没有被撬过的痕迹，功能保持完好。这把锁从内外两侧均可以使用钥匙锁定。”一位警员如是报告。

“嗯……”陈警官站起身，发现屋内门框大约一人高的位置还安装有一个简单的插销。

“这里还有一个插销啊，”他向那位校领导半开玩笑道，“看来这个房间的防盗措施真是严密啊。”

“噢，这个插销是学校建成早期安装的，没什么用，叶教授说放在那里也没坏处，所以也就留到现在了。”

陈警官拨弄了两下，心想这个插销应该是一直处在打开状态的，不然最初到达现场的那两人即使打开了门锁也无法进入室内。

这个时候，旁边的一位警员开口了：“陈队，我想其实凶手只要先用钥匙在门外锁上门，再经过地上的门缝将钥匙塞入室内，拨到尸体旁边不就行了？”

“对啊！居然这么简单！”陈警官变得兴奋起来，“我们试试看！”

他们将门掩上，趴下，果然看到门下有一道缝隙，似乎可以让钥匙通过。陈警官用备用钥匙试着往里推，却在中途卡住了。他使劲用力，铜钥匙却被死死卡在门缝里，进退不得，就是厚了那么一点点。

“可恶！”陈警官用力将钥匙拔回来，仔细端详。他觉得甚至用锉刀锉几下，就能成功了。当然，证物袋里的那把钥匙可没有被加工过的痕迹。备用钥匙表面因为刚才的磨擦已经出现了一些划痕。

“一筹莫展啊！又是该死的密室！”

三、女大学生

当天下午，宿舍里的吴越正在收拾房间。这间宿舍原本是两人寝室，但是另一位女生很早就住到附近的亲戚家去了，所以这间屋子一直是吴越一个人住。

吴越刚想坐下歇一会儿的时候，听见有人敲门。原来是吴越的朋友——数学系的慕小影来找她聊天。慕小影身材不高，穿了一件黑色的连衣裙，看上去娇小可爱。学校里死了人，女生之间当然会讨论个没完，而且特别要向发现尸体的吴越问问情况。吴越把整个经历一五一十地告诉了慕小影。

“我到现在还不敢相信。”吴越抿了口保温瓶里的茶。

“是啊，还是教我们的叶老师。”慕小影平日活泼的语调现在也变得有些疲倦，“我们那里很多人都很害怕。”

“小影，你脑子好，有没有什么头绪啊？”

“我哪里有什么头绪啊……”慕小影在吴越身边找了张椅子坐下。

“我倒是想出了一个手法。”吴越见对方没有动静，得意地抛出自己的理论。

“说说看。”

“这个密室其实是一个障眼法。当我们打开门的时候，看到叶老师边上的钥匙，便以为这就是他手里那把门钥匙。实际上那只是另外一把外表类似的钥匙而已，等我去报警的时候，陈老师再迅速拿出带在身上的那把真钥匙，替换了地上的假钥匙！”

“那你是说凶手就是……”

“没错，就是陈老师！”

“嗯，似乎有些道理，可惜那不可能噢。”慕小影根本没有给吴越喘气的机会，便一口否定了。

“什么？怎么不可能？”吴越脸上同时出现了疑惑、失望和惊讶三种表情。

“因为你的这个说法只是结果论而已。要实现这个情形，陈老师就必须同时和你出现在发现尸体的现场，而且不能有第三个人。然而，对于陈老师来说，她并不能计算到你一定会去找她、一定不会有第三人出现、你一定会留下她独自跑开去报警。所以，你这个说法根本就不成立。”

“是这样啊……”吴越似乎并不甘心，挖苦道，“那还有什么办法能解释？哼，难道是自杀？”

“我也不知道……”

“算了，凭我们也想不出来。你喝口茶吧，我又新买了茶叶。”说着吴越把保温瓶递给慕小影。

“你又给我喝隔夜泡的茶。”慕小影接过保温瓶，“这次连热气都没有了，这种茶喝了有什么意思？”

“昨天晚上泡的呀，你知道我每次晚上复习功课都要喝的，养成习惯了。喝不完的就留到第二天继续喝，又不会变质的。”

“怎么这个瓶子漏水啦？”慕小影刚才话说得多，口渴了，所以举着瓶子咕嘟咕嘟喝，正好发现有水渗漏出来，滴在衣服上。

“哦，不好意思，大概瓶子坏了……”吴越赶紧去找纸巾帮慕小影擦拭。

“不要紧，反正湿得不多，”慕小影并不在意，“你这个瓶子怎么说坏就坏啦？你以前不是号称这个瓶子质量如何如何好的吗？”

“大概是用的时间长了吧。”

慕小影见吴越似乎对这个保温瓶的“退役”并不感兴趣，便转移话题继续闲扯：“我们那里有人说是闹鬼了。”

“闹什么鬼？”

“昨天晚上不是停电嘛！你想想看，停电之夜，发生杀人案……”

“哎哟对啊，”吴越连连附和，“昨天中午想吃泡面的时候就发觉没电了，开始还以为饮水机坏了呢。晚上我一个人在寝室里吓死了，早知道就叫你来陪我了。”

“嗯，我和同学约好出去吃晚饭的，”慕小影突然看看手表，“我得走了，以后再来找你吧。”

四、钥匙的魔法

晚饭后，吴越独自回到寝室，椅子还没坐热，就听到敲门声。

“谁啊？是小影啊，你怎么……”吴越的话还没有说完，就看到了跟在慕小影身后的陈警官。

三人围坐在寝室内。在惨白的日光灯的照耀下，吴越显得有些紧张。

“陈警官，你还有什么要问的吗？我已经把我知道的都告诉你们了。”

“吴越，”陈警官不紧不慢地开始询问，“你和陈老师在发现门打不开的时候，你为什么这么确定门一定是锁住了，而不是因为插销插上了呢？你是知道屋内有一个插销的。”

这时，一旁的慕小影表面上不动声色，暗地里却为这个大破绽捏了一把汗。

然而，吴越似乎没有过多思考：“这……这只是我第一时间的反应，这不能说明什么问题！”她的眼睛开始望向地面，突然想起了什么，“啊……对啊，门把手拧不动，肯定是因为锁住的缘故，不然把手一定是能旋转的！”

“请问你昨天晚上在哪里？”吴越话音刚落，陈警官突然话锋一转。

“我在自己寝室里，你怀疑我？我吃好晚饭之后就一直在寝室里！”

陈警官看了眼一旁的慕小影，慕小影终于开口了：“吴越，你就是凶手吧。”

“你说什么？”吴越急了，“小影，你凭什么这么说？”

“今天下午我们喝的茶，你是什么时候泡的？”

“我不是说过了嘛！是昨天晚……”吴越突然呆住了。

“昨天中午就开始停电，你是怎么泡茶的呢？你从来不用热水瓶，都是冲饮水机里面的热水，昨天中午你吃泡面的时候饮水机里就已经没有热水了，后来一直停电，那晚上的饮水机里又怎么会有热水让你泡茶呢？茶应该是你今早来电之后才泡的吧。”慕小影丝毫没有放弃追问。

“我……我说错了不可以吗？我一直都是晚上泡茶的，”吴越继续激动地辩解，“习惯了，所以一时记错，那又怎么样？”

“正是因为习惯了，所以你在编故事的时候并没有意识到这个破绽。”

“那和我是凶手又有什么关系？再说了，案发时现场是个完全封闭的密室，我又怎么杀人呢？”

“保温瓶就是你作案时布置密室的道具。”慕小影一语道破天机，“你是事后将钥匙从门缝下塞回屋内的。”

“哈哈，可惜听说警察不是已经试验过了吗，钥匙太大了，塞不进去。”

“有让钥匙缩小的魔法呀。”

吴越可能是思维陷入了混乱，一时无言以对。

于是慕小影开始解释：“你在勒死叶老师之后，将准备室里存放的液氮注入你的保温瓶中，带着从叶老师身上夺过来的钥匙走出房间。锁门后将钥匙投入保温瓶，由于液氮的温度极低，而铜的热膨胀系数是金属中最高的，那把铜质钥匙的体积因简单的热胀冷缩原理而暂时微微缩小了，正好突破了门缝宽度的临界点。你乘机将钥匙从门缝下塞入，用铁片之类的东西将钥匙捅到尸体旁边。你经常在准备室内帮助叶老师，所以你是熟悉液氮的提取和转移步骤的。而那个保温瓶，”慕小影看看正放在吴越身后桌子上的保温瓶，“恐怕是由于承受不了低温而冻裂了吧。这就是为什么下午我喝水的时候发觉它已经不保温了，而且还会漏水。普通家用的保温瓶毕竟不能在实验室中使用。”

“我不想听你说话！我不要跟你说话！”这时的吴越就差把耳朵捂起来了。

慕小影却丝毫不理睬：“残留在钥匙上的液氮，在常温常压下很快就蒸发殆尽了，完全不会留下任何痕迹。做这一切之前，我想你已经偷叶老师的钥匙试验过了吧。另外，早上你又在瓶里泡了热茶，并声称是昨晚泡的，想给人一种‘保温瓶里装的一直是茶’的心理暗示，从而使人忽略保温瓶在案件中的作用。自首吧，吴越，警察已经在凶器上发现你的指纹了。”

“胡说！尼龙绳的表面根本不会留下指纹！”

这时，一直在翻看笔记本的陈警官忽然开口了：“咦？吴越，你怎么会知道用作凶器的绳子是尼龙的？我记得你应该是在另一个教室里接受询问的，并不知道现场调查的情况呀。”

吴越知道形势已经无法挽回了，于是放弃了狡辩，把头埋进大腿中痛哭起来。

尾　声

据吴越交待，她与死者叶骏一直保持有暧昧的男女关系。叶骏与化学教师陈琳瑄开始恋爱后，吴越无法接受叶骏与其他女人交往，遂将叶骏杀害。

“叶骏是我的！他是我的，我不允许有其他人插足！”吴越在交待她的杀人动机时说，“然而他却和陈琳瑄那个贱女人好上了，我得不到的东西，别人也别想得到！那天晚上，我把他约到物理准备室，先用乙醚弄昏了他，然后用绳子勒住他的脖子，他的表情越来越痛苦，这种感觉真是太畅快了！杀死他后，我把现场布置成密室，目的就是为了嫁祸给那个贱女人……”

“那么年轻就能做出这样的推理，而且还有如此魄力，真是不得了啊！上次在蜘蛛村的事也没怎么谢谢你呢。”陈警官在临别前再一次称赞了慕小影。

“没什么的，在吴越寝室里的时候，要不是有陈警官您在旁边，我也会紧张呢。那样的话就不一定能逼她说出真相了。还是得靠您才行。”慕小影说完便回去了。

离别曲

长久的沉寂后，夜色中传来隐隐的嘎吱声，吊灯、绳子与尸体构成了黑暗中的诡异画面。

悬在舞台中央的身影仿若即将熄灭的烛火，在半空中摇曳不定。

赤裸的脚趾随着晃动碰倒了地上的酒瓶，剩余的酒流到地板上，映照出窗外的弯月。

散乱的乐谱也被酒弄湿了，上面写着作曲者的名字——沈琴。

一

从S市理工大学数学系毕业后的慕小影，成了艺人经纪公司的一名经纪人助理。在多年前目睹蜘蛛村的小花惨死后，慕小影的内心正在被某些东西吞噬，她自己也察觉到了这一点。原本阳光乐观的少女，渐渐变得阴郁寡言。这之后，她所在的大学又再度发生一起物理教授被杀案，而凶手正是她的朋友。无独有偶，某次初中同学聚会，她昔日的同窗又将另一名同学毒死。接二连三的悲剧，让慕小影无法再信任任何人，她承受了太多负面的能量，也见识了太多人性的阴暗。作为一个普通人，她不想再触及人类的底线，她想多发掘人性的闪光点，哪怕是表面的光鲜。为此，她做了现在的这份工作。

看到艺人们在聚光灯下努力地展现自我。这样的“正能量”多多少少能给慕小影的内心带来些许慰藉——至少能够让她平静地迎接即将到来的死亡。

最近，慕小影所在的万象经纪公司正在筹备女团招募计划，招募对象面向全国高校，旨在打造一个以“校园美少女”为主要卖点的青春偶像组合。为了选拔出合适的成员，万象公司会委派负责人前往各大音乐学院、戏剧学院等院校，从校方推荐的学生中初选出一批“偶像学员”，加以培训后晋升为女团成员。慕小影此次负责的是S市北郊音乐学院的一场招募考试。

北郊音乐学院是全国名校，每年报考的学生络绎不绝，其中以钢琴系和舞蹈专业最为热门，目前活跃在娱乐圈的音乐人和舞蹈家不少都毕业于此。然而，因为去年的一起学生自杀事件，使北郊名声骤降，今年的报考率只有往年的三分之二。为了扭转局势，校方很看重万象公司此次的女团招募计划。招募考试于周三下午在大礼堂举行，那里有全校最华丽的舞台。校方将推荐十名最优秀的学生在舞台上展示才艺，其中哪怕只有一位被选上“偶像学员”，也能给学校带来巨大的利益。

招募考试当天，慕小影和她的三名同事一同前往北郊音乐学院，其中包括慕小影的直属上司，一位名叫牟清华的资深经纪人，以及一位音乐人和摄影师。司机将车驶入学院的停车场后，一位胖胖的学校负责人前来接应，他将四人直接领到南校区的大礼堂。

大礼堂犹如一个豪华剧院，可容纳千人的阶梯式座椅全部面向前方的半圆形舞台。舞台正中央的天花板上装着一盏枝形吊灯。这一幕让慕小影想起了《剧院魅影》里的某个场景。几位学校的工作人员正在舞台上调试设备，其中最瞩目的是斜后方的一架雅马哈钢琴，调音师正在对它做最后的调试。台下的观众席上零零散散地坐了一些来观摩的师生。负责人邀请慕小影四人坐在第一排正中间的位子，便去后台忙别的事情了。

慕小影观察了一番舞台的布置，除了四周各种滤镜的聚光灯和音响设备外，这里还有一些新奇的设计。比如架在舞台正后方的一个环形风扇，能够自由调整角度、风力和吹风范围，将气球、彩带等物品吹起，制造出一些舞台效果。舞台两侧还各有一个干冰箱，能够喷出白色干冰，制造烟雾效果。

招募考试开始前，慕小影想去上个洗手间，于是来到后台，那里更是一番忙碌的景象。刚走到厕所门口，边上男厕所里突然冲出一个穿着黑色礼服的人，险些将慕小影撞倒。这个男生却连招呼也不打一声，冒冒失失地匆忙离去。慕小影记得那张标志性的脸。在接到这个项目的时候，她看过一些北郊学生的资料。除了十位学校推荐的女学生之外，这位被称为“北郊钢琴王子”的男生也令她印象深刻。他叫林沐风，是北郊钢琴系的才子。除了有一张迷倒众生的英俊脸庞之外，林沐风的音乐才华也难以估量。在一年多的时间里，他创作了好几首风格独特的钢琴曲，开始被音乐界关注。慕小影在看到林沐风创作的曲谱后，也对这位年轻的“钢琴王子”产生了兴趣。这次招募考试，林沐风作为钢琴伴奏，将和部分选手一同登台演出。

“这次招募考试不会出什么事吧？”厕所里，两名女生的闲言闲语突然引起了慕小影的注意。

“能出什么事啊？”

“去年不是有个女学生在舞台上上吊自杀吗？听说，这个礼堂阴气很重，有一晚保安到这里巡逻，还看到墙壁上映出的上吊女学生的影子在晃来晃去！”

“那件事我知道，自杀的女生就是沈琴，好像是写不出曲子，得了抑郁症，喝醉酒后在舞台上上吊了，地上还有她写到一半的曲谱，也挺可怜的。”

“不过，我听说沈琴当时是林沐风的女朋友啊，但林沐风有了新欢，两人正闹分手，会不会沈琴是因为被林沐风抛弃才……”

“嘘……别乱讲，别坏了我们‘钢琴王子’的名声，他这么受欢迎，闹出点绯闻也正常。人家现在不和陆晶谈得好好的？他俩才是一对。”

“如果林沐风和陆晶分手，你说我有没有机会？”

“别做梦了！”

两位女生嬉笑着离开后，慕小影才从厕所隔间里出来，神色有些凝重。她来到洗手台前，用双手掬起一些凉水洗了洗脸。那两个女生口中的沈琴，正是一年前在这个大礼堂自杀的学生，有关她自杀的原因亦是众说纷纭。而她们刚才提到的陆晶，则是这次参与招募选拔的学生之一。陆晶是北郊舞蹈系的新秀，年轻、美丽、充满活力，出生于舞蹈世家，父母都是优秀的舞蹈家。有人甚至认为陆晶被选为“偶像学员”是板上钉钉的。

从厕所出来后，慕小影在化妆间门口遇到了刚才领他们进来的胖负责人。此刻，胖负责人的面前正站着已经穿好演出服的陆晶。陆晶如同犯错的孩子般低着头，正向负责人诉说着什么，声音轻得像蚊子叫，而胖负责人的脸上逐渐现出愁容。好像是发生了什么状况。但慕小影也没打算上前询问，径自走回观众席。

招募考试还有十分钟就要开始了。就在慕小影回到座位的时候，胖负责人气喘吁吁地跑过来，先向他们深鞠一躬，转而对牟清华致歉道：“抱歉啊牟老师，我们的选拔选手陆晶，本来申报的舞蹈是《小夜》，现在可能要改成《狂乱》……”

“哦？要换成这么激昂的舞蹈吗？”牟清华看了看手里的演出清单，陆晶的演出排在第二位。

“对……她刚才突然跑过来跟我说，想挑战一下自己，执意要换舞，还请您见谅。”

“没关系，我很期待她的表现。”牟清华用圆珠笔画掉清单上的“《小夜》”，随即在旁边写上“《狂乱》”。作为业界的独立女性，牟清华本就不喜欢被条条框框束缚。如果一位艺人能够不断超越自我，勇于迎接新挑战，反倒更合她意。

“还有……”胖负责人仍然唯唯诺诺，“今天原本钢琴伴奏的学生，因为手受了伤，我们也会换成别的学生。”

“所以看不到那位‘钢琴王子’的演奏了吗？他的手怎么了？”

“不小心扭伤了，没大碍，但暂时没办法弹奏了，实在对不住。”

“好吧，可惜了，下次我会专程来找他。”

“谢谢您的理解。”胖负责人擦了擦脸上的汗之后又匆忙返回后台。

牟清华凑到慕小影耳边小声说：“今天这场招募考试，虽然不限招募的名额，但原则上每所高校只会选出一名偶像学员，这次北郊最有实力的是陆晶和何诗琪。小慕，你看好哪位？”

慕小影沉思了一会儿道：“陆晶的专长是舞蹈，艺术造诣很高，但何诗琪的优势是天籁般的嗓音，是今年北郊音乐表演系的黑马，对陆晶来说算是很强劲的竞争对手了……我觉得难分伯仲。”

“剑拔弩张啊。”

招募考试第一个上台演出的正是何诗琪。就在演出开始前一分钟，舞台上似乎又出了新状况。舞台后方的风扇发生故障，何诗琪的音乐老师施小楠正在进行调整，幸好很快就把问题解决了。

“听说为了培养何诗琪，这位施老师也是煞费苦心，这次还亲自担当招募考试的后台场控。何诗琪一直是她最引以为傲的得意门生。”牟清华看着施小楠在舞台上忙碌的身影，联想到年轻时的自己。

在接连不断的突发状况都解决后，招募考试终于开始了。但慕小影总感觉，这些“状况”的背后似乎透着一种难以言喻的不祥感。

二

身着白纱的何诗琪唱着一首名为《山间的风》的原创曲目，舒缓的旋律环绕在礼堂内，许多男生目不转睛地盯着舞台中央。身后的风扇将何诗琪的发丝微微吹起，加上干冰产生的云雾缭绕的效果，此时的何诗琪就像掉落人间的仙女。

演唱完毕，掌声雷动。作为这次招募考试的头阵，何诗琪无疑打得漂亮。

“唱得真好！”慕小影赞叹道。

第二个上场的是陆晶，她穿了一身热辣的演出服，脚下蹬着一双黑色长筒靴，在红色聚光灯的映照下显得性感十足。在一片安静中，《狂乱》的摇滚乐倏地响起，陆晶的反射神经几乎与其同步，迅速舞动起身姿。随着音乐节奏的加快，陆晶的动作频率也逐渐提高，舞台的气氛达到顶点。

就在这时，陆晶突然发挥失常，连续跳错了好几个舞步，动作变得十分怪异。

“不对劲。”慕小影察觉到了异常。

不知怎么回事，陆晶的呼吸越来越急促，她停下舞步，痛苦地捂着喉咙，做出不停吞咽的动作。

“怎么啦这是？”

“好像中邪了。”

底下的观众们发出窸窸窣窣的议论声，大家都知道，陆晶已经无缘成为偶像学员了。

终于，陆晶摔倒在舞台中央，昏了过去。

状况一出，现场的音乐戛然而止，红色灯光也切换成了普通灯光。

两位后台的工作人员急忙冲过去查看情况。慕小影也第一时间从观众席跃到舞台上，将陆晶的上半身扶起，呼喊道："陆晶，没事吧？醒醒！"

半分钟后，陆晶从昏迷中苏醒过来，呼吸也慢慢恢复顺畅。

"你怎么啦？"

周围有不少师生聚拢过来，现场乱作一团。

陆晶摸了摸自己的脖子，指着头顶的吊灯，用沙哑的声音说道："我看见那上面……"

"上面怎么了？"慕小影顺着陆晶手指的方向抬头望去，那只是一盏普通的吊灯而已，没什么异常。

"刚才那上面有个吊着的人影……它掐着我的脖子……我……我透不过气来。"陆晶断断续续地说出这句不可思议的话。

慕小影再次确认了一下，吊灯上根本没什么人影。

"灯上怎么会有人影？你眼花……"话说到一半，慕小影赫然发现，陆晶的颈部两侧竟有两个手指印，已经发青变紫。手印的位置看起来恰巧像被人用双手扼住过喉咙似的。

厕所里那两个女生的话再次浮现在慕小影的脑海……这件事的罪魁祸首，难道真是一年前在这里上吊自杀的沈琴的怨灵？

三

救护车和警车同时停在北郊音乐学院的大门口。陆晶被送往医院后已无大碍，只是喉部气管因受到外力压迫而有一些轻微损伤。真正头痛的是勘查现场的警察，因为根据现场的状况，这桩案件似乎并不是由人犯下的。

负责调查此案的是区刑侦支队的陈警官，他刚调来市区，对这边的工作环境还不是很熟悉。案子之所以会惊动刑侦支队，是因为以目前的情形还不能排除谋杀未遂的可能性。

“陈队，受害女学生叫陆晶，是这场招募考试的参赛选手，在台上跳舞的时候突然窒息昏迷。法医在医院检查了女生脖子上的指痕，证实是人为造成的。”一名瘦瘦的警员报告道。

陈警官站在舞台中央，环视了一圈整个舞台和礼堂，纳闷地说：“这么说，女生站在舞台上被人掐住脖子而窒息的时候，底下竟没有一个目击者？这么多观众都是瞎子？”

“可当时舞台上只有陆晶一个人。”身后陡然响起一个似曾相识的声音。陈警官振奋地回过头，望见慕小影美丽的身影，回忆如水闸般打开。

“你是……慕小影？你怎么在这里？好久不见啊，你最近好吗？”

“别来无恙，陈警官。”慕小影冲他甜甜地一笑。在蜘蛛村和物理教授被杀的案件中，正是慕小影细致入微的推理帮助陈警官顺利破解了谜团，陈警官因此十分信任当时还是大学生的慕小影。只是没想到多年后，两人还会因为这样的事件在案发现场重逢。

“所以你现在是万象公司的工作人员吗？看上去成熟多啦，那时候你还是个小女生呢。”陈警官的年纪也大了，站在慕小影面前像她的父辈一样。

“哪有？”慕小影不好意思地摇摇手，“陈警官，还是先把这起事件解决，我们再叙旧吧。”

“嗯，你刚才说舞台上只有陆晶一个人？”陈警官一秒回到工作状态，“从她上台到晕倒之间，就没有人接近过她？”

“没错，从陆晶上台开始跳舞，到捂住喉咙晕倒，整个过程中，舞台上只有她自己。陆晶跳的舞，也不需要钢琴伴奏，所以那边也没有弹琴的学生。”慕小影指了指舞台斜后方的那架钢琴，强调道。

“这就邪门了……”陈警官皱起眉头，“犯人是怎么躲过几百个观众的视线，悄无声息地掐晕陆晶的呢？难不成真是鬼干的？”

“我当时第一个冲上舞台，抱起陆晶的时候，她的脖子上确实已经有掐痕了。”慕小影陈述道，“而且她还说，那时有个吊在灯上的人影掐住了她的脖子。”

陈警官脊背一凉，连忙派两名技侦组的警员检查了吊灯，但那上面除了常年不擦的灰尘外，什么都没有。

“陆晶真的看见鬼了？”这虽然不是陈警官第一次遇到如此离奇的事，但他仍然感到匪夷所思。

观众的证词、受害者的证词和其脖子上的伤痕形成了一道坚不可摧的铁栅栏，阻挡在理性世界的面前，让案件陷入僵局。

站在一旁的胖负责人满头大汗。这下不但搞砸了这么重要的招募考试，学生还差点闹出人命。原本想通过这次活动提高学校的声誉，让学校走出一年前女学生自杀的阴影，没想到现在适得其反。正在胖负责人发愁该怎么应对学校门口蜂拥而至的媒体时，陈警官拍了一下他的肩膀，问道：“你是学校的负责人王主任吧？你们学校一年前是不是有个学生在这边上吊自杀？”

“啊……”王主任惊了一下，“是……但那是很久以前的事了，和这次的事没有关系吧，我看可能只是一场意外。”

“意外？”陈警官直直地望着王主任，“陆晶的脖子上可是有掐痕的，她还说看到吊灯上有人影。我觉得两件事应该有联系。你知道陆晶和自杀学生是什么关系吗？请把你了解的都告诉我们，不要有什么隐瞒。”

见陈警官的语气如此严肃，王主任一时语塞，看来用“意外”来搪塞过去的策略是行不通了。愣了几秒钟后，他只好如实回答：“也没什么关系……只不过，自杀女生沈琴当时的男朋友是林沐风，而陆晶是林沐风现在的女朋友，这是学生之间的私事。”

这么看来，沈琴和陆晶是情敌的关系。难道是因为记恨男友被抢走，所以沈琴的鬼魂前来向陆晶索命来了？这么反科学的事真的会发生吗？

慕小影观察着四周，喃喃道："这个舞台，是一个众目睽睽之下的开放式密室，除非行凶者会隐身，否则不可能在这么多人的注视下接近舞台中央的陆晶。"

"小影，这里边会不会有什么诡计？就像蜘蛛村和你大学里的案子，现场也都是牢不可破的密室……"陈警官挠了挠下巴，将思绪打开，"比如利用什么远程机关在观众席上行凶。"

"不会。"慕小影摇摇头，"我就坐在第一排，如果陆晶被什么机关缠住脖子，我不可能看不见。而且我冲上舞台的时候，她身上也没有奇怪的道具，包括钓鱼线之类的。"

慕小影瞥了一眼观众席，一些好事的学生不肯离去，正坐在那里看热闹。"钢琴王子"林沐风也坐在人群中，垂着脑袋，像是有什么心事。他身上的礼服已经换成了一件便装。

转过身，舞台后方的风扇似乎又发生了故障，发出"嘎吱嘎吱"的声响。这一幕让慕小影灵光一现，她走到风扇前，蹲下身子端详了一番。

"我解开这个舞台密室了。"没多久后，慕小影就对陈警官说道。

四

"我就知道这案子难不倒你！"陈警官指着慕小影，似乎早已预见到此刻的情景，"快告诉我，犯人是怎么做到的？"

"其实，我们对这起事件一直有一个误区。"慕小影顿了顿说，"当我们看到陆晶因窒息而晕倒，急忙冲上舞台时，又紧接着目睹她脖子上的掐痕，便马上先入为主地将两件事情联系到一起，认为陆晶是在跳舞时被人掐住脖子而晕倒的。而实际上，‘陆晶被掐脖子’和‘陆晶窒息晕倒’是先后错开了很长一段时间的。”

“什么意思？”

“我的意思是，陆晶脖子上的掐痕其实是更早的时候……是在她上台跳舞之前，甚至是招募考试开始之前弄上去的。”

“什么？”陈警官不敢相信自己的耳朵，“你是说，那个时候就有人掐了陆晶的脖子？难道陆晶一直没有察觉？还带着伤上台跳舞？”

“她之所以绝口不提被人袭击，是想暂时瞒住这件事。”

“你是怎么知道的？”

“在招募考试开始之前，陆晶有两个不自然的举动。”慕小影一边回想一边说，“首先，我看见她在后台和负责人讲话时，声音极轻，而且始终低着头。那是因为她的喉咙当时已经受伤了，发不太出声音，低头的原因自然也是不想让负责人看见掐痕。

“还有，陆晶临时更换了要跳的舞蹈，这是为什么呢？《狂乱》是一支相对激昂的舞，为了烘托氛围，舞台会使用红色灯光。这就是陆晶的目的——红色灯光能适当地掩盖她皮肤上的紫红色掐痕。这样，她在跳舞的时候，观众就不会发现她脖子上的异样。”

“原来如此。”陈警官恍然大悟，“那么袭击陆晶的人是谁呢？”

“就是他。”慕小影以冰冷的目光注视着坐在台下的林沐风。

林沐风猛地站起来，一边冲过来一边激动地吼道：“喂！你说什么？关我什么事？”

“住嘴！”在陈警官的呵斥下，林沐风收敛住脾气。

慕小影继续说：“除了陆晶的不自然举动之外，这位‘钢琴王子’也很奇怪——因为扭伤了手而不得不放弃招募考试的钢琴伴奏。那么你能告诉我，你的手是怎么扭伤的吗？我想，是你在后台因为某些事和陆晶发生了争吵，而原本就有暴力倾向的你掐住了陆晶的脖子，致使自己的手指也扭伤了吧？”

“我……”林沐风有点慌了神。

“只要警方对陆晶脖子上的指印做一个检测，相信不难锁定袭击者的身份吧？”慕小影向陈警官使了个眼色。

“没错,你的 DNA 组织可能还留在她的脖子上。”陈警官会意道。

“我刚才就觉得奇怪，陆晶都被送进了医院，而身为男朋友，你不在医院陪她，却一直坐在这里发愣，这难道不是心虚的表现吗？”慕小影清了清嗓子，“总之，陆晶在被你掐了脖子后并没有当场揭发你，而是继续带伤表演。究其原因，一是为了包庇你，二是不想让自己的演出受到阻挠，毕竟这是机会难得的女团选拔赛。而你之所以没法伴奏，除了手扭伤的原因外，也因为实在无法静下心来。之前在厕所门口撞到我时，你看上去十分慌乱，这种状态当然是不可能弹钢琴的。”

听完慕小影的话之后，一名警员将林沐风控制起来。就在今天，这位“钢琴王子”迎来了人生的滑铁卢。

“掐痕我搞清楚了，但陆晶之后在台上晕倒，还声称看到吊灯上有人影，又是怎么回事呢？”陈警官进一步问，“难道都是她装出来的？”

“不，陆晶那时真的差点窒息，但这是另一个犯人干的。”慕小影不紧不慢地说。

五

“陆晶原本想若无其事地忍着伤痛在台上跳完舞，但令她没想到的是，在她跳到一半的时候，感觉到了呼吸困难。”慕小影走到后方的风扇前，指着它说，“这个风扇就是致使她窒息的罪魁祸首。”

“风扇怎么会让陆晶窒息？”陈警官露出百思不得其解的神情。

“在晕倒之前，陆晶突然发挥失常，跳错舞步，还做出了奇怪的动作。那是因为她身后的风扇突然开启了，猛烈的气流吹到她身上，使她无法保持身体的平衡，这才发挥失常。”

“那也不至于窒息啊。”

“陈警官，请借我两张白纸。”慕小影冷不丁地说道。

“白纸？”陈警官满脸疑惑地从身上掏出记事本，撕下两张空白页交给慕小影，“这个可以吗？”

“可以。”慕小影双手各举着一张白纸，让它们在自己面前保持平行，“陈警官，如果我在两张纸中间吹气，你觉得它们会分开还是会并拢呢？”

“应该会分开吧。”

慕小影二话不说地吹了口气，两张纸却一齐向中间靠拢。

“咦？纸并拢了？这是为什么？”

“一堂简单的初中物理课哦。”慕小影微微一笑，把纸还给陈警官，“空气流速越大，气压就越小。所以当我向纸片中间吹气时，纸内侧的气压就会小于外侧的气压，于是外侧气压将纸挤向了中间。这是基本的流体力学原理。”

“物理知识我是学到了，但这和陆晶窒息有什么关系？”

“这个舞台风扇的最高功率要比普通家用风扇大得多，还能控制出风范围。如果将风力调到最大，并让风集中吹向正前方，那么风扇前方的区域就会迅速变成一个低气压带，就像那两张纸中间一样。我们知道，低气压区域空气稀薄，含氧量低，因此人在低气压的环境中会出现窒息感，类似于高原反应。青藏高原的大气压在0.6个正常气压值。如果有气压检测仪的话，我相信当时舞台中央，也就是陆晶站立的位置差不多也是这个值。”慕小影耐心地讲解道，“与此同时，陆晶正做着高强度的舞蹈动作，体力消耗过度，身体本来就迫切需要氧气，另外她的气管还受了伤。而在何诗琪演唱的时候，舞台上还喷了干冰，残余的干冰气化成二氧化碳，未完全散去，使得舞台上的氧气更加稀薄。综合以上这一切，陆晶最终便因缺氧而晕倒。”

“原来是这么回事……”此时，陈警官警觉的目光扫向角落里的一个人，“后台场控是不是你？”

施小楠吓得差点哭出声来：“啊，是我……”

慕小影的视线也转向这位音乐老师：“能在陆晶跳舞的时候通过后台的遥控装置擅自打开风扇的，只有施老师你了吧？我想你的目的是为了干扰陆晶的发挥，淘汰掉这位强有力的竞争对手，好让你推荐的学生何诗琪顺利成为偶像学员，对不对？”

被识破计谋的施小楠已经彻底崩溃：“对……对不起……我没想到事情会闹得这么大。我打开风扇只是想让陆晶在跳舞的时候发挥失常，没想到她会因为这个差点窒息。我……我真的不是故意的。”

“陆晶晕倒之后，施老师大概也察觉到自己闯祸了，于是迅速关掉风扇。”慕小影继续说明，“工作人员冲上舞台，红色灯光也切换成了普通灯光。陆晶苏醒后，意识到自己脖子上的掐痕是瞒不住了。即便到了这个时候，她仍然想保护林沐风，不打算把真相说出来，于是灵机一动，才编了个蹩脚的‘被人影掐住脖子’的谎言，让人联想到一年前的自杀事件和校园怪谈，以此来混淆视听。”

“看来我得去医院会一会陆晶了。”陈警官叹了口气。

“正是男友的暴力、掐痕、施老师的私心、风扇、陆晶本人的纵容……这一系列本身或许并不相关的因素阴差阳错地组合到一起，才造就了这个不可思议的舞台密室。”慕小影最后总结道。

六

林沐风走进复兴中路上一家名叫“古巷”的咖啡馆，只见一位穿着连衣裙的长发女生坐在角落的桌子旁，正用左手举着咖啡杯，将香浓的黑咖啡送入口中。

林沐风走过去，在女生对面坐下。对方已经帮他点好了一杯热拿铁。

“拿铁还有点烫，一会儿再喝吧。”女生提醒道。

“没想到你会约我。啊……你叫什么名字来着？”林沐风轻浮地一笑。

“慕小影。”对方也轻轻笑道，笑容中透着一丝冷意。

“哼，上次不还指着我鼻子说我是犯人吗？”林沐风斜睨着慕小影，“今天怎么主动约我出来了？还说有重要的话要跟我说。”

林沐风故意将脸凑近慕小影：“不会是想跟我表白吧？”

慕小影呷了一口咖啡，默不作声。

“你长得是不错，比北郊那些丑八怪漂亮多了，我可以让你做我女朋友，不过你得满足我的一些小癖好。”林沐风舔了舔舌头。

“你误会了，我对你没兴趣。”

“哦？那你是代表万象公司想和我签约？”

“倒是有这个打算，不过我想先问你几个问题。”慕小影注视着林沐风的脸。

“那你问啊，别浪费我时间。”

“我倒是没想到，你这么快就从警局出来了，花了不少律师费吧？”

“嗨，这算什么，那个婊子没打算指控我，赔点医药费私了就行了，警察根本定不了我的罪。”林沐风尽显得意之色。

“婊子？你是说陆晶吗？”

“不然呢？那天在后台像发了疯一样指责我跟别的女人约会，我不得给她点教训？”

“所以你就差点掐死她？”

“这不是没死吗？我说你有完没完啊？不是要谈签约的事吗？”林沐风显得十分不耐烦。

“那么，对你来说，一年前自杀的沈琴也是婊子吗？”慕小影的目光变得像冰刃般锐利。

“你……”

“不，我得纠正一下刚才那句话。沈琴并不是自杀的，而是被谋杀的。”

“……”

“杀死他的人，就是你。”慕小影的语气斩钉截铁。

“你疯了！”林沐风重重拍了一下桌子，热拿铁洒出大半杯，“你果然是个神经病，侦探小说看出毛病来了吧？天天见人就说是凶手。”

林沐风正欲愤然离去。

“别急着走啊，先看看这些。”慕小影蓦然将一沓乐谱摊开在桌子上，乐谱的纸张已经泛黄，显然有些年头了。

“这是……”林沐风抓起乐谱，表情瞬间变得僵硬。

“这是沈琴创作的钢琴曲原稿，是不是觉得很眼熟呢？”慕小影戏谑地一笑，“和你对外发表的那几首钢琴曲，简直就像一个模子刻出来的。”

“你……你怎么会有这些？你认识沈琴？”

“她是一个真正热爱音乐的女孩。”慕小影闭上眼睛，眼角沁出一些泪珠，“一年半以前，她通过万象公司的官网找到我的邮箱，给我看了她创作的一些乐曲。我能从她的音符间感受到她对世界的爱。后来，我们经常约在这家咖啡馆见面，她每次都会带她新写的曲子给我看。我本想帮她发表，但她表示，自己并不想追求名利，也不愿博得世人的关注，只想默默创作。有知音懂她，欣赏她，她就很快乐。

“而我，就成了她当时唯一的知音。但谁也没想到，一年前，她的尸体吊在了北郊的舞台上。警方判定为自杀。尸体脚下有一叠未完成的乐谱，所以都说她是苦于写不出曲子而自我了断的。但我知道，沈琴是不会写不出曲子的。散落在尸体下的那首曲子，她曾和我提过，是她当下最满意的作品。她一定会写出来，然后第一时间拿给我看。这是我跟她的约定。所以，她怎么可能因为写不出这首曲子而自杀？

“虽然觉得事有蹊跷，但我无法寻得真相。后来，我得知沈琴在北郊有一个男朋友，那就是你——‘钢琴王子’林沐风。就在我听了你声称是自己独创的钢琴曲之后，我发现这些明明都是沈琴写的！你只是稍微修改了一两个音节！我这才意识到，沈琴生前一直是你的枪手，她不想抛头露面，于是默许你将她的曲子拿去发表，这样至少能让更多的人欣赏到自己的音乐。

“可在一年前的某一天，或许你因为劈腿被沈琴发现了，导致她很伤心，提出要跟你分手。你怕她分手后将枪手的事公之于众，你在北郊……不，你在整个音乐界的前途就毁了。所以你打算杀人灭口。那一晚，你故意将沈琴灌醉，将不省人事的她抱到礼堂内，如同执行死刑般把吊灯上的绳圈套进她的脖子，再故意把空酒瓶和未完成的乐谱扔到地上，布置成自杀的假象。我说得对不对？”

“你胡说八道……你没有证据！”

“我虽然没有你杀人的证据，但如果我将这些乐谱原稿公开……你的人生也基本完蛋了。”慕小影的笑容多了几分邪恶。

"你想怎样？要钱？"

"我可不是这么庸俗的人，你现在在外界名声不错，公司打算捧你，以后我就是你的经纪人，你必须听我的话，不许跟别的经纪公司签约。"

"所以你跟我说这些……就是为了掌控我？"

"那么……你接不接受呢？'钢琴王子'先生。"

"我……我接受，但你得帮我保密。"

慕小影的嘴角忽然现出弧度："在此之前，我对你刚才的无礼很不满，需要给你点惩罚。也请你满足一下我的小癖好。"

"你要干什么？"林沐风紧张了起来。

慕小影指了指刚才洒在桌上的那些拿铁，用命令的口吻说道："你看你把桌子弄得这么脏，别浪费了，把这些舔干净，再学一声狗叫。"

"你……"林沐风气得面红耳赤，头皮发麻，他此生从未受到过这样的侮辱。

"这是在检验你听不听话哦，快舔！"慕小影加重了语气。

林沐风咬了咬牙，心想：大丈夫能屈能伸，只要今日逃过一劫，以后必能在音乐界大展宏图。

踌躇了三十秒后，林沐风低下头，伸出舌头，极为不甘地舔舐着桌上已经凉掉的拿铁。

"狗叫呢？"

"汪……"

"这才乖嘛。"

"好了，快签约吧！"林沐风怨气满满地擦了擦嘴。

慕小影翻了翻身旁的包，从包里拿出一个棕色小瓶子，里面装着半瓶白色粉末。

"这是什么？"

“氰化钾，口服超过 50 毫克就会猝死。”

林沐风的额头冒出冷汗：“你……你拿这个东西出来干什么？”

慕小影自顾自地继续说：“如果口服剂量不大的话，死亡过程就会比较缓慢，刚开始会口舌发麻，接着呼吸酶受到抑制，致使细胞内窒息，会觉得呼吸困难，血压升高，最后痛苦地死去，整个过程大概需要几分钟吧。”

咖啡杯赫然碎裂在地。林沐风捂着喉咙，嘴里不断发出“咔咔”声，就像死囚的哀号。

“你在拿铁里……”刹那间，他像断线的木偶般重重地摔倒在地，吓坏了一旁的几位客人。

慕小影站起身，慢悠悠地踱步到林沐风身旁，面无表情地俯视着他那张因痛苦而极度扭曲的脸：“窒息的感觉如何？难受吗？沈琴和陆晶也是这种感觉哦。”

“救……救我……”眼球布满血丝的林沐风伸出右手，胡乱地抓向半空，可那里并没有救命稻草。

“谢谢你呀，把我内心的恶魔彻底释放了出来，我已经回不去了。”说完这句话，慕小影离开了咖啡店。

七

陈警官站在病房门口，望着躺在病床上的林沐风。林沐风的脸上戴着氧气面罩，即便闭着双眼，也依然显露出失魂落魄的样子。

“他只是喝了一种会暂时麻痹呼吸肌的麻醉剂，目前没有生命危险，就是有点受惊过度。刚才醒过来的时候一直喊着‘是我干的，我要自首’之类的话，你们等他精神好点儿再来问话吧。”穿着白大褂的医生似乎见惯了这样的场面，气定神闲地说道。

“所以不是氰化钾？”

医生摇摇头：“如果是氰化钾，现在老天也救不回来。”

陈警官躲到楼道里偷偷抽了一支烟，不一会儿，他的手机铃声响了。

“喂，小张，找到她的住址了是吗？嗯，好好……”

尾 声

柔和的阳光洒进房间，迎来了没什么不同的一天。

慕小影侧身躺在床上，脑袋陷进柔软的枕头中，发丝在晨曦下泛出金色。

轻柔的钢琴曲回荡在房间里，与窗外的鸟鸣形成美妙的和弦，却又仿佛寂静无声。

房间被收拾得非常整洁，除了床头柜上那张格格不入的原发性脑癌诊断报告。

慕小影闭着眼睛，就像睡着了似的。

“咚咚咚……”外头响起了一阵敲门声。

后　记

迄今为止，我已经创作了57篇短篇推理小说，其中有44篇是密室推理。都说人在一生中能找到一件热衷的事情是幸运的。自从遇到推理小说，我就被这种“幻想性谜团”与“逻辑性解答”相结合的文学形式吸引了。而“密室”，正是将谜团的“矛盾之美”发挥到极致的一类题材，它的魅力直接影响我走上创作者的道路。从此，“喜欢”变成了“热衷”。

早年，“密室杀人”是我阅读推理小说的关键词。从爱德华·霍克邀请十七位业内人士票选出的“世界十大密室”，到二阶堂黎人在《密室杀人大百科》中所列的“必读密室杀人作品”，凡是有中文译本的，我一概不会放过。每每读到一个闻所未闻的密室诡计，我都不禁感叹，世界上竟然还有如此有趣的东西。它不需要什么高深的内涵，就是一种纯粹的趣味，一种承载了作者无限浪漫的快乐。

直到我自己创作推理小说，也依然抱着这种创造“乐趣”的动机。构思诡计本身就是一件快乐至极的事，它让我学会观察生活，思考万物。目前为止，我所有密室推理小说的灵感几乎都来源于现实生活。因为看到冰箱贴掉在地上，我写出了《凶棺》；因为吃竹笋的时候戳到牙龈，我写出了《孤独的悲剧》；因为坐了透明摩天轮，我又写了《溺毙摩天轮》……在“灵感之神”光顾自己的一刹那，那种成就感是无与伦比的。

这次，我从自己所有的短篇作品中，自选出十篇最具代表性的密室推理小说，在牧神文化的帮助下，集结成这册精选集。这些作品涵盖了我的三个主要短篇系列，我也摈弃了一些早期过于稚嫩、诡计过于理想化的篇目。

2008年，我塑造了自己笔下的第一位侦探——赫子飞。最初，他是一个相貌平平，却拥有卓越智力的物理系大学生，原型则是我高中的一个室友，典型的理科男。赫子飞逻辑推理能力高超，能够通过事物的表象看到本质，善于破解和物理知识相关的诡计。因此，“赫子飞系列”的大多数作品都含有理科元素。而在本书收录的《凶棺》和《孤坟》里，赫子飞已然成长为一位大学讲师，作品风格也较之前更为成熟。值得一提的是，比起密室诡计，《孤坟》实际上是更偏重逻辑推演的作品，也是当时我对逻辑流风格的初次尝试。

“夏时系列”则是我另一个重要的短篇系列。2009年的某一天，我在某个推理迷聚会上认识了一个网名叫“夏时”的女生。我们很聊得来，这让我顿时产生了一个把她塑造成名侦探的想法，于是这个系列就诞生了。夏时最早登场于《孤独的悲剧》(发表于《推理大师》2008年12月刊)。当时的夏时还是一名高中生，以“安乐椅神探”的模式解决了一宗密室凶器消失事件，其才华被王刑警赏识，后偷偷成为他背后的破案顾问。

夏时拥有极强的洞察力和分析能力。与赫子飞严谨的思维方式不同，夏时具有更为丰富的想象力和开放式的脑洞，善于破解那些天马行空的诡计和带有浪漫色彩的案件。本书收录的《载着眼泪的子弹》《雪祭》和《天蛾人事件》，都是夏时后期解决的案件。其中《雪祭》是我自己最满意的一篇作品，雪地密室的解答我个人非常喜欢。《天蛾人事件》则是该系列的完结篇。

其实在夏时之前，我还塑造过另一位叫“慕小影”的女侦探。比起乐观的夏时，慕小影是一个略带悲剧色彩的人物，首次登场于

《蜘蛛之咒》(2009 年初刊于《伊媚》增刊第一季《悬疑屋》)。而在创作完《物理学密室》之后，我感觉自己把这个角色写崩了，所以放弃了这个系列。但到了 2020 年，我还是想给这个系列画上一个句号，于是就有了该系列的完结篇《离别曲》。那是一篇挑战“舞台密室”的作品，也预示着慕小影正式从舞台上谢幕。

总的来说，这本自选集中的小说，都是我从各系列中挑选出的较为满意的作品。我不知道现在还有多少读者像我一样深深热爱着密室，甚至一提到密室就全身热血沸腾。但我仍然希望这本书能让更多人领略到密室的魅力，这种魅力无须仰仗其他东西来包装，也无须依靠任何元素来粉饰。

为此，我也会为了这个“上锁的房间”一直写下去，乐此不疲。

孙沁文

作于 2021 年 9 月 6 日

本书故事纯属虚构。作品中的名称与实际存在的人物、团体等一概无关。此外，由于情节需要，作品中出现的公安机关办案流程，存在一定程度的虚构，实际案件的处理流程请勿参考本书，请咨询相关法律部门。

图书在版编目（CIP）数据

雪祭 / 孙沁文著 . — 北京 : 北京联合出版公司 , 2022.11

ISBN 978-7-5596-6458-7

Ⅰ . ①雪… Ⅱ . ①孙… Ⅲ . ①中篇小说－小说集－中国－当代②短篇小说－小说集－中国－当代 Ⅳ . ① I247.7

中国版本图书馆 CIP 数据核字 (2022) 第 182432 号

雪　祭

作　　者：孙沁文
出 品 人：赵红仕
策　　划：牧神文化
责任编辑：徐　鹏
特约编辑：华斯比
美术编辑：江心语　陈雪莲
封面设计：璞茜设计

北京联合出版公司出版
（北京市西城区德外大 83 号楼 9 层　100088）
北京联合天畅文化传播公司发行
上海盛通时代印刷有限公司印刷　新华书店经销
字数 243 千字　890 毫米 ×1240 毫米　1/32　9.625 印张
2022 年 11 月第 1 版　2022 年 11 月第 1 次印刷
ISBN　978-7-5596-6458-7
定价：59.00 元